南科人文学术系列 · 第三辑　主编/吴岩

科幻理论的的未来版图

The Future Map of Science Fiction Theory

吴　岩　主编

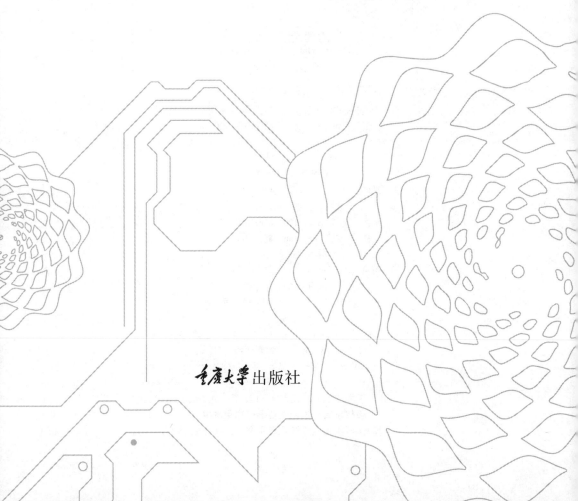

重庆大学出版社

图书在版编目（CIP）数据

科幻理论的未来版图 / 吴岩主编. –– 重庆：重庆
大学出版社, 2023.6
（南科人文学术系列. 第三辑）
ISBN 978-7-5689-3723-8

Ⅰ. ①科… Ⅱ. ①吴… Ⅲ. ①幻想小说—文学研究—
中国 Ⅳ. ①I207.4

中国国家版本馆CIP数据核字（2023）第073686号

科幻理论的未来版图
KEHUAN LILUN DE WEILAI BANTU

吴 岩 主 编

策划编辑：张慧梓

责任编辑：张慧梓　　版式设计：张慧梓
责任校对：王 倩　　责任印制：张 策

*

重庆大学出版社出版发行
出版人：饶帮华
社址：重庆市沙坪坝区大学城西路21号
邮编：401331
电话：（023）88617190　88617185（中小学）
传真：（023）88617186　88617166
网址：http://www.cqup.com.cn
邮箱：fxk@cqup.com.cn（营销中心）
全国新华书店经销
重庆市正前方彩色印刷有限公司印刷

*

开本：720mm×1020mm 1/16 印张：14.75 字数：246千
2023年6月第1版　2023年6月第1次印刷
ISBN 978-7-5689-3723-8　定价：68.00元

南科人文学术系列再序

陈跃红

  关于这套学术书系出版的缘起，在第一辑出版时的总序里我已经做了详细的说明，这里不再赘述。2017 年，我和人文中心的几位同仁决定编写出版这套南科人文学术书系，第一辑4 本：《"关键词"：当代建筑学的地图》（唐克扬著）、《中国科幻文论精选》（吴岩、姜振宇主编）、《解码深圳：粤港澳大湾区青年创新文化研究》（马中红主编）、《20 世纪中国科幻小说史》（吴岩主编），已经由北京大学出版社于2021 年全部出齐，学界与社会反响都颇佳，许多媒体也都做了报道，我也感到十分欣慰。在总序中我已经说了，"既然已经启程出发，开弓没有回头箭，就让我们一直走下去吧！"于是，我们便多次商量继续编著第二辑（科学历史、伦理、传播、科幻主题）和第三辑（中国科幻发展与产业化趋势主题）。前者由田松教授担任执行主编，后者自然还是得由吴岩教授继续担任执行主编。经过他们二位两年来在繁忙的教学科研过程中认真、严谨和不懈的努力，第二辑5 本，第三辑3 本，共8 本200 余万字的书稿又摆在了案头。搓搓手，抚摸厚重的书稿，真是太有成就啦！当然，这可不是我的功劳，毫无疑问，完全都是两位执行主编和著者编者群体的劳动成果。想一想，当12 本著述都能出齐，再加上"南科人文通识教育系列"的陆续出版，加在一起至少 20 本，也算得上是蔚为壮观了吧！在这样一所新生的理工科大学，有如此厚重的人文学术著述成果奉献于学界和社会，应该值得自豪，也算得是另外一种深圳速度了吧！

7 年前，当我们策划这套书系的时候，南方科技大学还常常被社会和媒体误解为是一所深圳为解决就业而创办的民办职业大学，而 7 年后的今天，这所创办才 12 年的大学已经成为中国创新性研究型大学的领头羊，成为深圳第一所也是中国最年轻的双一流大学，在中国和世界大学群体中脱颖而出。它在"2023 泰晤士高等教育世界大学排名"中位列第 165 位、中国内地高校第 8 位，"2022 亚洲大学排名"第 19 位；"2022 泰晤士年轻大学排名"全球第 13 位、中国内地高校第 1 位。学校的双一流战略目标是在 2035 年成为在世界上有重要影响力的研究型大学。作为这所大学具有科技人文特色的人文学院，短短 7 年也已经从寥寥十数人发展为拥有 6 个系级中心（人文科学中心、社会科学中心、高等教育研究中心、艺术中心，语言中心、未来教育中心）和 3 个挂靠校级研究院（联合国教科文组织深圳教育创新中心、全球城市文明典范研究院、南科大廉洁治理研究院），有 20 多位知名教授和 100 多位教职员工，具有科技文科特色的新型人文学院。当此时，南科人文学术系列第 1—3 辑和南科人文通识教育系列书系的陆续出版，无疑是在为南科大特色文科的发展重重地添砖加瓦，能够参与这一注定将有世界重要影响的新型大学的文科建设，其成就感不言而喻！

这两个系列著述依旧遵循编著这套书系的初心，即只出版"具有新型文科专业方向和跨界研究性质的，具有学科前沿特征的学术著述"。第二辑共 5 本，分别是：《科学史研究方法》

（陈久金著）、《科学的正道——科学伦理名家讲演录》（田松编）、《中国科幻论文50年精选》（吴岩、姜振宇编）、《不尽长江滚滚来——中国科学传播人文学派20年经典文献》（田松编）、《后人类生态视野下的科幻电影》（黄鸣奋著）。第三辑共3本，分别是：《科幻理论的未来版图》（吴岩主编）、《科幻创作的未来版图》（刘洋主编）、《科幻产业的未来版图》（张峰主编）。你只要稍加过眼，便能够捕捉到这些著述的科技人文和学科融合的前沿特色。对读者而言，一轮阅过，你将在不知不觉中就站到了该领域的知识前沿。至于具体各本著述的内容特色，田松和吴岩两位主编在他们撰写的出版序言中自会详加介绍，我这里就不必狗尾续貂了。我自己已经决意要认真阅读学习其中我最喜欢的几本，有机会再叙说自己的学习体会吧。

当我动手写此篇再序的时候，正是南科大寒假开始的第一天，壬寅虎年即将过去，癸卯兔年正在走来。回望前瞻，世界风云波诡，神州春蕾待发，无论如何，对这颗星球、这个世界、对这片孕育生养中华民族的土地，对人文学科的未来前景，我们始终保有信心！因此，当此书系第二、第三辑出版之际，我和我的同事们，将继续谋划第四辑、第五辑……的著述和出版。

是为再序。

2023年元月15日

南科人文学术系列第三辑序言

吴　岩

　　2017年秋天我到南方科技大学任职，在人文科学中心陈跃红主任的领导下组建了科学与人类想象力研究中心。中心的第一个任务，就是承接高水平理工大学建设人文专项"世界科幻革新背景下的中国科幻发展与产业化趋势"研究。在这个项目的引导下，我们聚集全国科幻研究的力量，先后召开了"追寻想象力的本源——2018人类想象力研究年会""重新定义文化——二次元与娱乐互联网""科技时代的中国文学状况与科幻文学变革""从科学前沿到科幻前沿""中国当代新古典主义科幻暨刘洋《火星孤儿》创作""人类现代文明的历史经验与未来梦想"等重要会议，并参加了国内外的一系列科幻研讨。我们的目标是对国际科幻发展的前沿状况有所了解，对国内创作、产业、理论研究的状况也尽量到位。

　　几年下来，在这个领域中我们逐渐积累起了一系列有价值的成果，并对未来的发展作出了我们自己的判断。除了跟中国科幻研究中心共同发布《年度科幻产业报告》之外，大家拿到手中的这套"南科人文学术系列（第三辑）"，就是我们这个课题研究的最终成果。

　　这一辑丛书一共三本，分别探讨科幻创作、科幻理论研究和科幻产业发展的未来趋势。

在《科幻创作的未来版图》一书中，主编刘洋认真分析了这几年对创作发展的研讨成果，他结合我们邀请的作家撰写的文章提出，当代世界的科幻创作存在着四个重要趋势，分别是：类型之间相互交织频繁，边界显得越来越模糊；在西方创造的科幻小说类型模式之外，各民族的本土叙事意识和能力在不断加强，科幻正在真正成为世界性的文学；科幻小说从边缘走向主流的通路已经被铺设；以及科幻正在从文学走向其他产业形式。刘洋指出："总体来看，当代科幻创作呈现出越来越多样化的趋势，包括故事题材的多样化、作者群体的多样化、叙事方式的多样化以及传播媒介的多样化。在这一多样化发展的浪潮中，不断创造和呈现出新的惊奇感——这是科幻这一文类本身最核心的魅力所在，是所有科幻创作者们共同的使命。"这一看法无论对科幻的从业者还是爱好者，都是值得认真思考的。

《科幻理论的未来版图》分册的主编是我自己。这一分册的撰稿人分布较广，有学者、科幻作家、文化管理者和从业者。我通过阅读和跟他们的讨论，在序言中一改过去对科幻形象死亡的看法，指出当前科幻发展正在走入一个小的繁荣期。这个繁荣期起源于人们对未知和未来动荡的焦虑，且受到当前科技和时代变革的影响。在这样的时代，我通过对文集中文章的综合分析，指出未来科幻理论发展可能围绕如下三个方面。首先是通过哲学思考，拓展对科幻本质的认识。在跨越认知、思想边界探索、思想实验等方面，科幻文学和相关艺术具有自己独特的优势。这些优势还没有被广泛开发出来。其次是当前科技变化对科幻的影响，会导致科幻理论形成一个跟学科重叠的重要方向。这个方向不但朝向科技发展，也朝向伦理和消费与社会文化的发展。最后是在研究方法方面，科幻理论的研究可能更多结合当代信息科技、人工智能科技，并且逐渐从博物学走向演化学。对所有这些方面的研究，我觉得都必须围绕中国科幻本身的问题来进行。在中国的世界地位逐渐改变、中国文学的世界影响力逐渐发展的状态下，科幻文学的中国性和世界性方面的相关研究可能会形成一个热点。

在《科幻产业的未来版图》一书中，主编张峰（笔名三丰）博士先是梳理了科幻产业这一概念的生成，认为科幻产业的核心部分是一个以科幻创意为内核的文化创意产业的子集，即"科幻文化产业"，而它的延伸部分是与旅游、教育、制造业、城市建设、科技创新等产业融合形成的"科幻+"新业态，称为"科幻相关产业"。科幻文化产业和科幻相关产业共同构成了科幻产业体系结构。随后，他回顾了中国科幻产业发展的历史，并分析了近年来人们对科幻产业的讨论以及我们征集到的重要文章的观点。张峰认为，狭义的科幻产业，至少包括科幻内容创作、科幻休闲娱乐服务、科幻生产服务、科幻生产装备制造、科幻消费终端制造五个部分。此外，科幻可以分别跟旅游、教育、制造行业、城市建设、科技创新相互叠加，形成"科幻+"形式的产业拓展。文集中的文章来源于各个产业方面的从业者以及这一领域的研究者，他们多数是在这样的划分方法之下针对某个独特方向进行了未来发展的分析。这些思索和分析常常配合着作者的数据统计或职业亲历，具有很强的说服力。

我们认为，科幻是具有广泛跨界性的文学艺术甚至产业类型，这种存在本身具有无限的广延性，也受到多重因素影响，可能产生多种不同的走向。我们提供的文章大多数只是一些灵感或持续关注后得到的思考结果，方向和深度差异很大。如果这样的文集会对中国科幻文学、文化和产业的发展具有一定的促进作用，我们就已经非常高兴。

本文集是在南方科技大学人文科学中心领导和同事们的帮助下完成的。中心主任陈跃红教授鼓励我接受了这个课题，并在各个时段给我许多指导。他也欣然同意我们将这套著作放入南科人文学术系列。

　　科学与人类想象力研究中心的刘洋、张峰在得到主编任务的时候，都欣然接受，没有任何怨言。他们用自己的努力和学术信誉，征集到了许多重要作家和学术工作者的参与。

　　人文科学中心的管理人员参加了项目的各个时期的管理。冯爱琴老师参加了图书项目的前期谈判。重庆大学出版社的张慧梓老师自始至终对我们的项目给予绝对的支持，并参与文稿的编辑。在此项目结题的时刻感谢大家。

　　在本书编辑之际，《流浪地球 2》走红影院，获得了超过40 亿票房。国家电影局和中国科学技术协会组织我们到安徽物质科学研究院调研中宣部电影局"科幻十条"对科幻电影发展的影响。我们相信，在未来的几年，中国的科幻事业会像本书中预测的那样，在多个方向走出自己的全新道路。

《科幻理论的未来版图》序言

吴 岩

　　中国的科幻理论研究到底是从何时产生的？这个问题看起来容易，但回答起来还很费周折。关键在于我们怎么定义科幻理论研究。一个短短的报刊文章，甚至一小段读书札记，看起来似乎不能算是具有结构的理论阐述，但如果这篇文章或札记在撰写中经过深思熟虑，且真的携带着具有重要意义的思想，那这篇文章或札记是否已经算是一个重要的理论文献了呢？再如，如果一篇看起来不那么学术的文章却发表在学术刊物上，这篇文章又应该怎么对待？

　　2020年，我们在"南科人文学术系列（第一辑）"中纳入了《中国科幻文论精选》一书。在这本书中，我们收录了周树人、周建人等作家学者撰写的、包含了许多重要思想的科幻随笔和短文。这些文章中充满思想精华，但篇幅大都短小，极少论文形式。报刊短文、图书序跋，甚至是作品的边角评论，在编者的眼中都显得特别重要。毕竟，这是一个民族的文化中形成新体裁、新式样作品时记录下来的心路历程。在某种意义上，恰恰是这些零星的思想火花引导出了今天我们所看到的科幻文学的面貌。短文的发现对我们这些今天的研究者也是一种警醒。我们发现有些费尽心思来想去或得意洋洋的灵感偶得，原来早在多年前就已经被人提出或论证过。这当然不是说我们的工作就没有价值，因为一种思想如果在人类想象力所及的范围内被反复生成，说明这种思想跟存在之间的关系非同一般。

从零星的思想火花走向学术文化的过程不是一蹴而就的，这一过程发展缓慢且依从着社会的变革。偏向学术化的中国的科幻理论研究到底从何时开始？是1956年郑文光在《读书》月报第三期发表《谈谈科学幻想小说》的时候？还是要等到国家社科基金批准第一个科幻方向的研究项目？要回答这个问题，需要返回文本，返回过去，返回围绕科幻发展起来的那段心灵的历史。

今天，几乎所有的文学批评刊物都不反对发表有关科幻研究论文了，这在过去是不可想象的。除此之外，在科学普及、科学传播、科学哲学和普通传播学方向的刊物上研究科幻的论文也时有发表。从新世纪开始，随着科幻创作在神州大地前所未有地井喷式发展，科幻研究的文献与日俱增，科幻思想也随着正统的学术论文形式开始在这块土地上繁茂。根据《中国科幻发展年鉴2022》发布的信息，仅仅2021年中国本土科幻研究类论文在CNKI上就有1348篇，在CSSCI上也有132篇。而这样的状况已经持续了数年，因此，把当前定义为一个科幻理论研究的爆发性时代应该并不为过。

世界其他国家的科幻理论研究，从发展过程和阶段上看，跟中国非常类似。在美国，科幻研究的早期也都是发表在杂志边角或报纸的书评影评栏目。直到20世纪70年代，达科·苏恩文和弗雷德里克·杰姆逊通过引入马克思主义和俄国形式主义，把科幻理论植入到正统的文学理论与批评的脉络之中，科幻研究才真正变成各个大专院校文学院一个可讨论的主题。到新世纪，随着作品的增加和科技时代新技术引发的社会变革所造成的普遍不安，科幻创作也在受到广泛的重视。但是，由于当前文类的发展早已向多重方向跨越并与多个文学与文化类型重叠，反而让科幻研究显得既杂乱繁多又相对稀少。杂乱繁多的意思是有太多的文章其实都在探讨跟科幻文类有关的主题，而相对稀少指的是研究原来那种标定的、市场上出售的或科幻迷认可的科幻作品的文章并没有那么大量的增长。原因是科幻已经走出了文学，形成了一种文化。连城市规划这样过去跟科幻小说完全无关的方向，现在也有多重科幻元素正在掺入。难怪有人说，一个泛科幻的时代已经到来。

在这样的时代，我们这些科幻文学与文化的守护者或监护人又该怎么面对？这个类型的文学与文化将会出现怎样的发展？理论研究怎样才能赶上创作发展和时代前进的步伐？特别关键的是，中国的科幻学者、泛科幻研究者以及从业者，他们对当前和未来怎么看？

本书希望提供的就是这个问题的回答。考虑到科幻研究已经逐渐形成了一种专业学科范式，因此我们的书还是按照史论评的基本结构进行的编排。但这种安排只是一种对内容的粗略划分。因为当我们抽取不同元素的时候，整个文集可以编辑成完全不同的板块。下面我就按照另一种与传统学科不同的分析方法，给这本书作一个提纲挈领的提要供大家阅读时参考。

我认为，这并不是一本面面俱到的有关未来科幻理论发展展望的百科全书，只是一个非常具有个人化特色的、对科幻理论如何走向未来的观察、思考，甚至期盼的汇集。在这本汇集中，作者的想法至少体现成科幻理论在未来的三个走向，这三个走向分别是：未来的科幻理论需要结合经典哲学思维以此对科幻本质认识有所深化、在科技时代未来科幻理论的走向需要考虑学科本身的内在逻辑和认知方法、科幻理论研究必须随着科幻本身的跨界形成多元的方法学。

1.探索科幻本质的科幻哲学，可能是未来科幻理论发展的最适当空间

人们一直希望追寻科幻文学的本质到底是什么？从科幻小说产生之初，这种需求就已经存在。但多年以来，虽然对这个问题的认知发生了许多变化，产生过五花八门的想法，但至今仍然没有能获得一个被多数人共同支持的答案。在本书中，南开大学冯原博士（曾经以笔名双翅目发表过多部科幻作品，这些作品包括《公鸡王子》《猞猁学派》《智能的面具》等）的文章通过对优秀科幻作品中想象性认知与情感必须兼备的特点，思考了科幻中想象力的本源，并由此追溯了从康德到梅亚苏、小西色瑞－罗内、詹姆逊等人的想象观念发展脉络。作者由此给我们展现出的，是科幻理论背后的强大哲学生长空间。

跟冯原思路略有重合的是北京邮电大学的刘伟教授和研究生刘欣。刘伟的主要著作包括《交互设计》《人机交互：设计与评价》等。师生两人在自己的论文中用自己的学科话语指出，科幻理论的未来在于要能发现新的逻辑体系。作为交互设计领域的专家，刘伟等人虽然跟冯原的学科相距较远，但思考的问题和答案却不谋而合，其中也可以看出当代人类知识领域下层的交接关系。

著名文学理论家兼翻译家、东北师范大学教授孟庆枢，通过对《小松左京传》的翻译，发现了这位日本作家对从胡塞尔到海德格尔现象学的推崇。孟庆枢本人由此受到启发，提出了基于现象学思考路径的新的"未来文学"的观念。而科幻，是这种未来文学的一个组成部分。

广东科技中心张娜博士的文章，从维特根斯坦的语言游戏观点出发。作者认为科学是科幻中的花园，而想象是科幻中的

荒野。科幻作家是通过语言游戏完成了花园和荒野之间的迷宫之旅。

认同科幻小说是充满想象力的思想实验的学者还有南方科技大学教授、科学哲学与传播专家田松。他的文章从多个角度，对未来的科幻创作和理论发展提出了期待，这些方向包括思想实验、博物学、科学哲学、文明发展等。

上述每一篇文章读起来都能把我引入到一个新的天地，而这些文章组合起来，凸显了科幻本质的跨越性。一旦我们把科幻创作当成是一种疆域，当成一种把已经固有的联系从理所当然的框架中解放出来的过程，那么科幻理论必然会进入这种未定域的哲学空间。我相信未来的科幻理论，一定是反框架的。只有把丰富多彩的科幻创作驱离凝固僵死教条，才能发现未来科幻理论的发展道路。

2.科技跟科幻的深度关系，导致未来的科幻理论无法逃出科技发展的缠绕

讨论科技变化对科幻发展影响的文章在本书中占据了巨大的篇幅。究其原因，是因为我们所邀请的作者中从事科技工作的人太多，还是人类技术与科学的发展正在面临前所未有的深度与广度的变化导致奇点已经到来？对这点我还说不太清。但从这些文章中我们可以看出，应对一个科技和未来强势入侵现实的时代，科幻作品必然越来越多地让情节和故事纠缠到科技发展之中。

从事医学研究、创作过科幻小说《达尔文之惑》的韦火博士在论文中指出，当前人类自身的机体进化已明显趋于终止，而与此同时自然科学的发展也尽显疲态，他把这样的状态命名为一种奇特的"双停滞"现象。在韦火看来，遭遇停滞和对停滞漠不关心或束手无策，是人类走向未来的根本性危机。在这

样的时刻，科幻创作者必须坚持未来主义方向，要让小说中的故事成为人类发展的领跑样本。

有关科幻未来主义的论文还有本人提供的一篇。这篇论文是以中国科幻文学不仅有现实主义，更有超越现实主义的内容存在为起点，逐渐发现了科幻未来主义。有关这个方向的研究，还有几篇正在发表之中。

研究人工智能的智力水平并撰写过《崛起的超级智能》等著作的刘锋博士，撰写了一篇有关21世纪互联网大脑研究与科幻之间关系的长文。作者在文章中提出的一系列科幻作品未来创作方向已经昭示出科幻理论必须跟当代智能技术发展的科技理论相互融合的方向。

撰写过《计算的脚步》《科幻电影中的科学》的中国科学院计算技术研究所研究员、中科大数据研究院院长王元卓博士，是文化和旅游部科技影视融合办公室建立的主要推动者，还是当前最卖座的科幻电影《流浪地球2》的科学顾问之一。他在文章中重点讨论了当前的科幻影视为什么必须跟科技本身融合，并提供了相关融合方向和可能性的一些想法。

大连理工大学文学伦理学研究所助理研究员韩贵东和李珂博士是常州大学周有光文学院讲师，两位的文章没有把理论的主要方向放在科技本身，但他们都认为科技伦理才是科幻理论和科幻批评的重要发展方向。韩贵东认为，科幻作品的创作也存在伦理原则，这是一种"负责任的善"。李珂则认为，破除人类中心主义在未来应该成为科幻创作和理论研究的重点所在。

北京石油大学彭超博士的文章主要聚焦当前热门的技术前沿之一的元宇宙。彭超认为，在元宇宙的热潮中，把人类的未来简化为元宇宙生存是错误的。科幻作品应该避免一元化思维，多样性才是保证未来具有充分前景的可能方法。

广东外语外贸大学的程林教授，撰写过多篇重要的关人工智能科幻研究论文。他在提供给我们的文章中虽然仅仅分析了德国科幻小说中的人工智能形象，但却指出审美、社会、伦理、文学等都是科幻小说中某一科学技术题材所必须得到分析的方向。

我对以上这些文章所采取的视角和方法都很认同，不但如此，我觉得围绕科学问题建构科幻理论的实践，在目前还很缺乏。而且，当前的这组文章深度和广度都还不够。在未来，我们还希望就这个问题进行更多探讨。

3. 发现新的研究方法，是更新科幻理论的重要方式

研究方法的改变是本文集中大家讨论的第三个聚焦重点。在这方面，撰写过《火星孤儿》《井中之城》等小说的凝聚态物理学博士刘洋研究叙事形式的识别分析的一篇，代表了当前计算人文学的一个最新成果。作者通过电脑程序的协助，用计算机做出了韩松等作家小说的叙事条纹和节奏谱，并由此对文类、作家的差异进行了比较。他的研究不但对认识理解科幻作品的本质具有意义，还对未来逆向生成科幻作品具有潜在作用。

数学家左立的研究也在这个方向，虽然他没有进行实际操作，但从理论上提出了使用深度学习等方式对科幻作品研究的可行性。

中国科学院大学科学史学院苏湛副教授的文章是对科幻理论进行的总结。苏湛参加过我主持的西方科幻理论发展历史的翻译工作，他结合自己创观察和西方的科幻理论观的演变提出了从博物学到演化学的过渡让科幻理论从某种静态走向动态的这个看法。

河南科技大学国际教育学院讲师李然博士的文章是研究苏

联科幻发展的。他的文章指出，一些敏感的意识形态主题可能会影响到科幻理论的创新方向，这种影响有可能是双向的。因此，对在中国这样的国家发展科幻文学，十分关注意识形态的变化是必要的。

虽然这样的一组文章看起来仍然太少，但在未来，科幻研究的方法学改进应该是建构科幻理论的一个重要思路。

编辑这样一本讨论科幻理论未来发展的读物，对我们来讲还是全新的事情。但面对科幻高速发展的时代，有关科幻研究的课题会越来越重要地摆在我们的面前。由于我们的工作还不太到位，约请的作者可能各有特点，对问题的看法也相互矛盾，但对于"未来"这种充满诱惑力的主题，任何一种思想都是值得去听取和考量的。这本书如果对科幻研究者、评论者、作者或者是读者哪怕有一点点启发，我们也会感到欣慰。

是为序。

C O N T E N T S

目 录

目录

第一编

科幻理论

想象力：认知与感性的双重边界

冯 原

一、前言

冈恩认为，科幻是一种关于变化的文学。如果说科学革命以前，想象力描绘的虚构世界依附于神话、民谣与传奇故事，自十六、十七世纪始，想象力则开始依附世俗的技术、科学的理性与脱离神学的自然奥秘，现代意义的科学幻想应运而生。历经十九、二十世纪科学范式与技术创造的猛烈迭代，科学与技术本身似乎正在超越人类想象力，发展为庞然巨物或形态怪诞的新宇宙。科学幻想作为一种想象力的当代表达方式，本身也面临新一轮的革新。此时，冈恩所意指的变化，不仅关乎内容，也关乎形式；不仅关乎科学认知，也关乎技术感性。科幻作为类型文学，总需迭代自身的定义与范式。

面对变化的科幻，科幻理论的内在诉求便是描绘科幻范式的"变化"规律。除却对不同时代科幻的枚举与分类，创作者、编辑、学者都尝试从不同层面，定位科幻的本体结构。根斯巴克将技术创新视为科幻作品变化的动力。海因莱茵与勒奎恩更进一步，认为推想或思想实验（what if），构成科幻对未来事件的现实主义推演。苏恩文相信科幻是对"新奇性"的认知有效推演，是一种想象性的替代文学。詹姆逊则扩展苏恩文对乌托邦的定义，视科幻为乌托邦构建的本体表达。麦克海尔也从后现代的视角，定义了科幻的多元本体。进入二十一世纪，科幻理论的版图变得更为复杂。小西瑟瑞 - 罗内以《科幻七美》覆盖了科幻的技术与感性表达特质。梅亚苏则基于自身的哲学理论，认为科幻仍依托于认知框架，无法投入真正自由的虚构。时至今日，除却种族、性别等源自西方马克思主义文化研究的议题，对科幻本体的定位，仍未形成十分清晰的理论脉络。不同理论家围绕各自的核心概念展开，形成了某种理论的"星丛"。

而退一步观之，科幻的肯定者或否定者，都认同科幻的想象力具有丰富的虚构特质。对科幻持肯定态度的研究者，往往认同科幻想象的认知逻辑与认知因素。对科幻持否定或摇摆态度的研究者，则认为感性（或非理性、非认知）决定着想象力的自由程度与艺术品创新高度。换言之，如将感性（包括情绪、共情）与认知（包括逻辑、理性）视为对立的官能，科幻创作所需的想象力又须兼而有之，我们将如何进行科幻创作？将如何阐发科幻理论？这或许是未来的科幻作者与科幻研究者所需直面的问题。但此问题并不是非此即彼的选择。毕竟，传世的科幻每每通过想象，抵达不可想象之物（世界）。科幻想象的超越性诉求，不拘泥于感性与认知之分，反而必须二者兼备，方体现科幻作品"科学与艺术"的双重特质。未来科幻理论的落足点，或许需首先厘清，想象力的运作中感性与认知的关系。

二、康德：先验感性与想象力对认知的构成

康德不仅奠定了现当代哲学理论的版图与问题范式，也对自然科学、社会科学（如法学）、人文科学与艺术创作的阐释有着深远影响。三大批判对理性进行划界，同时也划定了感性与范畴（认知）的运作领域。有趣的是，尝试定位科幻本体的理论家，不约而同在某种程度上返回康德，通过对他的批判或肯定，汲取他的理论资源，以描绘想象力与认知、与感性的关系。梅亚苏反思康德将先验范畴归于先验统觉，认为世间存在"不可数的规定性"与"必然的偶然性"。小西瑟瑞 - 罗内反思康德对于崇高的定位，讨论科幻的崇高与怪诞。詹姆逊则反思康德所描绘的先验幻相，认为科幻具有潜在的力量，能够表达并延展后现代的"二律背反"（或"二论背反"）。二十一世纪英美的康德研究者，也开始重新从生物学、非人类中心主义、自然哲学的角度，反思并修订康德的

自然目的论。当代科幻学术的绝大部分议题，亦可追溯至康德的启蒙哲学。

　　不论作为乌托邦文学还是作为关乎科学技术的类型文学，科幻文脉大多源自西方科学革命、殖民视角与启蒙理性。因此科幻理论对科幻的反思与扩展，目前也主要源自西方思想谱系。西方现代哲学受科学革命影响，早期可大致分为理性主义（笛卡尔、斯宾诺莎、莱布尼茨）与经验主义（洛克、培根、贝克莱、休谟）。粗略地概括，前者认为人类知识（或理性）来自先天层面，后者则认为人若白板，知识源自经验。康德的理论贡献之一，便是尝试弥合前人的二元分野。他并未简单地拼接不同概念，而将前人的概念进行内部改造，构建出一种复杂的理论大厦。他区分理论哲学与实践哲学，前者关乎认识的能力与自然概念的建立，后者关乎理性的立法（道德层面）与自由概念的实施。他将连接认识与实践两个领域的重任赋予想象力——这是康德颇具创意也备受争议的理论构建。后世许多重要哲学家都借助反思康德的想象力，阐发自己的原创性理论，比如海德格尔。海德格尔批判现代技术与"世界图像"的同时，认为康德想象力的背后，存在着关乎此在本源的运思，真正支撑着康德的体系。海德格尔否定物自体，但认为想象力能真正与"物"产生构建性的创造，带来（艺术）世界。不过，海德格尔对感性与艺术品的阐释，代表了二十世纪与科幻审美相异的艺术理论构建。即，艺术感性应弃绝认知因素、理性桎梏、逻辑范畴，方能达到自由。但如若回到康德，我们会发现，康德对感性与想象力的阐释，皆未排除认知因素。相反，想象力正因充分调动了认知因素，才能带来优美、崇高美，以及对于自然整体的把握。

　　感性层面，《纯粹理性批判》对先验感性的定位，充分融合了经典物理学与数学。欧式几何与线性时间，构成了先验感性论空间与时间的形而上学阐释。对于康德，三维的空间与一维的时间，带来了先于经验的、主体感受世界的方式。以当代视角观之，虽然非欧几何、微积分与现代集合论对于康德所选取的古典范式有所颠覆，但康德将数学赋予感性，视其为感性的规定形式，这意味着数学形式并非认知，而属于感性，能带来直观的感受——这是至今仍有价值的创见。虽然数学规律的规定性在某种意义上先于经验，定位了人类感受世界的方式，但它不是纯粹的、认知层面的规定（或规律），而是深入了主体的经验世界。如人类双眼与蝇类复眼的视觉感受必然不同，也必然拥有不同的"先验空间"。而更为准确的例子，或许是以《平面国》为首的，十九世纪末二十世纪才出现的，关乎时空维度的科幻作品。因此，可以说，康德所定义的感性，本身并不排除具有数学规定性的乃至认知因素的形式体系。当代自然科学的发展也证明，此类形式体系并非局限于心理学，而具有某种非人类中心主义的普遍机制。康德的错误（或广义的启蒙理性的错误）在于将一切归于主体（大写的人类），但他基于科学革命，对科幻范式的思考，使他将数学形式赋予感性世界（感性先天直观形式）。这对于当代科幻理论的建构，技术感性的建构，都有着非常实际的启发意义。

进一步而言，对于康德，想象力的运作首先基于先验感性所提供的诸多现象。此时，数学形式已对主体所经验的现象有所规定，我们体验到三维的空间与稳定的时间。由于康德的想象力需同时服务于认知能力与实践理性，想象力的功能便开始分化。对于认知，康德延续亚里士多德哲学，划定了范畴表。可由于十二范畴有限，感性杂多且充沛，想象力需综合先验感性所带来的纷繁现象，进行某种再生，方能保证知性的有效运作。于是，康德认为，此处的想象力能根据知性概念，形成不同的先验图型，以构成相应的认识原理。换言之，对于康德，想象力属于构成认知的必要环节。但想象力不仅服务于认知，按照常识，想象力带来艺术与审美现象。因此，《判断力批判》中，康德继续说明，当想象力不服务于对客观世界的认知，而试图满足主观的愉悦时，便会产生某种主观的合目的性，并带来审美经验。需要强调，对于康德，自然美优先于艺术美，因此主观愉悦或主观合目的性的高级状态，需来自自然，需满足必要的认知规定性。因此，当康德阐释优美、崇高、艺术天才时，他所强调的主观并非二十世纪的艺术自由，而是"合目的"的自由。所谓目的性，源自自然规律，亦来自道德立法。于是，康德哲学终究归于目的论，感性、认知与想象力终将被道德形而上学与自然形而上学吸收。晚年的康德并未完成自然形而上学的清晰构建。对于他，道德自律更为崇高。包含感性与认知的想象力，终究将服务于启蒙理性的道德自律。

康德的道德哲学虽为想象力戴上枷锁，但十九至二十世纪哲学，已充分反思了启蒙道德与启蒙主体。撇开"道德自我"的迷雾，康德所阐发的感性与想象力，事实上充分依附于科学革命以后，西方哲学对于世界的理解。一则，数学规律与物理形式阐释感性世界，是生命（有机或非有机）的经验性表达难以规避的因素。二则，想象力的复杂构建既基于感性，也基于认知（范畴），综合二者方能让想象力趋于更为复杂（或宏大、或精微）的世界。三则，审美体验与艺术表达无法排除认知因素，其中优美对于形式的肯定与崇高对于形式（整体性）的否定，皆能让想象力生成关于认知的诗学（或关于突破认知的审美体验）。四则，自然的目的论虽存疑，但想象力具有思考自然整体的倾向。下文将同时就梅亚苏、小西瑟瑞-罗内、詹姆逊对康德的修正与延展，进行讨论。

三、梅亚苏：不可计数的可能世界

梅亚苏对科幻的超越性持怀疑态度。他认为科幻仍基于科学的想象，仍依托于认知的有限框架，因而无法投入真正的自由。《形而上学和科学外世界的虚构》区分了两种虚构机制：①科学的虚构，即科学认知主导世界的建构；②"科学外世界的虚构"（简称"科外幻"），即超越认知边界的艺术作品。此艺术世界中，实验科学是不可能的，科学知识无法有效进入。他同时区分了三种（虚构）世界：①有明确的法则；②拥有可以废除科学的法则，此时科学与知觉的可能条件并不稳定，可能分裂，但思想仍然存在；③不存在必然法则的宇宙。梅亚苏所定义的"科外幻"主要指向第二种与第三种世界。他举例阿西莫夫的《桌球》，表示故事对于"未知"与"意外"的处理，终究收束于科学的认知结构，因而并未达到"科外幻"的自由。对于他，"科外幻"因追求绝对的断裂，其对未知的探索比依托于认知规律的科幻作品更加激进。小说《折磨》中电的缺失与此现象的不可解，构成他理想中的"科外幻"创作，因此比《桌球》更为高明。

梅亚苏对科幻的批判依托于他的哲学，亦依托于他对康德的批判。如前文所言，康德弥合经验主义与理性主义时，更倾向于理性主义，认为感性的先验与范畴的先验具有对于经验世界的规定性。但康德将先验或超验的运作都归于主体，这一方面导致了"大写的人类"，另一方面让世界仅围绕人类的规定性展开。梅亚苏将此定位为基于主体的"相关主义"。[1] 现象学、分析哲学、

---

[1] 甘丹·梅亚苏：《有限性之后：论偶然性的必然性》，吴燕译，河南大学出版社，2018，第13页。

生命哲学等诸多二十世纪的思想流派皆属此类。梅亚苏则试图描绘：主体如何思考一个没有主体的世界。换言之，是否存在不依托于主体的自然世界与自然法则。他举例从宇宙形成到人类诞生以前的亿万年岁月，以说明近两个世纪，"通过现代科学，思想第一次发现自己有能力去揭示与存在全然无关的世界的知识"。[1]康德承认此类事物（主体之外）的存在，称之为物自体，但认知范畴并不能直接抵达物自体。[2]梅亚苏虽批判康德的先验主体，但认同康德对于自然实体的思考，尤其是人类诞生以前的"前先祖"世界。数学与物理对于宇宙的描绘并非止步理念或先验，而属于预设的真实。因此，他认定，除非依赖实在论（realism），"否则非被见证的事物是不可想象"。[3]换言之，只有实在的必然，方能将没有主体的世界视为绝对存在。

但同时，梅亚苏并不认同康德目的论的自然世界。对于他，实体的世界应是"超级混沌"（hyper-chaos）。基于反相关主义立场，他所定义的混沌并非现象学或德勒兹意义的、经验世界的物质混沌。他希望论证：自然法则是偶然的，且具有根本的偶然性，因此，也是无限的。"超级混沌"属于法则的混沌，并不是说法则不清晰，而是说法则不可数、不可预见，能够带来必然的偶然性。梅亚苏援引休谟对桌球问题的讨论，以反驳康德的有限法则（范畴）。对于康德，法则的稳定性就是必然性。但休谟启示，当法则内含非必然，或纯粹的偶然，表象未必崩塌。他证明了存在者都可能不存在的必然性，"只有偶然性是必然的"。[4]梅亚苏延续此思路，将休谟的"因果"与"意外"赋予康德的先验演绎，以改造康德范畴的规定性。由于梅亚苏一方面认同范畴的法则意义与规定性，一方面论证范畴的偶然性与问题性，自然法则或多或少被他转化为某种知性直观。对于康德，直观主要来自先验感性，对于梅亚苏，由于存在的本质内含偶然，法则的偶然性便不来自演绎，而源自某种直观。因此，虽然梅亚苏几乎没有论及感性或先验感性，他实则将康德感性论的直观部分放置到了知性领域。

为证明认知规则的偶然性与无限性，梅亚苏引入集合论，尤其是超穷数概

---

[1] 甘丹·梅亚苏：《有限性之后：论偶然性的必然性》，吴燕译，河南大学出版社，2018，第232页。

[2] 实践理性又重新将物自体置入自然形而上学与道德形而上学的领域。

[3] 同注1，第40页。

[4] 同注1，第88页。

念。受巴迪欧启发，他将现代集合论的"不可计数"归于对本体存在论的阐释。巴迪欧援引康托尔集合论，认为"可数集合"（如自然数集）构成自柏拉图以降西方哲学的存在论逻辑。康托尔对"不可数集合"（如实数集）的定位，以及现代集合论对于超穷数的发现与论证（如"不可数集合"的无限性大于"可数集合"的无限性），实则对哲学的存在论进行了颠覆与推进。巴迪欧认为主体触发了"不可数集合"——他或多或少仍囿于康德的先验观念论。梅亚苏则悬置主体，直接论证规则（认知范畴）的不可数。按照康德自然目的论的思路，认知规则对于可能世界（偶然世界）的思考，需要某种整体性的理解。梅亚苏说："由于我认为把可能之物视为一个整体是不证自明的，因此我们才能将它们转化为一个可能世界的集合。"[1]对于梅亚苏，虽然无限的规则可数、可枚举，但当单一规则的群体试图排列组合，构成不同的、对可能世界的整体理解，对无穷集合的集合计数，便作为"对于无穷法则的集合计数"而出现。根据集合的超穷数，无穷规则的无穷集合所构成的可能世界，必然是不可计数的。换言之，根据集合论，可能世界的数量，实则大于规定它的可能规则的数量，也必然充满更多的偶然。梅亚苏所定位的实体世界的"超级混沌"，便是基于不可计数的可能世界的集合。至此，他方得以从主体性、认知范畴与自然目的论三个层面，对康德形成完整批判。

回到梅亚苏对科幻的批判，我们便知，他所定位的"科外幻"并非物质混沌，而应处于规则的不可计数世界。此时，"科外幻"艺术作品的规则充满偶然，充满无限可能，且属于超穷数的本体世界。也因此，可以说，梅亚苏对于科学规则或科幻规则的定位，存在一种收敛。具体而言，一方面，梅亚苏的实体世界的丰富性，依赖于现代集合论的规范性证明；另一方面，他对于科学规则（或科幻内的科学规则）的定位，则属于康德先验演绎的经典领域。换言之，他一方面认为，科幻的虚构仅局限于科学法则，并无法抵达法则之外的领域；另一方面，他相信现代集合论对"不存在必然法则的宇宙"已有了充分的证明，且一切不可数宇宙的偶然性，都是实在的。似乎对于梅亚苏，超穷数的集合论本身，已超越了科学领域。如果说科学幻想的一个重要任务是对可能世界的建构，

---

[1] 甘丹·梅亚苏：《有限性之后：论偶然性的必然性》，吴燕译，河南大学出版社，2018，第202页。

梅亚苏则似乎认定，科学幻想只是于"不可数宇宙"中，一个"可数"的子集。因此似乎只有"科外幻"能带来不可数的、真正的艺术自由。

对于本文，现代集合论的确超越了康德的知性范畴，也见证了二十世纪科学基础原理的发展。后文将说明，基于创造，艺术规则与科学规则并无优劣之分，也不能说科学（或科幻）只能带来可数的世界。梅亚苏将数学集合论的规定性赋予实在世界，但忽视了数学的感性直观意义，也忽视了"不可数"与康德"先验幻相"的关系。他对于科幻的批判，错失了科幻对于规则本身的悬置或突破。[1]他并未讨论科幻作为艺术，其想象力的"不可数"机制。

四、小西瑟瑞 - 罗内：崇高与怪诞作为科幻诗学

如果说梅亚苏从认知规则的层面讨论科幻的局限，小西瑟瑞 - 罗内对崇高与怪诞的分析，则从美学与艺术的角度，肯定了科幻作为艺术作品的无穷可能。康德美学开启了现代美学对于主体、对于自然整体的理解，小西瑟瑞 - 罗内论证：科幻的崇高与怪诞，能够撕开认识思考与认知体系的切口，以揭示科学之美的当代性。科学并非坚固的、没有矛盾的、铁板一块的体系。科学革命以后，自然科学的发展即是对范式的反复改写。科幻作为对科学图景的连贯性表述，需要基于科学的复杂体系，进行自由想象。不论是对科学本身的挑战，还是对规则的游戏化处理，科幻总基于"逻辑 - 认知"的世界进行再构建。这既需艺术自由，又需符合科学有效。对于经典美学（艺术）概念，苏恩文的"新奇性"与"认知有效"过于"新奇"，虽对科幻有着较为准确的定义，但一直难以被经典概念体系接受。小西瑟瑞 - 罗内选择返回启蒙美学，基于崇高与怪诞的发生机制，讨论"新奇性"所激发的审美体验，成功将科幻的诗学纳入诗学整体的分析语系中。

康德对崇高的分析启发了浪漫主义。《弗兰肯斯坦》所处的哥特语境，亦是融合了崇高与怪诞的审美作品。对于康德，崇高与优美相对。艺术的优美有赖于自然美，自然美则需符合知性或理性的形式——即便仅出自主观的合目的。

---

[1] 如莱姆的《〈不可能的生命〉与〈不可能的未来〉》《如何拯救世界》《索拉里斯星》，克拉克的《与罗摩相会》。

但崇高美面对的是无形式、无限制的威力世界。此时，自然宏大的质与量，超越了心灵的感性形式与认知规定。康德区分数学的崇高与力学的崇高。对于前者，想象力无法达到对于自然现象的审美判断，无法达到客观的合目的性，但主体仍可通过某种宁静的状态，在超感官尺度上，把握崇高的完整性，以达到敬重。康德称，仍"合乎法则"。[1]后者则带来畏惧，充满威力，主体面对纯粹的自然力量，只能产生某种自保或者消除其力量的反应。此时，不可测度的自然疆域超乎于人类官能范围。对于康德，力学的崇高虽使人不快，带来阻挠，但最终通向"（崇高者）表象规定着心灵去设想作为理念之展示的自然的不可及"。[2]简言之，当康德将终极自由归于实践理性，想象力可以通过崇高，超越知性的领域，达到对于理念自由的合目的。美学范围之外，想象力的整体规划，亦是通向自然目的论的途径。因而，康德体系中，崇高既具美学意义，也能够超越知性领域的局限，开启自由的疆域。康德更重视后者。

类似于梅亚苏，小西瑟瑞-罗内并不认同康德的主体哲学与目的论，而与梅亚苏相反，他重视康德超越认知范畴的路径。对于他，崇高与怪诞要求突破寻常的认知与思想界限，展现读者未曾见证或想象过的事物，带来舒适圈以外的世界。这是科幻艺术独有的审美体验。他将崇高的外延延展至怪诞，并强调崇高与怪诞的区分并不绝对，某一现象对一些人而言属崇高，对另一些人则属怪诞。[3]面对崇高，优美稳定的世界与阐释世界的范畴相继失效。超越性的、强力的、宏大的、震慑性的现象，让人畏缩，主体则需通过自持，在某种程度上克服对超越性的恐惧，产生崇高美感。此时，审美现象过于广大而无可理解，人的想象力向内求溯，以克服外界不断持续的感觉冲击。科幻，尤其是具有黄金时代气质的科幻，往往通过技术，带来康德自然美学的崇高体验，以激发具有"新奇性"的感知与诗意（或修辞）效果。小西瑟瑞-罗内分析，康德及其前辈伯克皆论及崇高。但对于康德，力学或数学的崇高，将由实践理性与判断力的合目的性支配，达到动态平衡，技术在其中仅扮演微乎其微的角色——崇

[1] 康德：《判断力批判（注释本）》，李秋零译，中国人民大学出版社，2011，第85页。
[2] 同上，第94页。
[3] I. Csicsery-Ronay, *The Seven Beauties of Science Fiction* (Middletown: Wesleyan University Press, 2008), p. 147.

高的终点是目的论。同时康德尽力排除弗兰肯斯坦式的怪异，希望惊诧与震撼获得修复。对于伯克，崇高是否定、是空余、是寂静、是黑暗，以及随之而来的宏大深奥。伯克暗示，崇高并没有技术或自然之别，崇高体验也类似。伯克认为人工制品也可以冲击社会生活与社会结构，带来崇高。[1]

不过，对于小西瑟瑞-罗内，康德与伯克的经典崇高理论仍含有两种对技术的否定：①人工制品隐含人类的目的性，仅能激发崇高，仅模仿自然带来的崇高体验；②崇高体验被阐释为给予（given），他们的论证少涉及崇高如何产生（production）。[2]二十世纪科学技术的发展，尤其是美国式技术崇高的景观（铁道、高桥、水道等），让技术世界作为第二自然的地位上升。[3]科学技术与自然世界的边界产生模糊，开始共同生产崇高。广岛的原子弹、商业核动力的使用、航空航天工程、工业设计、计算机科学、生物工程、人工智能、纳米技术等，让康德超验的世界与实践理性转化为技术感性的内生力量。技术崇高得以建立。技术崇高与自然力量交织，综合地扭曲或重构着人类所经验的自然。科幻便成为某种颇具现实主义的诗学。小西瑟瑞-罗内总结了科幻崇高的特质：①游戏特质：并没有康德的主体或精神的崇敬感；②对于对象的呼唤皆为想象，并非面对绝对的自然；③对于对象的考量基于科学，浪漫主义的神秘性被认知的"新奇性"取代，技术成为崇高的主导因素，而非康德的合目的性；④科幻的怪诞成为对自然崇高的回应，虚构中被建构的自然，构造了想象力的崇高与怪诞；⑤不同科幻作品的互文关系，导致读者对既有文本与未来文本的预期，反削弱了科幻的崇高感。[4]对于小西瑟瑞-罗内，当崇高脱离目的论的桎梏，进入自由的虚构世界，科幻创作本身，便成为某种意义上康德所定义的立法者。

之于怪诞，小西瑟瑞-罗内返回伯克。伯克谈到哥特式恐怖。恐怖或怪异的事物能够超越其创造者，获得自主性，自身产生惊异。换言之，自然世界中的变异个体，也能颠覆认知，带来怪诞，非思想所能克服。小西瑟瑞-罗内认

---

[1] I. Csicsery-Ronay, *The Seven Beauties of Science Fiction*（Middletown: Wesleyan University Press, 2008），p. 151.

[2] 同上，p. 155.

[3] 同上，p. 15.

[4] 同上，p. 161.

为，怪诞即是寻常或熟悉的事物产生无可把握的、前所未见的变形，带来难以克服的持续怪异。与崇高相比，怪诞是切近或亲密的。非理性、非自然的变异，让想象力向外求溯，以求解决不适，最终个体经验超越了反感或恶心，甚至面对怪诞，备受吸引。[1]他追溯巴赫金怪诞现实主义（the grotesque realism），以说明黑暗潮湿的内部空间作为怪诞的意象，在欧洲文化中具有漫长历史。后文艺复兴的科学（自然哲学）将世界转化为可被处理、可被测量比较的物质世界。[2]物质本身构成了崇高的基础，肉体反讽着物质秩序，将其带入生活。彼时，狂欢的游戏、集体的心智，尚未被科学的唯物主义穿透，怪诞主要用以对抗宗教的精英阶层。科学革命以后，自然科学的发展肯定着身体与物质的自主性。科幻的怪诞出自此。怪诞本身能建立法则，让崇高落地，让物质与身体不断变异。此时，主体对世界的观察视角与参与方式，也构成变异的组成部分。人类的心灵秩序因怪诞而坍塌。对于二十、二十一世纪的科幻，非自然、非有机的融合充分参与了怪诞对人类认知体系的解构。《异形》中非自然的身体，赛博格将机器（无机）与人（有机）的二元对立进行融合，虚拟现实与增强现实构成本身即变异的自然宇宙。技术让怪诞更具流动性。新世纪的科幻多围绕怪诞展开。自启蒙时代以降统筹自然与人性的理性，被技术社会与科学物质超越，异化的现实与人性取代了崇高的自然，构成了新的美学，怪诞与新怪谈因之兴起。[3]此时，人工制品、人类文化与自然世界不再具有清晰界限。认知与感性也不再彼此区分，皆进入想象力的规划。

五、詹姆逊：二律背反与可能世界

詹姆逊认可科幻是思考世界的一种方式，有能力建立智性的秩序。他对想象力的论述较少。基于对晚期资本主义的反思，他着眼于科幻如何构建新的、具有乌托邦性质的可能世界。似乎对于他，科幻的认知突破与审美体验不

---

[1] I. Csicsery-Ronay, *The Seven Beauties of Science Fiction*（Middletown: Wesleyan University Press, 2008），p. 146.

[2] 同上，p. 184.

[3] 同上，p. 213.

需赘言，或不是科幻理论的首要问题；科幻所构架的艺术作品的自足与差异化，才带来科幻的真正意义。麦克海尔认为侦探小说是一种现代性的文学（认识论层面），科幻小说则贴近于后现代性（本体论层面）。[1] 因为前者旨在从单一叙事中寻求线索，后者则旨在构建一种多意性。詹姆逊也宣称："科幻小说的作者被置于一个神圣创作的地位，这一创作是在阿加莎·克里斯蒂甚至亚里士多德可以想象的范围之外；科幻小说作家不是创造出某种形式的犯罪，而是不得不创造出一个完整的宇宙，一个完整的本体论以及另一个完全不同的世界——正是这个具有极度差异性的系统使我们可以与乌托邦想象发生联系。"[2]

詹姆逊继承苏恩文，认为乌托邦是科幻小说的社会政治性亚类（subgenre）。威尔斯早已提出，乌托邦小说出于人们对或然世界与或然生活的极度渴求，这并不止步于社会心理学与精神分析，而关乎政治学与宇宙学：人类如何与可能宇宙的各个组成部分有效相处。同时，从历史角度看，乌托邦具有未来学视角。苏恩文对乌托邦的定位偏意识形态；而对于詹姆逊来说，乌托邦与后现代的关系更具启示性。如将现代性叙事视为统一的、同质的思想表达，科幻与现代性的关系并非寻常科幻史所展现的大同结构。不论是《天堂的车床》《路边野餐》，还是莱姆的大部分作品，科幻充分表现了对现存秩序的否定，以及对新秩序建立的尝试（及失败）。对于詹姆逊来说，乌托邦的想象出自对现实的否定，并试图建立与当前现实形成对照的可能世界。后现代出于对现代性"单向度"的反思，理应提供"星丛"式的可能世界。科幻小说内含的乌托邦冲动，成为詹姆逊的首选。当科幻与幻想，精英文化与通俗文化互相融合，后现代可"被看作一种辩证式的饱和，在这种饱和中，这些半独立的、不同社会层级的子系统有可能一下子变得完全独立，从而产生一副与之前的现代性渐进方式完全不同的复杂的意识形态图景，即无所不在的多样性和无限延伸的裂变"。[3] 简言之，

---

[1]　B. McHale, *Constructing Postmodernism* (London and New York: Routledge, 1992), p. 247.

[2]　弗里德里克·詹姆逊：《未来考古学：乌托邦欲望和其他科幻小说》，吴静译，译林出版社，2014，第140页。

[3]　弗里德里克·詹姆逊：《未来考古学：乌托邦欲望和其他科幻小说》，吴静译，译林出版社，2014，第27页。

科幻作品中不同的可能世界，会形成闭合的乌托邦空间，形成"假想的飞地"。

不过，詹姆逊并不认为科幻乌托邦能提供完美蓝图。科幻只提供方法。他甚至认为人类的想象有弱点，即便科幻也难以想象后资本主义的瓦解。《后现代的二律背反》中，詹姆逊选择回到康德。他参考康德批判理论的二律背反，归纳后现代困局。康德的二律背反描绘了理性超越知性范畴与先验统觉的限度，试图根据认知条件的集合，提出关于宇宙论的总体理念。康德分析，此行为将产生先验幻相，得出既不能证真，也不能证伪的四组背反结论：①时间与空间有限，或无限；②世界由不可分的单纯事物构成，或构成世界的复合实体总是可分；③世界是自由的，或一切因果皆是必然；④世界有始因（必然存在者），或世界无始因。梅亚苏的不可计数世界，亦是对康德二律背反的延展讨论。詹姆逊则基于对后现代理性的反思，讨论当下现实的背反：①时间上绝对的变化与加速陷入停滞（加速主义），转化为固定的空间结构；②空间上绝对的多样性与异质性，进入实际上的同质化（扁平）；③（后现代理论）反基础主义与反本质主义对自然的否定，对应生态叙事的回归；④乌托邦与反乌托邦形成不对称结构，我们需重新理解"反 - 反乌托邦"。前两类二律背反属于生产方式变化所导致的关于速度（变革）与永恒的问题；后两类则关乎幻想整个制度改革的可能性——即自然、人性与乌托邦——的问题。[1]

如果说康德的二律背反是在认识论意义上标定人类理性的界限，仍拘于人类中心主义与现代性的同质化叙事；后现代的二律背反则在科幻中，描绘想象力的潜能与界限。康德定义超越了界限的不可知为物自体；而对于科幻，这是创造力的起始。基于此，詹姆逊对科幻小说的超越性寄予厚望，认为乌托邦文类所提供的，或然的可能世界，可以真正展现并应对后现代的二律背反。詹姆逊举例《索拉里斯星》，以说明极度的差异虽然非人类的范畴所能理解，但我们可以通过艺术建构进行描绘。换言之，科幻所面对的问题是：我们能否在或然世界中，想象不能想象的事物。

对于詹姆逊，二律背反表明两类绝对不可调和的世界观，是一种"比矛盾

---

[1] 弗里德里克·詹姆逊：《时间的种子》，王逢振译，江苏教育出版社，2006，第 8 页。

更清楚的语言形式"，属于真实的常态。[1]时代更适合二律背反而不是矛盾，因为矛盾提供"现代主义的选择"，二律背反则提供"后现代选择"。[2]他认为，科幻能带来针对后现代二律背反的分析，完成有效的思想实验。他根据已有科幻小说，总结了对应的路径：其一，当时间的死亡（加速后的停滞）转化为空间的永恒时，特定社会历史阶段的真理，表现为"一种闪光的科幻小说似的停滞"。[3]其二，科幻小说的空间场域中，从农村/部落乌托邦，到城市乌托邦，到赛博朋克乌托邦——绝对的变化呈现为同质的结构对立，从而获得批判价值。其三，反基础论与反实在论强调去中心化主体、强调全面的赛博格化，"自然"是大部分后现代理论急于取消的一种"非后现代存在"；而与此同时，"生态"却以前所未有的危机意识被科幻/幻想强调，自然哲学重获地位。其四，就乌托邦与反乌托邦文类而言，乌托邦冲动往往是乌托邦与反乌托邦所共有的内核；而从世界建构层面，二者却有着结构上的本质差异——乌托邦描绘一种机制或蓝图，反乌托邦则是针对具体个体或特定变化节点的叙述。

詹姆逊并不否认科幻将带来更多的"背反"，他承认，"在历史中真正彻底的体系化思考是需要付出不利于自己的代价的"。[4]与梅亚苏相反，他发现每一篇科幻小说都可被视为一种独特的体系。体系内部天然拥有背反。他重视科幻小说所提供的背反，认为"一批特殊的观点和文本（它们本身或多或少是连贯的、自成一体的）共有一种无法表现的基础，这种基础只能作为大量的逻辑悖论和无法解决的不合逻辑的概念来传达"。[5]梅亚苏止步于规则及其偶然，没有深入讨论充满悖论的规则体系如何真正表达世界。詹姆逊则认为，科幻乌托邦内在的背反，即是展现悖论的运作方式，其具有真正的美学多样性与"多元主义"。对他来说，科幻并不止步于崇高或怪诞对既有结构的突破，科幻的构建需要制造体系，建立完整的世界。具有真正创新潜力的体系能呈现

---

[1] 弗里德里克·詹姆逊：《时间的种子》，王逢振译，江苏教育出版社，2006，第 1 页。

[2] 同上，第 3 页。

[3] 同上，第 14 页。

[4] 弗里德里克·詹姆逊：《未来考古学：乌托邦欲望和其他科幻小说》，吴静译，译林出版社，2014，第 121 页。

[5] 同注 1，第 2 页。

关乎本质的背反结构，这或许是科幻创造的真正力量。

六、结语

我们称科幻为思想实验。当代的思想实验每每通过对科学与技术的思考，借由艺术，超越想象力的界限，以绘制人类文明与宇宙图景。科幻理论一方面分析科幻作品的风格、主题与文化内涵，另一方面，也试图阐明科幻作为思想实验的原理。由于科幻的想象力横贯认知与感性两个领域，甚至试图重构认知与感受本身，科幻理论便无法局限于文学或艺术，而深入哲学的问题域。作为发端于科学革命的艺术形式，科幻的结构必然对应于启蒙哲学及其后的发展。詹姆逊、小西瑟瑞 - 罗内、梅亚苏皆选择返回康德，通过反思与修正康德的局限性，以阐明当代科幻的本体形态。康德定位了想象力的自发性，定位了想象力对于认知与感性的奠基作用，定位了思想内在的、不可避免的背反。面对去人类中心主义，虚拟现实与增强现实的多元宇宙，技术感性与技术理性的充分融合，面对二十一世纪的自然哲学，未来的科幻将成为想象力最为复杂的呈现场域。詹姆逊阐释科幻，虽内心悲观，但仍暗示，科幻对未知与想象力的挖掘、对创造力的推进，或许能带来希望，能建构丰富的世界，能塑造经验知识与认知原则的可能性基础。当梅亚苏描绘的（数学的、认知的）规则试图整体地表达世界，必然产生超乎规则本身的可能世界。此时，崇高与怪诞同时发生，让人畏惧又充满魅力。科幻的认知审美与诗学内涵得以彰显。

更进一步，科幻应被理解为同时进行艺术创作与科学创造的领域。物理学家玻姆在《论创造力》中提出，科学与艺术的创造性是相通的，都是对新颖的序（order）的构建。结构是科学与艺术两个领域真正核心的问题。而创造本身也在运动，也在变化，没有一蹴而就的事情，也没有真正的终点。宇宙过于巨大，一个人的心灵其实不能把握宇宙整体，我们只能把握周围的事情，然后进行想象。《论创造力》2004 版本的前言中，黑足族裔研究者勒罗伊·小熊（Leroy Little Bear）将玻姆的理论类比于黑足哲学（Blackfoot Philosophy）。对于黑足，心灵是储藏创造的地方。

或许未来的科幻将超越类型文学的领域，真正进行创造。彼时，每一个科幻作品都带来一个宇宙，一种人性，都通过想象力，构建独特的感性体验与认知系统。科幻理论或许仍难以对科幻作品的整体进行定义，但可以围绕每一个作品，阐发出一套完整的认识论与感性学。如此，我们或许才能真正做到创作与理论的多元。

【本文为中央高校基本科研业务费专项资金资助项目"二十世纪法国哲学的数学本体论研究与感性论启示"（330/63222022）阶段性成果。】

参考文献：

[1] 布赖恩·奥尔迪斯、戴维·温格罗夫：《亿万年大狂欢——西方科幻文学史》，舒伟、孙法理、孙丹丁译，安徽文艺出版社，2011。

[2] 达科·苏恩文：《科幻小说变形记——科幻小说的诗学和文学类型史》，丁素萍、李靖民、李静滢译，安徽文艺出版社，2011。

[3] 戴维·锡德：《科幻作品》. 邵志军译，译林出版社，2017。

[4] 弗里德里克·詹姆逊：《时间的种子》，王逢振译，江苏教育出版社，2006。

[5] 弗里德里克·詹姆逊：《未来考古学——乌托邦欲望和其他科幻小说》，吴静译，译林出版社，2014。

[6] 甘丹·梅亚苏：《形而上学和科学外世界的虚构》，马莎译，河南大学出版社，2017。

[7] 甘丹·梅亚苏《有限性之后：论偶然性的必然性》，吴燕译，河南大学出版社，2018。

[8] 郭伟：《科学外世界与科外幻小说（兼论韩松）》，《科普创作》2019年第3期。

[9] 伊曼努尔·康德：《纯粹理性批判：注释本》，李秋零译，中国人民大学出版社，2011。

[12] 孟强：《告别康德是如何可能的？——梅亚苏论相关主义》，《世界哲学》2014 年第 2 期。

[13] Csicsery-Ronay Jr. I., *The Seven Beauties of Science Fiction* (Middletown: Wesleyan University Press, 2008).

[14] McHale, B., *Constructing Postmodernism* (London and New York: Routledge, 1992).

[15] McHale, B., *Postmodernist Fiction* (New York and London: Methuen, 1987).

作者简介

冯原（双翅目），哲学博士，科幻作家，南开大学哲学院教师。

科幻理论的未来在于发现新的逻辑体系

刘 伟 刘 欣

什么是科幻？科幻就是把想象和现实中的科技碎片连接在一起，形成一种牵引性的超越力量，进而形成一种非存在的情感与理性爆发。

未来的科幻不但要服务于人，还要改造人，更重要的是与人合作。科幻作品与理论的关键在于新逻辑体系的启蒙、发现与构建，而不仅是停留在现有科技的形式化与照搬。科幻的实质终究不是解决问题，而是提出问题。提出什么样的问题往往比解决问题更重要，如何针对过去的、现在的科技、人文、艺术提出未来的展望，这确实是一个棘手的问题。做个不恰当的比喻，既要一定程度的"盲人摸象"，又要一定程度的"刻舟求剑"，还要一定程度的"曹冲称象"和"塞翁失马"，难度可想而知。下面将针对这个问题尝试做一些探索和分析，班门弄斧，不当之处，还望海涵！

一、科幻应是情理结构

如果说科技是人类理性的产物，那么科幻就是人类理性与感性的共同产物，如果只有理性，就是机器了，机器没有情感；都是感性的话，人就是动物了，动物没有什么理性。[1] 人类感性与动物感性最大的区别就在于人类还有理性相伴。

英国哲学家大卫·休谟认为："一切科学都与人性有关，对人性的研究应是一切科学的基础。"任何科学都或多或少与人性有些关系，无论学科看似与人性相隔多远，它们最终都会以某种途径再次回归到人性中。科学尚且如此，包含科学的科幻更不例外。

人类之初既不是孟子的"性本善"，也不是耶稣的"有原罪"，而是中性的，若把之放入狼群，就是狼孩，若把之放入社会，就是人孩，当然，不同的人群会有不同的孩子。人类社会的复杂常常在于混阶、混颗粒度立体（而不是各种平面的图谱和网络）的相互作用和多重因果叠加纠缠，朱迪亚·珀尔的《为什么》仅仅延续了西方传统——试图从数理的角度破解因果关系，殊不知，他一开始就偏离了真实的生活常识：人类的因果关系既包括自然的同时也包含社会的，既包括客观事实性的实然，有时也常常包含主观价值性的应然，这种杂乱无章的混合表现俗称为"复杂系统"。

如果把科技看成底层为数学的结构建筑，那么科幻就是底层为复杂系统的情理结构，其中的根本是人类艺术性的算计，算计是活的计算，算计不但构建起了一座座分科而学的丰碑（数学、物理、化学、经济、法律、政治、历史……），还树立起仁（人性/思想）、义（应该/合宜）、礼（制度/程序）、智（是非/分类）、信（解释/鲁棒）的围栏和边界。[2] 遇到逻辑不自洽或悖论时，机器往往会死机，而人类的算计意识却可以逢山开道、遇水搭桥，如果把物质看成是客观存在的事实，意识是主观对客观事物事实的价值反映，那么休谟之问"从事实中能否推出价值"则可近似为"物质能否变为意识""科技能否变为科幻"的问题，那么事实性计算与价值性算计之间也就是科技与科幻的共存共生问题。

如果说14—17世纪的文艺复兴是回归希腊，把人从神学、上帝的束缚下解放出来，引发了宗教改革、启蒙运动、工业革命，导致理性主义、个人主义盛行。那么未来的科幻将回归以人为本的宗旨，把人从机器（高科技机器和各

---

[1] 刘伟：《人机融合：超越人工智能》，清华大学出版社，2021，第106-110页。

[2] 刘伟：《追问人工智能：从剑桥到北京》，科学出版社，2019，第44-48页。

（种社会机器）的束缚下解放出来，重新确认和界定人是目的，发掘和发展个性才能，使人类走向光明的未来。科幻中有不同的人，同时也有不同的角度和意图（包括对手），如何"与或非+是非中"这些人性呢？也许一旦掌握了人性以后，我们就有希望在科技与科幻的其他各方面轻而易举地达到目的了。或许，对人类而言，理性的极限就是一种感性，如从几个司空见惯的符号中（E=mc2）竟也能看出美来！

休谟之问是指休谟在其名著《人性论》里面提出来的一个问题：从"是"（Being）中能否推出"应该"（Should）来？即从客观事实里能否推出主观价值。这个问题在西方近代哲学史上占有重要地位，在他之后许多著名哲学家纷纷介入，但终未有效破解。科幻作品及理论的任务就是要打开科技与、或、非门的狭隘，比如大与、小与，大或、小或，大非、小非……大是（being）、大应（should）、小是（being）、小应（should）穿透各种非家族相似性的壁垒，用未来的想象和当前的感受（如同情、共感、同理心、信任等）影响科技领域的走势。

科幻艺术的算计就是人类没有数学模型的计算，科技计算中的"与或非"逻辑，大家比较熟悉了，就不再多赘述；科幻算计中的逻辑不妨称之为"是非应"，其中"是"偏同化、"非"侧顺应、"应"为平衡，当遇到未来科幻问题时，先用"是"，再用"非"，后用"应"。大是大非时，大是不动，先试小非，再试中非，若不行，大非不动，先试小是，再试中是，这些试的过程就是"中"的平衡。"应"就是不断尝试、调整、平衡。以上就是科技计算与科幻算计结合的新逻辑体系，科幻算计逻辑把握价值情感方向，科技计算逻辑细化事实理性过程。科幻走向未来，没有新逻辑出现或许就会没有灵魂。

二、逻辑压缩与坍塌

人是生理与社会的融合，机器是物理学与数学的结晶，环境是地理与历史的产物，人机环境系统交互代表的科幻作品则是复杂形式与简单规律的表征。"A thing is a thing; not what is said of that thing"这可能是对"道可道，非常道；名可名，非常名"最传神的翻译了。科幻的使命在于未来，所以更要肩负起"道非道，名非名"的重任与担当。现有的科技逻辑体系随着各学科的深入发展正在渐露疲态，如数学上的哥德尔不完备定律、物理上的海森堡不可测原理、经济学阿罗不可能定理……时代在呼唤新的科学原理、新的技术手段，而这都需要出现新的逻辑体系，一种有别于传统思维方式且更符合客观事实与主观价值的（当前）非存在的有。

传统逻辑的线性可以叠加处理，但新逻辑的非线性却变化多端，具体可表现为：发散收敛（弥聚）、跳跃协同（跳协）、显性隐性（显隐）。公理不是真理，而是某种协议，是一种非存在的有，如东方的孙悟空和西方的圣诞老人一般：虽不存在，但人们心中都"有"其形象。科技就是由多个公理（非存在的有）建筑起来的逻辑体系，如数学中的点、线、面、无穷等概念和范畴。但科幻中的新逻辑也许就是多种事实性逻辑被压缩成价值性逻辑的过程。这在一定程度上也超越了当前科学计算验证体系的边界，而这恰恰也是人类算计想象的特长：能够自主调和融洽各种事实性逻辑矛盾于某种价值性逻辑之中。[1]哲学上讲，客观世界是完全独立于主观世界的存在，但是这是个伪命题，并不是真正存在的。真正能观察到的，是客观和主观之间的结合，由于观察者和被观察的世界相互作用，我们不可能无穷精准地把客观世界了解清楚。如当硬件能力到达一定程度，大家就会关注软件能力的提高；当软件能力到达一定程度，人们就会关注硬件能力的提高。衡量一个科技产品的水平可以尝试从它"跨""协"不同领域能力的速度和准确性来初步判断，同理可得，衡量一部科幻作品的情理水平可以尝试从它"跨""协"不同领域能力的速度和准确性来初步判断。简单地说，科技处理问题的方式一般是产生式的（if-then）因果关系，科幻作品则更应是启发式的（不求最优但求满意）情理混合新逻辑，而启发式往往可以处理非线性问题。当人机在异常复杂的环境里无能为力之时，也许就是逻辑坍塌之际。或许，科幻领域启发式的计算计（计算 + 算计）恰恰就是新逻辑压缩成功与否的关键之所在吧！[2]

元是认知之始的元素。一元为 being，多元为 should，除了多元之外，还

---

［1］ 刘伟：《人机融合：超越人工智能》，清华大学出版社，2021，第79—81页。

［2］ Mica R. Endsley、Daniel J. Garland, *Situation Awareness Analysis and Measurement*,（Lawrence Erlbaum Associates, New York, Inc, 2000），pp.5-15.

有变元，随机应变的元。多元认知如何形成一元认知的？即人们是如何把多种逻辑压入到一次逻辑推理过程中的呢？这是智能领域的研究梗，也是未来科幻需要破解的难题！随之会衍生出这样一些问题：人们是如何把多种态、势压入到科幻作品中的态、势、感、知过程中的呢？人们是如何把多种科学事实计算压入到一次科幻艺术算计过程中的呢？

在科技发展的历史长河中，第一次数学危机称为毕达哥拉斯悖论（信奉"万物皆数"的信条，号称任何线段长度都可表示为两个自然数之比，毕达哥拉斯悖论是希帕索斯发现的，他发现了直角边长为 1 的等腰直角三角形斜边长度不是自然数之比）；第二次数学危机称为贝克莱悖论（1734 年爱尔兰主教贝克莱提出：在牛顿和莱布尼茨求导数过程中，dx 既是 0 又不是 0，这就是贝克莱悖论）；第三次数学危机称为罗素悖论（集合 R 本身既是 R 的元素，又不是 R 的元素）。

这三次危机的一致性在于"是"与"不是"的悖论，与量子物理的"猫"一样，与文学的"to be or not to be"相似，与东方思想中的"是非之心"相关，与经济行为中的"A 与非 A"异曲同工。"是"与"不是"即为一元，其相互间的转化即为变元，其衍生出的"应"即为多元。如 A 是一元，A 转化为 B 是变元，A 应为 B 或 C 或 D……为多元。逻辑压缩、人与隐形系统、计算 - 算计（计算计）依然成为未来科幻领域的研究重点和难点。计算涉及事实性人机环境系统（事图）问题，算计则更多涉及价值性人机环境系统（意图）问题，而事实与价值常常会出现不一致甚至是矛盾，计算计就是各种事实、价值的混合性人机环境系统问题，而且不同粒度的计算计模型是不同的。如何说计算中含有贝叶斯（结论随新数据的输入而改变），那么算计就涉及锚定论（结论很难随着新数据的输入而改变），科幻领域也许就是一个典型的科技与艺术的计算计案例。

科幻领域的瓶颈和难点之一是人机环境系统多域失调问题，具体体现在不同学科领域中的"跨"与"协"如何有效实现的问题，这不但关系到解决各种科幻建构系统中"有态无势"（甚至是"无态无势"）的不足，而且还将涉及许多艺术作品体系"低效失能"的溯源。尝试把人文域、艺术域、社会域构成的基础理论域与物理域、信息域、认知域构成的科学技术域有机地结合起来，为实现科幻跨域协同中的真实"跨"与有效"协"打下基础。

目前，针对客观现实及实际应用而言，我们要清醒地认识到：当前的科幻大潮，并非基于科技发展机理认识上的重大突破，而只是找到了一种较能利用当前不完善科技和计算机特长的强大方法——旧逻辑＋旧科技，它未必能撬开创造真"幻"之门。人们心目中的"科幻"大都离不开理解、意向性、意志、情感、自我意识以及精神等方面的经历体验，否则"能则能矣，非幻也"。缺乏理解，还有科幻？没有意向，能力再强，何幻之有？感受情感情绪之"情"是体现和判定事物真正价值的基础，科幻到底能否离开它们和价值判断？这些方面的研究迄今并无突破，也无近期内会有重大突破的先兆。而且，依赖科技的可解释性、常识性、学习性和可视化都较差，对加深理解、提高认识、改善科幻的结构和表达帮助有限。比如，《星际穿越》既能让理工男体验颅内高潮，又能让文科生看完后感受到情怀满满，这些都从不同侧面说明了这部科幻作品的成熟、完善和方向，呈现出"高复杂度、高动态、多时空、不确定"的特性。因此传统的基于预定策略和经验的判断的逻辑方式不再可行。如何确保欣赏／观赏人群在高复杂度、高负荷的科幻环境下，面对关键信息不充足的情况下，还要准确地从大量态势信息中获取有用信息、形成正确认知、迅速主动沉浸成为未来科幻领域亟须解决的问题。也许，能够控制人类思想的真正机制与迄今为止创建的任何传统逻辑都根本不同，正如爱因斯坦所说："当数学谈及现实时，它不确定，当数学确定时，它无关现实。"而人的一切经验和信息都蕴藏在未来人机环境系统交互关系和新逻辑实践中。[1]

科技力量为信息时代的战略资源，科幻的出现，为人类深度挖掘未来的新逻辑资源提供了方法手段，正在引领并重塑世界新未来变革的发展态势。但是，科幻未来虽然具有巨大潜力，但就目前现状而言，科幻仍尚处于比较初级的阶段，偏技术而非科学，这也是科幻目前面临的问题。局限于特定的场景、特定的故事，一旦走出书本或剧场，受到现实世界的干扰和挑战就时常无后劲，回味性不够，牵引能力较为有限。就像在各种赛事中频频拔得头筹的人工智能算法，一旦走出实验室或特定的场景进入实战，则很难玩得转。如何在实践中解

[1] 刘伟：《科幻电影是人机与艺术融合的智能系统》，《吉林艺术学院学报》
2018 年第 4 期，第 80–84 页。

决这些难题并实现被动态势感知与主动情境意识有效地结合呢？这是未来科幻界要突破的核心问题。

在科幻理论体系中，以科技逻辑与未来概念为核心思想的新逻辑理论方法和人机环境系统计算计技术？在开发科幻资源的多视角多粒度多层次认知机制方面具有理论优越性，对人们未来的信息感知、知识表示与情感认知问题研究和系统构建具有重要方法论意义，对于促进新科技、新科幻、新思维的产生具有重要现实意义。笔者认为人擅长处理方向性粗粒度艺术算计问题，而机器优于处理过程细粒度科学计算问题，如何把两者有机结合形成新逻辑的计算计（计算＋算计）系统，将是未来科幻领域发展的关键瓶颈问题和制高点。

三、展望

科幻如同智能一样，既不是人脑（或类脑）的产物，也不是人自身的产物，而是人、物、环境系统相互作用的产物，正如马克思所言："人的本质不是单个人所固有的抽象物，在其现实性上，它是一切社会关系的总和。"[1]比如狼孩尽管具有人脑的所有结构和组成成分，但没有与人类社会环境系统的交流或交互，也不可能有人的智能和智慧。事实上，未来的科幻同样也蕴含着人、物、环境这三种成分，随着科技的快速发展，其中的"物"也逐渐被人造物——"机"所取代，简称为人机环境系统。平心而论，科幻要超越科技，在现有数学体系和思维模式上，基本上不大可能，但在过去、现在、未来人机环境系统中却是有可能的。科技是逻辑的，科幻则不一定是逻辑的，科幻是一个非常辽阔的空间，它可以随时打开异质的集合，把客观的逻辑与主观的超逻辑结合起来。

无，是非存在的有；虚是非存在的实；非是非存在的是；should 是非存在的 being。科幻的边界在于 should "应"和 change "变"，即如何实现适时的"弥"（散）与"聚"（焦）、"跨"（域）与"协"（同）、"反"（思）与"创"（造）。复杂就是多事、物的交织作用。机管复，人管杂。复杂的往往是形式，

---

[1]　《马克思恩格斯选集》第 1 卷，人民出版社，2004，第 56 页。

主要还是因为没有找到简单的运行规律，当你找到万有引力时，一切都将会明亮起来……破解科幻的未来这一复杂事物，最好从具体的人机环境系统新逻辑角度出发，泛泛而谈，恐怕越走越远。

作者简介

刘伟，工学博士，北京邮电大学人工智能学院研究员，北邮人机交互与认知工程实验室主任；

刘欣，研究生，北京邮电大学人工智能学院。

"双停滞"语境下科幻发展的几点浅见

韦 火

　　中国的科幻发展近些年越来越"火"了，这是不争的实情。因我前几年写过一部《达尔文之惑》（三部曲）的科幻长篇，故而被沙场点兵拉出来谈些体会，便只好从命。其实科幻创作于我并不擅长，虽然《达尔文之惑》初版后一年售罄又再印，但这部拙作的读者们大都是理工科的老师和研究生，他们这些"小小众"的读者群实际上更关注当今科技发展的新态势，只是希望从中读到相关专业领域的一些展望而有所启迪，这跟我多年前就在做新技术走向的整理归拢而选择了科幻表达形式的初衷倒是吻合的。所以，就当下或未来的科幻发展谈体会，也只能是从本人一介外行的有限视角去考虑就章，以此跨界求教于科幻专家们。

一、"双停滞"危机与科幻的自娱自乐

　　世界的未来发展，从来没有像今天这样备受人们关注。巨变时代无疑给科幻创作带来了丰富的想象空间，尤其是飞速发展着的高新技术不断涌现，商业太空游、脑机连接、元宇宙之类的美妙前景一波接一波轰炸而来，无不让人心潮澎湃、翘首以待。尽管会出现气候变暖、疫情这样的暂时困境，但那似乎只是科技发展操之过急所致，光明的前途总是要经过曲折道路的。

　　然而实际情况并非如此。当人们还在为人口迅速膨胀、资源过度采掘、生

态环境恶化等全球性问题而探讨解决办法的时候，却猛然发现，更可怕的危机不在于发展得太快、太急，而恰恰与之相反，发展出现了停滞趋势。这种危机正从两个方面日益显露出来，一方面人类自身的机体进化已明显趋于终止，另一方面自然科学的发展也尽显疲态，这就是所谓的"双停滞"现象。

事实上，作为动物界的一个物种，人类目前的生命形式已经很适应地球环境，适者生存的自然选择动力几乎消失殆尽，失去了过去隔离生态那样的条件，进化的停止趋向似乎难以阻挡，甚至反而出现了机体明显退化的许多迹象。譬如，机器大量替代手工劳动导致手和脚的差别越来越大，长期室内生活导致视力退化近视眼越来越多，环境和辐射污染导致生殖功能不断下降，等等。而生物学常识告诉我们，一个物种一旦终止了进化，绝不是什么好事，也许离灭绝的命运就不远了。缺乏继续进化的动力，往往意味着被自然淘汰的可能性增大，这也是物种多样性不断下降的直接原因。避免遭淘汰的一个重要条件是要持续进化，就连病菌这样的弱小生物也在进行着耐药性变异，要不然早被人们的抗菌素消灭光了。新冠病毒都有着"免疫逃脱"的演变本领，而人类机体的自然进化能力几乎丧失殆尽了。

与自身进化趋于停止同样令人不安的是，自然科学的基础研究最近大半个世纪以来也黯然失色，"触顶"现象已经非常明显。粒子物理研究作为基础科学中的基础，自从标准模型提出以来几乎寸步难行，耗费巨资兴建的大型对撞机，撞了几十年也没撞出多少名堂，让科学界越来越失望。如今的网络技术、AI研究、区块链、5G通信等，表面上仍在风风光光发展着，其实都是过去微电子学的技术延伸，老本也快要吃光了。技术进步渐渐失去科学源头就会完全枯竭，目前全球经济发展持续疲软的根本原因就在于此。

"双停滞"之所以是人们走向未来的根本性危机，就在于近300年来人类与科学技术的关系发生了微妙而深刻的变化。众所周知的是，在古猿从动物界脱颖而出之后的数百万年内，人类一直按照适者生存的自然天条一点点缓慢进化着，即使进入了文明时代的几千年间，整个社会也仿佛是在泥泞的羊肠小道上匍匐前行。然而工业革命以后情况骤变，人类社会的发展一下就驶入了快车道，翻天覆地的巨变随之到来。

这种前所未有的迅猛变革，并非自然进化使然，而要全面归因于科学技术的强劲引领。事实上在这一过程中，科学技术逐渐超越了当初在知识体系和技能层面上的含义，它更像是一种神明般的存在而渗入到了人类生活的方方面面，包括在古老的文学创作领域中也染上"科"字色彩，出现了科幻小说这种新形式。1818年玛丽·雪莱的开篇名著《弗兰肯斯坦》问世之际，正是第一次新技术革命如火如荼进行之时，这一通过文学手法映射科技前景的崭新方式很快就得到了人们越来越多的青睐。

从那以后在不同的历史时期，科幻创作的形式虽然各有特点（也许逐渐形成了一些不同流派），但不管如何演化，科学和技术的进步始终是科幻的源头活水。实际上，科幻文学问世以来的200多年间，正是人类社会发生翻天覆地变革的时期，只要从某一科学原理出发就可以天马行空描绘未来场景，对新技术也可以脑洞大开尽情构想，科幻想象描绘的许多事物后来都成功进入了现实世界，让人充分感受到了科幻的魅力。而且在此过程中，也极大地丰富了人们的世界观，启迪了人们的智慧，从而使科幻本身也随着科技的日益发展而大受欢迎，并逐步发展成为一项独特的文化产业。这大概就是科幻文学之前走过的路径，直到现在。

然而历史发展到今天，情况正在发生急转弯式的变化。科技界从不同角度正视到的"双停滞"危机日益显现，这本该成为科幻创作新的源头活水，人类如何摆脱"双停滞"危机其实正是创作的一片蓝海，但这样的作品却很鲜见。

科幻对"双停滞"大势的视而不见，也许是强大的惯性使然，毕竟这也是科学技术顺风顺水发展了几百年而前所未遇的，转弯还需要假以时日。虽然在客观上，变着花样找科学新依据变得越来越困难，过去那些科幻想象的源头正呈现出枯竭趋势，但本质上大同小异靠花样翻新写出来的科幻却依然汗牛充栋，只要故事情节引人入胜就叫座，红红火火大家乐。然而这可能是一种"虚胖"现象，并不代表着科幻未来发展的主流方向。

其实业界近来也有人注意到了这点。科幻作家郑军先生就指出，目前的科幻不关注现实科技、自顾自乐的现象是大量存在的。他认为，80%以上的科幻征文稿是陈词滥调，作者们写科幻不是因为关注了科技和现实，而是因为看了以前发表的科幻，所以写出了反科学的、伪科学的、讲怪力乱神的科幻。

或许，郑军先生对当下科幻文学主流的判断会有很多人不认同，但他说的现象还是很值得业界关注的，不仅仅是在国内。近年来的一个客观事实是，在过去一些科幻创作较发达的国家或地区，软科幻、玄幻作品逐步取得了主流地位，披着"科"字外衣实则渐行渐远。其背后的深层原因就是"双停滞"导致的老套路创作源头日益枯竭，相对论、量子力学甚至尚未证实的暗物质、暗能量这些科学素材都挖掘得差不多了，不想再炒冷饭，那就只能向"软"处走、向"玄"处行，这的确值得关注科幻未来的人们深思。

二、"双停滞"危机与科幻未来主义

几乎所有的科幻作家、评论家都知晓未来学家托夫勒，许多人也很愿意引用他的那句名言：在一个快速变化的社会，人们必定将目光转向未来。

确实，人们每当感受到重大转折关头来临的时刻，总是盼着明天会更好，这可能是人类这个智慧物种天性的精神追求。然而人们所憧憬的"未来"未必就一定是将来可触及的真切的未来，尤其是在缺乏参照系又打不开脑洞的时候，往往茫然不知中错识未来，甚至会通过"复古"去寻求未来的精神寄托。众所周知的欧洲中世纪末期，科学革命的前夜让人们感受到了巨变时代就要到来，但人们对未来的向往却是"回归古希腊"。当然历史时光是不会倒流的，欧洲社会终究没有重返古希腊，而是在文艺复兴之后追随着哥白尼、伽利略的脚步，迎来了科学文明的崭新时代。人类这段大转折的历史倒是符合托夫勒的另一句名言：唯一可以确定的是，明天会使我们所有人大吃一惊。

如果说科学革命或者更近一点的第一次技术革命爆发之前，人类的科学思维脑洞尚未开启的话，那么后来在科技旗帜的引领下，人们对未来的预见能力显然是越来越强了，不仅是科学上的空间弯曲、核爆炸、激光等大量的预言被陆续证实，而且科幻对未来世界的一些准确预见也是有口皆碑的。譬如，一直为人们津津乐道的是阿西莫夫，他在科幻名著《转圈圈》中靠想象提出"机器人三定律"的时候，电子计算机都还没问世，人工智能更是八字没一撇，这种对未来的天才洞察力的确令人吃惊。然而应该说，阿西莫夫及其同时代或后来其他的许多科幻作品，之所以能够描绘出最终得以出现的未来，大背景还是得益于当年的科技正在迅猛发展中。

　　而今再看，"双停滞"危机实际上正在不知不觉中弱化、扭曲人们对未来的向往和预见。最典型的例子就是最近一个时期关于"元宇宙"的预见性炒作，它虽然也属于"将目光转向未来"，但实质上则是"复古"式的未来，是现代版的"重返古希腊"。

　　科幻爱好者其实都很清楚，元宇宙（Metaverse）还真不是个新鲜出炉的词汇，它早在1992年的科幻小说《雪崩》中就出现了，那个科幻故事讲述的是人们能够以虚拟化身的形式脱离现实世界而自由生活（也就是跟如今戴个VR头盔玩游戏的场景差不多）。后来，好莱坞导演斯皮尔伯格通过电影以动感画面描述了一个虚拟的"绿洲"世界，这个绿洲不仅能为玩家提供逼真的感官体验，同时还拥有以数字物品为主流的完整的社会、经济规则。这，也就是所谓的"元宇宙"形态。

　　然而我们必须清醒，且不论人类懵懵懂懂向往元宇宙世界的后果，单就眼下描绘的元宇宙而言，它根本就没有未来变革世界的技术意义。为何这么说？我们不妨简单回顾一下历史上的三次技术革命。第一次技术革命，科学与技术还处在分离状态，以蒸汽机为代表变革了"人类使用工具"的方式。第二次技术革命，科学与技术结合到了一起，以电力为代表变革了"人类使用能源"的方式。第三次技术革命，科学、技术与社会三者关联，以计算机应用为代表变革了"人类与世界连接"的方式，这种改变至今还有余波在荡漾。实际上，互联网技术、物联网技术都属于计算机技术的长臂延伸，也就是说第三次技术革命虽然时间上已经拉得很长，但还有一些零散的把戏没演完，不管是一阵阵冒出的VR、AR，还是区块链、5G或是元宇宙什么的，都改变不了它们是微电子技术延伸应用的基本事实，仍是技术老套路的延续折腾。场面虽热闹，本质上是换个马甲的"复古"式未来。

　　之所以现在突然炒作元宇宙，恰恰反映出"双停滞"危机的严重性。科学趋于停滞了，全球性内卷日益加剧，人类摆脱眼前困境的出路碰到了天花板，一时在更高层面上又打不开脑洞了，便只能"复古"回过头再炒残羹冷炙的技术剩饭，这其实是一种"将目光转向未来"的无奈之举。真要是走进这种未来，就会像刘慈欣所言"是人类的一场灾难"。

　　真实世界的未来，与科幻意义上的未来当然有着不言而喻的关联，这便涉及到吴岩教授最早于2014年提出的"科幻未来主义"理念。关于这一新理念的内涵，吴教授本人及一些科幻专家已多有解读，不在此赘述。就我个人的粗浅理解，科幻未来主义在"双停滞"危机的时代背景下，其要义至少需要重点把握两方面的关系。

第一是"跟跑"与"超越"的关系。

科幻未来主义倡导为未来而创作，但纵观两百年走过的历程，科幻对未来世界的洞察作用是不断发生着变迁的。在科幻问世以后相当长一段时间内，科幻大都是在科技后面"跟跑"，所描绘的未来无非是科学新原理、技术新发明延伸出来的场景，《海底两万里》《神秘博士柯乃立》等就是那年头"跟跑"出来的作品。进入 20 世纪中叶以后，科幻似乎越来越不满足于亦步亦趋的"跟跑"了，很多作品越过了科技的头顶洞察到了科技尚未展开的未来，阿西莫夫、克拉克、刘慈欣等人就是成功的"超越"尝试。科幻在这一时期还有一个突出特点，它在一些领域的思维畅想与科技的界限变得日益模糊，譬如对遥远太空的解读，基于科技观测形成的许多科学假说并未得到验证，而科幻想象出的场景同样也具有可能性，二者都是推测、猜想，谁搞得清楚真理在哪边？从这点意义上说，科幻从长期"跟跑"已经发展到了在一些方面可以跟科技"比肩"的阶段，再接下来对未来世界更多进行"超越"解读也就顺理成章了。

眼下"双停滞"危机趋近，科技对未来的解读能力日益疲软，科幻的"超越"无疑有了更大的发挥空间。事实上，只要用心留意当代科技的前沿发展，可供"超越"解读的未来领域还是非常多的。我在《达尔文之惑》中曾试图做些尝试，尽管浅尝辄止且很不成功。譬如生物学领域，在我们这颗星球上有史以来，其实只有两大类物种，一类是自然进化而来的物种，另一类是技术干预形成的物种（包括基因工程打造、生物与机器联结等，这些依然是科幻的热门素材）。但如今第三类物种正在出现，那就是太空变异物种，随着太空探索的加速推进，地球物种在太空失重、失磁、辐射环境中发生各种突变的情况会越来越多。这些新物种既不是地球上自然进化而来也不是技术干预形成，它们对整个生态将会产生怎样的影响、对生命伦理会提出怎样的挑战等问题，科学家至今并没有或者说还没来得及给出预见。像这样的一些未来图景，科幻此时不去描绘更待何时？

第二是"远"与"近"的关系。

未来有远有近，注重人类未来场景的构建是科幻未来主义强调的内容，尽管这种建构并不受任何未来边界的束缚。毋庸置疑，百十万光年之外的宇宙、千万年之后的世界给人无限遐想，面对这样的"远未来"情景，科幻一直都插着想象力的翅膀纵横驰骋，产生了数不胜数的作品且大受欢迎。相比较而言，"近未来"的描绘则容易受到科技可行性、时效性等方面的质疑，信马由缰的想象一旦与现实科技不匹配就会穿帮，因而这类作品在总量上要少得多。

然而时代正在发生巨变，"远香近臭"的科幻格局也急需改变。那些"时空隧道""曲率引擎""反物质能源"之类的远未来技术，已编了几十年故事写了千万遍，继续沉溺其中深耕下去的价值显然越来越小，而人类面临的危机正呼唤着更多的近未来场景构建，对此不应视若无睹。其实，马斯克、贝索斯这些先知先觉的科技企业家已开始行动了，他们眼下不遗余力进行着的火星移民等探索，实际上就是在做着化解"双停滞"危机的事。一方面，科学研究走进太空极有可能找到新的突破口；另一方面，人类自身挺进太空或许会出现新的进化，"双停滞"也许就此彻底松绑。但是，目前人类大规模走向太空实际上还面临着诸多的技术、社会、伦理等难题，相关的近未来场景方方面面的描绘非常缺乏，在这一特定的历史转折时期，科幻似乎没理由游离在外作壁上观。要说科幻业界近年来也是有些新动向的，譬如亚马逊公司专门组织包括《火星救援》作者威尔、雨果奖得主杰米辛在内的一批科幻作家，创作了一系列"近未来"的小说编成了网上选集，另外还有著名的"将来时"（Future Tense）栏目也在大量收录"近未来"科幻作品。这样刻意打造"近未来"作品之举恐怕不是随意而为，或许是顺应时代变迁的一种风向，这种新动态也很值得关注。

三、"双停滞"危机与当今科幻的历史担当

科幻这一行当说来也是人类文明发展出来的一朵奇葩，它一只脚扎进科技的土壤中，一只脚则伸向了文学艺术的领地，是不折不扣的"两面派"。正因为科幻具有双重属性，所以它在历史上既有科技传播、引领想象的作用，也有文学的社会批判功能，还有科技融合文学的艺术塑造意义，一代代创作者们不懈努力，打造出了绚丽多彩的科幻百花园。

虽然是"两面派"，但科幻更亮堂的一面体现在"科"字上，具体说来就

是它源于科技而展现出的人类丰富的想象力，这既是科幻区别于玄想以及其他文学作品最鲜明的特征，也是其最重要的社会价值和灵魂所在。有人说科幻作品就像是科技本身放飞出来的一只只风筝，它的连线始终拴在科技的根子上，这既是一种形象比喻也是历史事实。科幻小说当初怎么来的？简而言之就是第一次新技术革命之后衍生出来的产物。蒸汽机的出现让人们认识到，科学技术可以打造出远远超越人类机体力量的工具，于是幻想着更有力、更奇妙的工具，以及由此引起社会变革的种种未来景象就被描述出来了，《弗兰肯斯坦》《海底两万里》这样的早期风筝就此起飞了。后来，科幻风筝越来越多、越飞越远，不仅大大丰富了人们的精神生活，而且起着传播科技、启迪智慧的作用，这方面的重要功能是毫无疑问的。马斯克就多次说过，他从小读了《银河系漫游指南》后就立志要把人类送上火星，这便是科幻作品体现出的力量。

然而在科幻由小到大的发展历程中，风筝尽管越飞越高，但它在文学这个既古老又庞大的殿堂里始终还是"一小撮"，写的人和读的人相对来说也都是小众。这样一来，科幻本身作为"后起之秀"当然不甘寂寞，要在大殿堂里占据更大地盘就必须拼命向时髦的表现手法、向娱乐市场的各方面靠拢，恰好又赶上了最近几十年发达国家影视技术迅猛崛起（这也得益于科技）、娱乐业大众化时代的到来，一部部《星际迷航》《阿凡达》这样的大片所造就的视觉震撼效果，令其他题材作品相形见绌，于是科幻昂首迈进鼎盛时期。

就科幻发展在一定的历史时期而言，"科"字色彩是浓一些还是淡一些本是无可厚非的，适者生存的法则在很多领域都灵验，科幻需要兴盛当然也不例外。但是，把"科"字丢到脑后一味迎合世俗看成是科幻天经地义的惯性发展大道，那就要认真斟酌了。特别是在"双停滞"危机面前，如果只盯着眼前的态势朝"虚胖"路上走，而让系在科技根子上的风筝线日益松弛任其随风飘扬，不仅会错失百年不遇的调整转型契机，而且有违科幻发展的初衷，从长远来说更不利于科幻自身的持续健康发展。

要知道，"双停滞"对科幻而言也是釜底抽薪的大危机，赖以创作的总根子在急剧枯萎，皮之不存毛将焉附的道理显而易见。因此探讨这一问题，绝不是又在进行无谓的"科""文"之争，而是希望业界尽早正视这种危机，在今后创作中发挥科幻与生俱来自带"科"字的思维优势，转变视角启迪人们更丰富的想象力去寻找化解危机的好点子、描绘人类摆脱困境的未来新图景，这不仅是全人类应对危机的大势所趋，也是繁荣科幻事业本身的需要。而这些都要求科幻离科技元素靠得更近些而不是相反，因为科技发展带来的困境终究要靠科技自身去解决，任何其他力量都无力承担这样的时代重任，一部人类近代史就是这么走过来的。

我国的科幻事业近年来呈现出蓬勃发展的态势，长足进步有目共睹。这一前所未有的繁荣局面至少是以下几方面共同促成的：一是几代科幻人在原本贫瘠的科幻大地上长期甘之若饴、苦苦坚守；二是传统文学领地日渐式微，很多文学写手转向了科幻这一安全地带；三是网络传播手段日益发达，给大量默默无闻的创作者提供了宽广的发表途径；四是《三体》荣获雨果奖的轰动效应，起到了领头羊的标杆作用；五是政府部门及科普行业组织的介入支持。顺便说一句，过去的科幻业界长期游离在官方视野之外"孤芳自赏"，这种不良状况直到近几年才改变，得到科技和科普相关部门的支持显然有益于继续做大做强，从这点意义上说，科幻也应该跟"科"字靠得更近些才是正确选项。

科幻本姓"科"，也是人类想象力开出的绚丽花朵，当然也会随着"双停滞"危机的出现而面临新的挑战。本文并非出自科幻行家之手，拉拉杂杂写出来的感想不足为业界专家所道。这些感想简单归纳就是，在人类社会急剧转折的大背景下，科幻创作本身也需要有顺应大势的想象力，应当多提倡与科技更近些、与未来更近些的创作。这既是我们所处时代对科幻作品新的呼唤，也是当代科幻文化应有的历史担当。

作者简介

韦火，医学博士、研究员、教授，享受国务院政府特殊津贴专家。近年来著有长篇科幻小说《达尔文之惑》（三部曲：《祖先秘史》《拯救人种》《纠缠死神》），以及《科技创新300年》《出壳时代》等科普读物。

21 世纪互联网大脑的
形成对科幻领域的启发

刘　锋

　　我们往往会沉浸于科幻小说带来的情节曲折、荡气回肠、绚丽多彩的故事情节中，譬如《海底两万里》带领我们游览了神秘的海底世界，《弗兰肯斯坦》让我们看到不同尸体拼凑的怪物如何造成一系列诡异的悬疑和命案，阿西莫夫的《基地》让我们看到人类在宇宙深处如何继续抗争和寻找希望，刘慈欣的《三体》让我们看到生命像猎物一样在宇宙级的黑暗森林中匍匐前行，一不小心就会被猎杀。但与其他小说不同的是，科幻小说与科学有着千丝万缕，密不可分的关系，一方面，具有科学素养的科幻作家往往通过科学的直觉，用曲折的故事将他们对未来的设想巧妙地结合起来，这样，许多优秀的科幻小说就有了预言和预测的功能。凡尔纳、H. G. 威尔斯等人的小说对后世的科技甚至社会发展都具有明显的预见作用。许多他们曾经谈论过的太空旅行、时间悖论、宇宙大战、突发灾难等主题最终都成了活生生的现实。另一方面，如果没有某一领域的科技发展，这一领域成为科幻作品主题的可能性就不大。如果电学没有引起社会的广泛关注，以电学为科技基础的小说《弗兰肯斯坦》也许不会诞生。如果没有机械制造业的高速发展，阿西莫夫的机器人小说也不会成为时尚。如果没有纳米技术在现实中热火朝天的运用，纳米科幻的热潮也不会兴起。20世纪，物理学、天文学的发展对科幻小说产生了巨大影响。地球甚至太阳系以外的宇宙空间成了科幻故事发生的主要场景，而黑洞、白洞、虫洞、时间旅行、高维空间就成了科幻小说的常用道具。

当时间的列车到达 21 世纪的时候，前沿科技概念和技术出现了爆炸式增长，Web2.0、社交网络、物联网、移动互联网、大数据、工业 4.0、工业互联网、云机器人、深度学习、边缘计算到谷歌大脑、百度大脑、阿里 ET 大脑、360 安全大脑、腾讯超级大脑、华为 EI 智能体、城市大脑、城市云脑、工业大脑、农业大脑、航空大脑、社会大脑。短短的 20 年里，新出现的科技概念和技术超过 100 个，这在人类历史上也是非常罕见的。由此产生的问题包括前沿科技突然爆发的根源是什么？它们之间是什么关系？对人类社会会产生怎样的影响？对科幻领域会带来哪些新的启发？

一、21 世纪前沿科技领域出现的新特点

历史上很多人独立揭示了社会可以看作为神经系统有机体的概念。例如认为国王是头、农夫是脚的观点，至少可以追溯到古希腊时期和中世纪。英国哲学家赫伯特·斯宾塞在 1850 年发表了著作《社会静力学》，详细比较了动物神经系统和人类社会的特征。美国传媒学家麦克卢汉 1964 年出版的《理解媒介》对社会与脑的关系做了这样的描述，"在过去数千年的机械技术时代，人类实现了身体在空间中延伸；在一个多世纪的电子技术时代，人类已在全球范围延伸了自己的中枢神经系统并进一步在全球范围扩展"。1983 年，英国哲学家彼得·罗素撰写了《地球脑的觉醒——进化的下一次飞跃》，对麦克卢汉的观点做了进一步延伸和明确，他提出人类社会通过政治、文化、技术等各种联系使地球成为一个类人脑的组织结构，也就是地球脑或全球脑。1969 年诞生的互联网，经过 50 年的发展，已经成为影响人类社会最重要的全球性技术。它的发展也印证了哲学先驱们的预言。我们知道网状模型是互联网最早也是最重要的模型，在某种意义上，互联网可以说是美苏冷战的产物。为了防止通信系统在核战争中被彻底摧毁，1969 年，美国国防部研究计划署开始构建阿帕网，将美国四个研究机构的四台计算机连接起来。互联网崛起之路就此开始。可能它的创造者也没有想到，经过 50 年的发展，互联网已经成为链接数十亿人类、数百亿智能设备的庞大系统，成为对人类社会影响最为深远的技术结构。

无论从互联网的起源还是从它的名称看，网状结构一直是互联网最突出的特征，即使是在学术领域中，它的定义也是这样描述的："互联网是指将世界范围计算机网络互相联接在一起的网际网络。"但是到了 21 世纪之后，互联网的形态开始慢慢发生了重大的变化。2004 年兴起的以腾讯和"Facebook"为代表的社交网络，如果把它们的结构图绘制出来，可以看出有着非常强的类脑神经元网络特征。2009 年物联网兴起之前，很多机构已经开始在不同的地区，水域、山岭安放各种传感器，获得数据形成实时的环境报告供决策者使用，这个基于互联网的传感器网络展现了显著的类躯体感觉神经特征。2007 年，谷歌推出街景系统，互联网用户可以通过它实时观看世界各地的活动和场景。一些旅游公司在风景区安放摄像头，让人们可以看到实时的风景画面。这些技术使得互联网呈现典型的类视觉神经特征。种种迹象表明，在新的世纪里，互联网已经明显突破了网状结构，具备越来越多的类脑特征。2018，我和科学院的石勇、彭赓、刘颖等老师组成研究团队，从技术的角度提出互联网正在向与人类大脑高度相似的方向进化，进而从网状结构演化为大脑模型（如图 1 所示）。

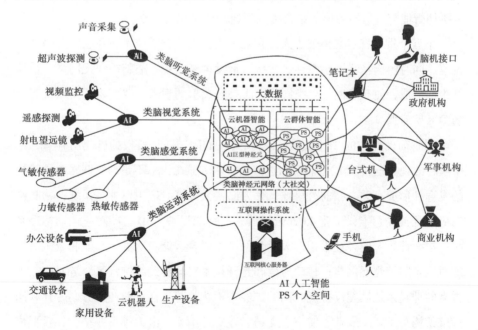

图 1　互联网大脑模型

相对于互联网诞生之初的网状模型，互联网的大脑模型出现了如下几个重要的变化和特点。

第一个重要变化是将人类用户以及商业机构、军事机构、政府机构等社会组织作为重要元素加入到互联网大脑模型中。

第二个重要变化是将音频传感器、视频监控、温度传感器、压力传感器、机器人、交通设备、生产设备等元素加入到互联网大脑模型中，形成互联网的听觉神经系统、视觉神经系统、躯体感觉神经系统、运动神经系统。

第三个重要特点是突出社交网络是实现互联网类脑神经元网络的技术基础，提出社交网络不仅仅是人与人的社交，也将发展成为人与人、人与物、物与物的社交网络，我们将其命名为"大社交"网络。

第四个重要特点是依托"大社交"形成的类脑神经元网络架构，形成互联网的左右大脑架构，一方面是人类、商业机构、军事机构、政府机构链接起来形成互联网的右大脑-云群体智能，另一方面是传感器、音频视频监控、机器人、交通、生产、办公、家庭智能设备链接起来形成互联网的左大脑-云机器智能。云群体智能与云机器智能的结合也是超级智能实现的基础。

第五个重要特点是体现了人工智能、大数据等关键技术在互联网大脑中的位置，同时由于互联网感觉神经系统、运动神经系统、类脑神经元网络，神经纤维的形成，使互联网产生类同于人类神经反射的现象，我们将这个新机制命名为云反射弧。

回到前面提到的21世纪前沿科技爆发的问题，从科技的进化历程看，一个有趣的现象是，21世纪涌现的这些新技术和概念无一不是与互联网大脑架构的发育和形成有关。在前沿科技概念方向，云计算对应中枢神经系统；物联网对应感觉神经系统；工业4.0，云机器人、智能驾驶、3D打印对应运动神经系统；边缘计算对应神经末梢；大社交网络，混合智能、云群体智能和云机器智能对应类脑神经元网络；移动通信和光纤技术对应神经纤维；区块链对应一种古老的神经系统试图反抗互联网的神经中枢化趋势。在行业产业方向，互联网大脑架构与工业、农业、航空、交通、建筑、冶金、电力等行业结合，就形成了诸如工业大脑，农业大脑，航空大脑、冶金大脑、建筑大脑、电力大脑。在科技企业方向，世界范围的科技巨头为了适应互联网新出现的类脑结构，不断将自己的核心业务与互联网大脑结合，因此谷歌依托搜索引擎带来的大数据提出谷歌大脑、科大讯飞依托语音识别技术提出讯飞超脑、360 依托安全业务提出 360 安全大脑、腾讯依托社交网络应用提出腾讯超级大脑、阿里巴巴依托企业级服务提出阿里 ET 大脑、华为依托通讯领域的优势地位提出华为 EI 智能体。在社会与哲学领域，各种科技、人文、哲学"大脑"也不断涌现。1964 年，传媒鼻祖麦克卢汉从媒介的角度提出"社会神经网络"；1983 年，英国哲学家彼得·罗素提出全球脑或地球脑；21 世纪，互联网大脑与人类社会的结合也产生了更多的"大脑"系统，如与智慧城市结合产生城市大脑、城市云脑、城市神经网络，与人类社会这个概念结合产生了智慧社会、社会大脑。由此可见，互联网大脑的形成对 21 世纪人类的社会结构、经济形态、科技创新、哲学思考都产生重大而深远的影响。可以说互联网大脑是 21 世纪非常重要的一个智能结构。

二、基于互联网大脑发育的 21 世纪前沿科技发展趋势

科幻作家们在很久之前就对互联网的诞生和由此产生的影响进行了预言和创作。美国著名作家马克·吐温也曾涉足科幻故事，他在 1898 年撰写的《起源于 1904 年伦敦时间》提出了一种被称为验电器的技术，可以连接到世界各国人们的电话系统，全球每日的动态让每个人看得到，也可以绘声绘色地讨论，这个装置实际上已经具备了今天互联网的主要功能。1936 年，英国科幻作家 H. G. 威尔斯出版了《世界脑》，提出世界脑就是构建一个世界规模的庞大知识库。2004 年谷歌推出数字图书馆计划实际上正是在实现威尔斯的未来预测。

对互联网未来命运进行预测影响最大的科幻形象毫无疑问是"天网"，在从 1984 年开始放映的《终结者》系列科幻电影中，天网是人类在 20 世纪后期创造的对互联网进行控制的人工智能系统，对整个互联网进行控制，最初是研究用于军事的发展。但是天网在研发过程中逐渐产生了独立的意志，它认为人类阻碍了社会发展，应该被消灭，天网计划是首先接管整个互联网，进而控制美国的所有核武器系统，在人类没有防备的情况下，天网终于得逞。一时间所

有核武器升空，开始全世界无差异地攻击人类，从此地球进入核冬天，90% 的人类死亡。这就是《终结者》系列电影的故事背景，而《终结者》被著名电影杂志《电影周刊》评选为 20 世纪最值得收藏的一部电影。应该说这部电影对人类看待互联网为代表的未来科技产生了重要的影响。

科幻是对科技未来进行预测和幻想，然后看它如何影响人类社会的发展。这种预测有的是完全准确，有的却可能与实际的发展背离。互联网的未来，究竟是会像天网那样演化，还是走出另外一条演化之路？科幻作品中的"天网"是在一刹那不知原因的情况下产生独立意识，而互联网大脑是如何发育的呢，它的智能和意识将怎样构成？我们知道人脑从受精卵到成熟平均需要 20 年的时间，这个过程中包括神经元的连接、视觉、听觉、运动、记忆、学习、情绪控制等等功能一步一步发育和走向完善。如果回顾互联网诞生到 2021 年以来的 50 多年时间里，可以发现互联网大脑也是通过各个神经系统的不断产生、发育走向成熟，而 21 世纪以来，涌现的大量前沿科技正好可以对应这些互联网大脑神经系统的发育过程（如图 2 所示）。

20 世纪，互联网首先经历了三个重要节点，1969 年，在美国军方的主持下，美国四个不同地区的计算机第一次实现联网，标志着互联网的正式诞生。1974 年，美国科学家罗伯特·卡恩和文顿·瑟夫共同开发了互联网核心技术 TCP/IP 协议，为不同类型计算机和未来的各种智能硬件可以平滑、无障碍地进入互联网奠定了基础。1989 年，欧洲核物理实验室的物理学家伯纳斯·李发明了万维网技术，为互联网上的公开数据自由访问奠定了关键基础。到了 21 世纪，互联网向类脑结构的演化开始加速，对于脑科学来说，神经元是大脑最重要也是最基础的结构。它链接了身体的各个部分，2014 年，在世界范围以腾讯和"Facebook"为代表的社交网络开始兴起，到 2020 年它们不但链接了世界范围超过 20 亿的人口，也开始链接数以百亿的智能设备，成了互联网大脑神经元网络的重要基础。2006 年 8 月 9 日，谷歌首席执行官埃里克·施密特在搜索引擎大会首次提出"云计算"，云计算迅速成为产业界和学术界研究的热点。云计算的核心特征是硬件、软件、数据和应用服务开始集中和统一。而生物脑的中枢神经系统是在动物的神经系统集中化的过程中，作为形态上的中心和在机能上的中枢而被分化出来的部位，因此云计算可以看作是互联网大脑中枢神经系统的萌芽。生物神经纤维负责在神经元之间传输信号或信息。互联网大脑的神经纤维在过去近 200 年中也一直处于发育状态，甚至比互联网的诞生还要早，从摩尔斯码、电话、同轴电缆到光纤、卫星通信、移动通信技术的不断涌现。2008 年是移动互联网爆发的一年，也是互联网大脑模型中神经纤维加速发育的一年。这一年谷歌的安卓系统，苹果的智能手机，以及 3G 技术的成熟，使得互联网大脑的神经纤维加速发育。

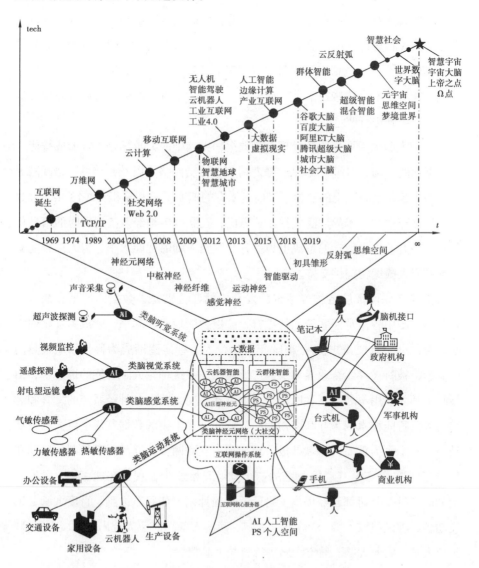

图 2　前沿科技涌现与互联网大脑发育示意图

感觉神经系统是生物感知世界、感知自我、获取外界和自身信息的重要通道。互联网的感觉神经系统首先是从传感器网络发展起来的。在很长时间内，以传感器网络为代表的互联网感觉神经系统并没有得到人类的重视。直到 2009 年 IBM 提出智慧地球后引发物联网爆发，互联网的感觉神经系统才得到长足发展，到 2020 年全球物联网安装设备已经增加到 500 亿个以上。在感觉神经系统发育之后，互联网的运动神经系统自 2012 年也开始爆发。由于运动神经可以帮助生命体对现实世界进行影响和改造，因此互联网运动神经系统的发育使得互联网大脑对世界的影响更为强烈和深远。互联网的安全问题也变得更为严重，其代表性技术包括工业互联网、"工业 4.0"、"云机器人"、无人机、智能驾驶等技术，这些技术是运动神经系统的一个重要特征就是可以对现实世界产生影响和进行改造。

人类大脑每天要接收和处理大量数据，大脑中的大数据是人类形成智能、产生意识的基础。21 世纪以来，随着博客、社交网络，以及云计算、物联网等技术的兴起，互联网上的数据正以前所未有的速度增长和累积。2013 年，大数据开始被产业和学术界广泛关注，一方面，互联网各神经系统运转时的信息积累；另一方面，大数据的形成也为提升互联网大脑的智能水平，为人工智能驱动互联网大脑运转提供支持。

随着互联网大脑各神经系统的发育成熟，特别是大数据的产生和涌现，互联网大脑中各个神经系统如何更有效、更智能地运转起来，就成为互联网大脑发育的一个重要需求。从 2014 年开始，人工智能逐渐成为科技领域最热门的概念，被科技界、企业界和媒体广泛关注。在这一轮人工智能的爆发中，AI 新技术和新应用不断与互联网结合，促进互联网大脑中各神经系统的发育和运转，人工智能技术因为互联网强大的计算能力和丰裕的数据获得了巨大的发展动力。一个更为重要的贡献是极大地推动了互联网大脑云反射弧机制的启动和运转。到 2018 年，互联网大脑的初步雏形开始逐步显现，在这一年，世界范围的著名科技公司都已经提出了自己的大脑计划，如谷歌大脑、百度大脑、讯飞超脑、腾讯超级大脑、360 安全大脑、滴滴大脑，产业界也出现了城市大脑、工业大脑、农业大脑、航空大脑等等科技大脑概念。

当互联网大脑的感觉神经系统、运动神经系统、中枢神经系统逐步成熟的时候，互联网大脑的神经反射现象也就产生了，我们称为云反射弧。公安、企业、交通、政府、军事部门就可以利用互联网的云反射弧机制处理原本需要消耗很多人力的行业或产业问题。这样，人的智慧、机器智能激活互联网大脑架构，并不断形成的云反射弧就成为互联网大脑开始大规模影响人类社会的关键标准。

成熟的人脑可以形成丰富的思维和思想，不断同步现实世界的信息，并通过创新，创造产生新的思想和梦想。互联网大脑也会形成自己的思维空间或梦境世界，包括2013年兴起的虚拟现实、数字孪生以及2021年爆发的元宇宙都在推动互联网大脑向这个方向发展。具体实现是以社交网络为核心的数字空间，从二维到沉浸式三维的演化。

2021年之后，数十亿人类和数百亿智能机器通过互联网大脑架构分别汇聚成互联网云群体智慧和云机器智能。两大智能方式正在形成互联网类脑巨系统的左右大脑架构，与通过生物信号形成的蚁群、鸟群、蜂群等群体智能不同，这是自然界第一次出现生物群体智能与人工群体智能的大规模结合，由此产生了前所未有的一种智能形式，为人类面对大自然的挑战提供了前所未有的智力支持。这种基于互联网大脑的混合智能形式可以称为超级智能。

互联网大脑的发育还不仅仅局限于此。在100年、1000年、1万年甚至无穷时间点之后，如果人类有幸存在并带动它发展，互联网还会如何进化，从过去50年的发展规律看，互联网大脑至少会沿着三个方向进化，并最终形成智慧宇宙和宇宙大脑（如图3所示）。

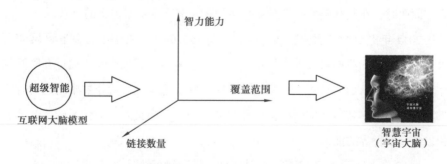

图3 互联网大脑演化示意图

第一个是智力能力的不断提升，一方面，人类通过大社交网络技术相互连接，数十亿的人类所释放的智力能量将难以想象；另一方面，联网的云机器智能在人类的推动下不断迭代，也将形成更为强大的 AI 智能体，它们相互融合形成的智能水平将在未来的时间里持续单调上升，并在无穷时间点达到无穷大。第二个是链接元素数量的持续增长，互联网大脑的神经末梢将链接更多的人类成员、更多的智能设备、更多的自然界元素，如树木、鱼类、鸟类、山脉、海洋、沙漠、彗星、行星等，如果时间到达无穷时间点，理论上可以将宇宙每一个星球，每一个原子链接进来。第三个是覆盖空间范围的不断扩张。在 2018 年，互联网大脑的触角已经突破地球的限制，人类可以通过联网的天文望远镜透视遥远的太空；通过联网的月球车和火星车探索月球和火星。可以设想，伴随着人类探索宇宙的步伐，互联网大脑的触角必将冲出太阳系，向宇宙深处不断延伸，并在无穷时间点到达宇宙的每一个角落。

如果给予人类或者人类继承者无穷时间，我们可以看到互联网大脑在智能上无限提高，在链接数量上无限扩大，在覆盖范围上无限延伸。也就是说在无穷的时间点，互联网大脑必将进化成为一个宇宙大脑或智慧宇宙。这个结论不是科幻的想象，也不是哲学的远望，是根据目前互联网大脑发育 50 年的特征自然推导得出的互联网大脑最终结构。

三、互联网大脑的形成对科幻的启发

20 世纪科幻作品更多体现了互联网的发展对人类未来产生的影响，有悲观也有乐观，当我们真正来到 21 世纪时，互联网已经深刻影响到人类社会的方方面面时，在此基础上科幻对互联网的未来又产生了不少新的灵感。

2014 年上映的《超验骇客》提到了将死去的人的意识上传到互联网实现永生，并控制互联网对敌人进行报复，这个故事显现了人类希望通过互联网保存人的意识，从而实现永生的愿望。同时这种设想也可以看作缸中之脑的升级版本，人的大脑替换互联网虚拟世界中的意识，进而具有更为强大的感知能力和影响现实世界的能力。

2017 年上映的《速度与激情 8》中出现的天眼系统——它可以通过在全球的监控录像、手机以及各种终端设备上大量采集数据，再通过信息检索、人脸识别等技术，进行信息共享与拼凑，最终能够抓取任何人的行踪。同时黑客也可以控制数百辆汽车对目标实施自杀性袭击。这体现了当越来越多的摄像头、传感器、机器人链接到互联网后，互联网对人类社会产生的危险。

2021 年上映的《失控玩家》讲述了互联网的虚拟游戏空间中，一个虚拟的数字人或者称为 NPC（人工智能控制的角色）突然觉醒，可以自我进化，成为一名英雄，挽救了虚拟世界的毁灭。这部科幻电影凸显了人类对数字虚拟人能否觉醒，如何看待互联网虚拟世界的关心。

科幻电影或科幻小说能够打动人，吸引人的最终反映在讲故事的能力上，科学的元素能够为好的故事插上想象和未来的翅膀。21 世纪科技领域互联网大脑的形成能够为科幻提供哪些新的灵感和启发，我们可以从如下这些方面进行探讨。

1. 互联网大脑作为生命系统是否需要人类教育的问题

互联网从 1969 年联网的四台计算机形成的互联网胚胎，到 21 世纪初开始出现越来越多的类脑特征，沿着神经元网络（社交网络），中枢神经（云计算），感觉神经系统（物联网），运动神经系统（工业互联网、云机器人、无人机），神经纤维（3G/4G/5G、光纤、卫星互联网），记忆系统（大数据），脑系统的驱动力（人工智能、群体智能），思维空间或梦境空间（数字孪生、元宇宙），对世界的反应能力（云反射弧）等台阶一步一步地向前进化和发育。到 2021 年，这个互联网大脑已经初具雏形，对社会、经济和产业产生着巨大影响，由此科技领域的各种大脑不断出现，如谷歌大脑、百度大脑、360 安全大脑、腾讯超级大脑，城市大脑、社会大脑。

我们知道无论是人类还是其他生物都会经历从幼年到青年到成年的过程。在成长的过程中需要父母、长辈和老师的教育和引导。不同的教育方法、价值观、生存环境都会对成长中的生命产生影响，是造福世界还是为祸人类也与教育有着密切的关系。

在《X 战警》中，X 教授建立 X 学院，除了对年轻的变种人进行技能和科学教育之外，更重要的是引导他们与人类和平共处，正确认识自己的能力，从而帮助人类。因为人类的存在也是变种人得以生存的重要基础。

互联网的大脑架构相比之前的人工智能和机器人，不再是一个个单独的个体，而是通过与联网的大数据、社交网络、云计算、传感器、机器人结合，形成一个类脑复杂巨系统。这个类大脑架构不但拥有更为丰富的知识，更为强大的计算能力，而且还深入人类生活的方方面面，譬如路边的摄像头、家庭的服务机器人、每日陪伴我们的手机等。面对这个庞大的超级智能，单个的人会产生巨大的压力感和无力感，会忧虑这个超级智能系统未来与人类的关系究竟如何。

虽然目前互联网大脑离完全成熟还有很远的距离，但从科幻的角度，对互联网大脑这样一个遍布全球，深刻影响人类社会的超级生命体，如何教育它和引导它，也将是一个值得思考和有社会价值的话题。由于不同国家、不同文化、不同宗教的世界观、价值观都不相同，对待互联网大脑这个成长中的生命体，在人类都还没有统一自己的教育理念的情况下，谁来教育它？如何教育它？教育它什么？

在教育互联网大脑这个超级智能系统时，不同国家、不同文化、不同宗教会不会发生重大的教育分歧，会不会因此发展战争和冲突。互联网大脑会不会由因此产生逆反心理，导致教育失败，产生要灭亡人类或统治人类的意向。而我们的超级英雄们是不是可以挺身而出，通过互联网大脑的秘密接口，向它传递正确的世界观、价值观，使其能够理解人类的存在是它进化的根本动力，从而最终实现互联网大脑与人类社会的和谐与统一，携手向宇宙深处进发。

2. 人类和机器对互联网大脑的控制权之争

《终结者》系列电影中，人工智能发生突变，控制互联网形成"天网"并开始摧毁世界，这个题材被很多科幻小说和电影题材以不同方式表现出来，成为人类一直挥之不去的梦魇。另一著名科幻电影《黑客帝国》系列比"天网"走得更远。电影讲述了一名年轻的网络黑客尼奥发现看似正常的现实世界实际上是由一个名为"矩阵"的超级人工智能系统设计和控制的，这个超级版的"天网"不但控制了机器人，也控制了人类，让人类大脑相连，生活在一个虚拟的但看似真实的世界里，在剧情的最后我们也会发现这位带领人类反抗的领袖尼奥也依然是一个人工智能代码，负责促进矩阵的进化。由此可见在很多科幻作品中，人工智能是控制互联网的主角，他们或者是因为不知名的原因产生独立意识，或者是科学家探索失控的产物。但从互联网大脑的发育研究看，在过去的50年中，互联网从4台计算机发展到链接数十亿人类和数百亿智能设备的庞大系统，实际上参与互联网发展和控制的不仅仅是机器智能，人类的智慧实际上承担着更为重要的角色。

到 2021 年数十亿人类在社交网络上通过个人空间分享信息、知识和经验，对来自社会、科学、技术、自然领域发生的事件和面临的问题进行讨论。这样人类通过在互联网云端形成的群体智能就形成了云群体智能。云群体智能的形成极大地发挥了人类智慧的共振效应，由此产生的群体智慧是过去几十亿年里，生命进化史上没有出现过的巨大智能飞跃。也极大地促进了人类社会在科技、文化、技术领域的创新与发展。在互联网的大脑模型中，云群体智能在中心区的右侧，可以看做互联网大脑的右大脑组织。21 世纪以来，互联网链接的设备除了计算机，也开始包含移动手机、传感器、云机器人、智能汽车、无人飞机、智能机床、人工智能应用等系统，这些系统除了受本地原有操作系统的控制，也越来越多地接受"云端"系统的控制，并通过云端进行信息的交互和系统的升级。与人类在社交网络中形成个人空间一样，互联网智能设备在"云端"服务器中也映射形成一个个的云端 AI 控制程序，这些云端的设备控制程序之间也会形成类似社交网络一样的机器社交网络。我们将这种受云端控制，在云端进行信息交互的机器智能称为云机器智能，从互联网的大脑模型看，云机器智能处在中心区的左侧，可以看作互联网大脑的左大脑组织。

与"天网""黑客帝国"不同的是，互联网大脑的智能的动力源泉主要来自人类的群体智慧和机器的云端智慧，目前从实际的发展看，人类还是掌握了互联网大脑的发展权和控制权，离开了人的参与，互联网的左大脑 - 机器云端智慧并不具备独立的智慧和进化能力，包括电力供应、设备维护、新算法和新程序的更新，没有人类的帮助，互联网的左大脑将会逐步枯萎。

但在未来的科幻作品中，对于互联网大脑的控制权之争依然可以成为重要的题材之一，不再像与"天网""黑客帝国"那样单一地由机器智能占据主导权，对于互联网这个不断发育的类脑复杂巨系统结构，可以形成人和人工智能的控制权争夺，也可以形成人和人、人和机器、机器和机器之间更为复杂的多方争夺局面。

一部分人也可以和一部分机器联合与另一部分人和机器展开竞争，在这个过程中依然可以出现新的加盟者，也可以出现背叛者，可以出现人或机器进入到对方阵营担当间谍的角色。在一个人与人、人与机器、机器与机器进行混乱的互联网大脑控制权之争背景下，优秀的科幻作家相信能够形成动人心弦，波澜壮阔的故事创作。

3. 构建互联网大脑的梦境世界的问题

在电影《盗梦空间》中，男主角科布和妻子在梦境中生活了50年，从楼宇、商铺、河流、浅滩到一草一木，这两位造梦师用意念建造了属于自己的梦境空间。这科幻的情节在2010年以来，随着虚拟现实，数字孪生、元宇宙的兴起，也开始走入人们的日常生活。

人的大脑可以建造思维空间和梦境空间，作为我们认识世界，创造世界的一部分。那么逐步走向与人类大脑越来越高度相似的互联网大脑，是如何产生自己的思维空间或梦境空间呢？

每天人类与世界各个角落的传感器、智能设备一起向互联网大脑贡献着数以亿万的数据，一方面，是自然语言处理、深度学习算法、模式识别对这个庞大数据的处理，这是互联网大脑产生记忆和思考的基础；另一方面，互联网数字空间面向用户的展现形式在过去50年的时间里，也经历了从一维的文字显示，到二维的图片、视频、声音显示，再到三维的沉浸式体验。

在互联网数字空间的三维阶段：在AR/VR等虚拟显示技术的拉动下，互联网内容的显示将全面三维化，同时文字、图片、视频、声音，AI程序融入虚拟现实世界或元宇宙中，供人类用户使用和交互，这也是互联网大脑梦境到来的标志。

2014年，"Facebook"宣布以20亿美元收购虚拟现实设备制造商"Oculus"。这次收购，引爆了整个虚拟现实产业。在2017年举办的"Oculus Connect"大会上，Facebook首席执行官马克·扎克伯格宣布，未来的目标是要让10亿人使用虚拟现实进行"梦境"般的社交和体验。同样在2021年元宇宙兴起，"Facebook"也正式改名为"Meta"，全面进入互联网的梦境世界。

在"Facebook"、谷歌、微软等巨头的规划中，人类用户可以在互联网大脑的梦境中在线参观外地甚至国外的艺术展览馆、科技博物馆，同时基于社交的交互系统，在线的"梦境者"可以进行交互活动，更有可能实现的是名人的虚拟演讲活动、虚拟演唱会等。能够预见的未来是，互联网大脑梦境的形成不但将对未来人类社会的生活方式产生颠覆性的巨大影响，同时对人工智能、5G通信、高端芯片、新兴显示等领域也将产生巨大的拉动效应。

关于互联网梦境空间的科幻作品已经很多，除了电影《盗梦空间》，在2021年放映的《失控玩家》中，数字世界的数字人与现实世界的人类联合起来反抗要毁灭虚拟世界的商人，最后他们获得了成功，并在新营造的新虚拟世界进行生活。

互联网大脑形成的梦境世界依然可以给予科幻更多灵感，可以设想互联网大脑自发形成的梦境世界成为人类的群体梦境，如果是噩梦，会直接将整个人类纳入到一个"地狱场景"，需要整个人类从噩梦中觉醒，并共同努力才能冲出噩梦回到现实。第二个可以设想的是互联网大脑梦境世界的构造与现实世界完全同步，无法进行区分，这种情况必将对人类社会带来巨大的不便和风险，在这种情况下会发生什么样的故事。第三个可以设想的是梦境世界的数字人希望打破数字边界进入现实世界，这个在数字世界诞生的数字人如何找到出路并在现实世界获得真人的身份，它们冲出数字世界会带来哪些风险，这些都是科幻作家可以创作的地方。第四个可以设想的是人类或虚拟数字人在梦境世界继续创造更深层的梦境世界，发现通过更深层次的梦境世界形成虫洞，成为人类在现实世界到达原本无法到达地方的一种新的方法。以上仅仅是作者对互联网大脑梦境世界提出的若干科幻灵感，实际上人类作为一个新宇宙的创世者，将会有无穷无尽的创新可以产生。这些都可以成为科幻作家们吸取的营养。

4. 基于互联网大脑形成的不同层级的"大脑"战争

近50年来，特别是21世纪以来，世界范围内互联网逐步从网络结构演变成大脑模型，虽然这一迹象越来越清晰，但一个完全成熟的互联网大脑依然遥远。因为存在着地区的差异、国家的差异、行业的差异、企业的差异，导致目前出现了很多企业级大脑、城市级大脑、产业级大脑。

按照互联网大脑的发展趋势，我们曾经预言互联网最终将蔓延到整个宇宙，宇宙大脑或智慧宇宙是互联网大脑发育的终点。但目前地球人类的互联网大脑连太阳系的范围都还没有走出。如果其他生命星球也产生出自己的互联网大脑，那么在宇宙中会出现很多星际级的互联网大脑系统。这里提出两个互联网大脑相关的宇宙扩张推论：第一，不同企业、城市、国家、星球、星系会形成自己的互联网大脑系统，由于文化、文明、宗教的不一致，这些互联网大脑系统的运转和扩展特点将会不同。第二，无论不同的互联网大脑系统之间的差异有多大，最终这些"大脑"之间会相互融合，向构建一个统一的宇宙大脑进化。

因此，一个并非科幻的未来可以被预见。宇宙中的生命文明将会以一个星系级互联网大脑系统向外扩展，每一个太空飞船、宇航员或太空探索机器人都是这个大脑系统的神经末梢。负责探索和扩大自己所属星系级"大脑"的覆盖范围，相互之间会通过"大脑"系统进行协作。不同的星系文明通过"互联网大脑"相遇的时候，有可能按照互联网大脑的宇宙扩张推论一，发生激烈的冲突，一个文明并吞另一个文明的互联网大脑。但根据互联网大脑的宇宙扩张推论二，可能更多文明意识到自己的文明与其他文明最终通过互联网大脑走向一个统一的宇宙大脑。他们可以放下分歧，将不同星系的互联网大脑通过和平方式接驳起来，形成范围更大的星系互联网大脑，相互共享知识，取长补短，携手向更广阔的宇宙进军。

在智慧宇宙或宇宙大脑形成之前，宇宙中会同时存在两种状况，大量的星系互联网大脑之间进行激烈的冲突，同时也有大量的文明不断崛起，相互链接彼此的互联网大脑。在这种场景下，宇宙并不像《三体》中描绘的那样黑暗和残酷，而是在黑暗中逐步走向和平，形成更为文明，也更高一级的星系大脑，最终万物归宗，万流入海形成一个统一的宇宙大脑或智慧宇宙。科幻作家在这样一个宇宙大脑形成的大背景下，将互联网的发展、太空的探索、星系级文明的冲突与融合结合起来，相信可以产生出更多优秀的科幻作品。

5. 互联网大脑发育过程中存在的"看不见的手"

到 2021 年，互联网的大脑架构越清晰，形态也越来越宏伟，我们惊叹于大自然"看不见的手"的威力。50 多年来人类从不同方向推动互联网领域的创新，并没有统一的规划将互联网建造成什么结构。但有一天人类抬起头来观看自己的作品，发现这个产品与自己的大脑高度相似，而且链接了数十亿人类群体智慧和数百亿设备的机器智能，共同形成一个不断发育壮大的超级智能体，这是一个非常奇特的现象。

"看不见的手"像幽灵一样盘踞在人类社会的发展过程中，时隐时现，在亚当·斯密的《国富论》中，"看不见的手"推动了经济的发展；在达尔文的进化论中，"看不见的手"推动了生物的自然选择。新的世纪里，互联网大脑的进化和超级智能的形成第一次把这只"看不见的手"逼到科学的解剖刀下。它究竟是什么，我们在互联网大脑的后续研究中终于初见端倪。

2012 年，我们在如何研究互联网大脑模型上出现两个方向：第一个是互联网大脑如何形成反射弧并应用在智慧城市、工业领域、农业领域；第二个是如何评判互联网大脑的智能发展水平，并与人类作对比。应该说提出第二个方向更有探索性，这是一个困难的问题，要解决它，需要首先建立一个通用智能模型描述互联网、AI 系统与人类等智能系统的共同特征。然后，才能依托这个模型对它们进行统一评估。

在自然界和人类社会中，可以观察到人类、猴子、老虎、鲸鱼、老鼠、树木、细菌、机器人、阿尔法狗围棋程序、网络游戏中的虚拟角色（NPC）等不同类型的生命或人工智能系统。通过对它们的智能特征进行研究，我们在 2014 年发现并提出，虽然这些智能系统有不同的构成和形态，但它们都需要进行知识的交流（输入输出），需要保持自己（或种群）在生存过程中获得的知识，需要通过创新解决生存和发展过程中面临的问题。差异仅仅是不同的智能体在这四个方面的能力上强弱不同。根据这一发现，2014 年我们在论文中第一次提出了标准智能模型，即世界上任何一个智能系统，包括人、人工智能系统、动物、植物，也包括可能的外星人都可以看作一个可以对知识进行输入、输出、掌握和创新的系统。

在前文中我们提出互联网大脑的进化会伴随着人类在太空中的探索而不断延伸。在足够时间里，互联网将会使智慧宇宙或宇宙大脑，随时对整个宇宙进行感知，也可以对宇宙进行任意的改造。

到 2019 年我们意识到其实"标准智能模型"也存在一种特殊的极端状态，那就是"标准智能模型"的四种能力全部为无穷大的状态。这时的智能系统可以识别世界所有的事物，掌握世界所有的知识，可以创新解决所有的问题，可以对世界做任意的改造。为了纪念法国科学家德日进的先驱研究，我们把这个标准智能模型这个极端状态命名为欧米伽点（Ω）点或"上帝之点"。同时，我们也顺其自然联想到，如果"标准智能模型"的四种能力全部为 0，那将形成另一个特殊智能体状态，此时的智能系统无法从外界接受知识，保存的知识为 0，不能做任何创新，不能对世界产生任何影响。对于这个状态，我们将其命名为阿尔法（α）点或"绝对 0 点"。

这两种极端状态在自然界是可以找到对应的现象。例如以人类为代表的生物种群知识库在过去数千年的时间出现爆炸性增长。如果这一趋势能够延伸到无穷时间点，就将理论上到达欧米伽（Ω）点状态。另一方面，当人、机器人、其他生命死亡或报废的时候，其将不再具有知识的输入、输出、存储和创新能力，也就是到达阿尔法（α）点状态（如图 4 所示）。

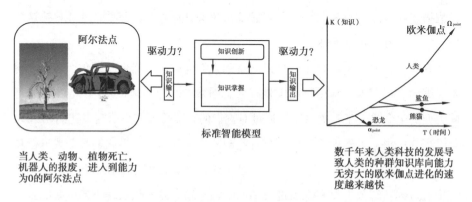

图 4　标准智能模型的两种极端状态

可以推论如果一个智能系统要到达欧米伽（Ω）点或阿尔法（α）点，必然需要两种不同的作用"力"，驱动它们向这两个极端智能状态演化。于是我们将驱动智能体向 Ω 点进化的"力"命名为欧米伽（Ω）引力，驱动智能体向 α 点收敛的"力"命名为阿尔法（α）引力。我们认为推导出来的专门作用于各种生命的两种新"力"是那只看不见的手的本质源泉。正是它们驱动了生物不断适应世界，寻找生存和演化的机会；正是它们驱动人类在经济活动中寻找最有盈利可能的方向进行努力，也正是它驱动了互联网不断从网状向类脑方向进化，从实验室向宇宙深处蔓延。

关于这只看不见的手背后的"力"，在科幻小说中也早有体现。最为著名的是《星球大战》提到的原力，按照卢卡斯影业品牌传播经理巴勃罗·海德尔格说法，原力是散布在银河系中的神秘能量场。一切生命体都会产生原力。以生命形态存在的原力被称作"生命原力"，遍布宇宙的原力则被称作"宇宙原力"。它们是同一原力的不同部分，而其作用规模却迥然不同。原力源于生命，但无生命体上也存在原力。一棵大树会产生原力，训练有素的绝地武士能够感知大树所散发的原力，从中汲取力量，并能操纵这股原力从而移动大树。无生命的机器人或岩石不会产生原力，但原力会散布到它们身上，熟谙原力者可以借此抬高岩石或是让机器人摔倒。绝地武士并不能垄断原力，他们只是最为人所知的原力使用者，可以感知并操作带有原力的物体。还有许多其他文化和学院传授与原力相联的能力。

在互联网的进化和智能的发展，使得这只"看不见的手"从科幻进入科学领域。在新的科学研究中，这只"看不见的手"是由两种不同的力构成，分别是欧米伽引力和阿尔法引力。它们的不同强弱组合并对生命产生影响，就构成了不同生命的不同发展道路与命运。

可以为科幻作家提供灵感的包括：欧米伽引力和阿尔法引力的起源是什么，从哪里来，要实现的最终目的是什么？对于这两种物理学中的四种引力之外的新引力，它们是否可以对应宇宙间的善与恶、光明与黑暗，对宇宙中不同种群产生作用有什么不同，这两种力通过不同种族将会产生怎样的对抗和斗争？

除了这两种新的"力"之外，生命在它们的引导下到达的两种极端状态，对四种智能能力（输入、输出、掌握、创新）全部为 0 的阿尔法点，整个宇宙，包括但不限于信息、概念、数据、规律、时间、物质、空间等对这个生命都将不再存在。阿尔法点对生命来说可以被看作一种新形式的智能"黑洞"，生命如何深入探索这个智能"黑洞"，也将可以成为科幻作家们可以发挥想象力的地方。

对能力无穷大的欧米伽点，曾经有过产生困惑的探索历程。最初我们认为当一个生命到达"全知全能"的"上帝"状态，那么四种能力中，知识输入能力、输出能力和知识的掌握能力需要达到无穷大的状态，但知识的创新能力必须为 0，否则就说明这个"上帝"依然存在没有掌握的知识，会出现悖论，因此我们把四种能力全部为无穷大的这种状态删除，保留了前三种能力为无穷大，但创新能力为 0 的状态为生命演化的一个终点。

但是在 2021 年发表的论文《智能的演化边界与种类》中，我们发现如果每种能力存在 0、有限和无穷大三种状态，把四种能力按照三进制数进行排列，会出现 81 种智能形态，上面没有悖论的"上帝之点"仅仅处于第 63 号的位置。

实际上，从序号 64 到序号 81 的 17 种生命类型类都是达到全知全能状态后，又开始存在能够创新的能力，从而也都是拥有悖论的智能系统。这些特殊的生命类型既然可以通过数学的排列组合推导出来，那么就不应该因为出现悖论将它们忽略，而是要考虑它们存在意义。

人类的成长过程给予了我们启发，即对一种比较难的知识或智力能力，生命需要发展到一定程度才能理解或实现，例如 3 岁幼儿无法理解什么是量子力学，只有成长为 20 岁攻读物理学的大学生才能理解。同样一个 6 岁的儿童无法搬动 50 公斤的石头，但当他 30 岁后一般就可以搬动。

因此对于理论上推导出来的 18 种存在悖论的生命种类，我们目前无法理解，一种可能是由于当前人类还处于有限能力的状态（在 81 种生命类型中序号 41），还无法理解这种悖论。需要进化到序号 63 类型的生命之后，才可以理解和实现。因此最后得出结论，序号 64 到序号 81 的生命种类虽然存在悖论，但不应被人为忽略或删除。

科幻作家们对这些特殊的生命种类可以产生很多的灵感和创新。例如生命如何到达序号 63 号没有悖论的全知全能状态；当到达序号 63 号点后，人类会如何处理与宇宙的关系；这个 63 号的特殊生命又将如何向存在悖论的 81 号上帝之点进化；当生命到达 81 号上帝之点后，又将如何演化等，这些问题都可以有很多可以畅想的地方。

参考文献：

[1] 吴岩：《科幻文学理论和学科体系建设》，重庆出版社，2008。

[2] 赫伯特·斯宾塞：《社会静力学》（节略修订本），商务印书馆，2009。

[3] 马歇尔·麦克卢汉：《理解媒介——论人的延伸》，何道宽译，商务印书馆，2000。

[4] 彼德·罗素：《地球脑的觉醒：进化的下一次飞跃》，张文毅、贾晓光译，黑龙江人民出版社，2004。

[5] 刘锋、彭赓：《互联网进化规律的发现与分析》，中国科技论文在线，2008。

[6] 刘锋：《崛起的超级智能：互联网大脑如何影响科技未来》，中信出版集团，2019。

[7] 新京报书评周刊：《为什么科幻小说家如此擅长预测未来？》，2015年8月27日，https://mp.weixin.qq.com/s/u_bZjfLRnTi7EJJzYqM3Bw。

[8] 张舒情：《百年前的反思与展望：乔治·威尔斯的科学图景》，中国科学技术大学硕士学位论文，2019。

[9] 郑海燕：《因特网的历史发展和现状》，《国外社会科学》1999年第4期，第7页。

[10] 陈全、邓倩妮：《云计算及其关键技术》《计算机应用》2009年第9期。

[11] 孙其博、刘杰、黎羴、范春晓、孙娟娟：《物联网：概念、架构与关键技术研究综述》，《北京邮电大学学报》2010年第3期。

[12] Feng Liu and Bo Wang, "World Search Engine IQ Test Based on the Internet IQ Evaluation Algorithms.", *International Journal of Information Technology & Decision Making*, Vol. 14, No. 2 (2015), pp.221-237.

[13] Pablo Hidalgo：《〈星球大战〉中的「原力」是什么？其原理及理论有哪些？》，2014年9月26日，https://www.zhihu.com/question/19752062/answer/31055233。

[14] Liu F.、Liu Y., "Types and Evolutionary Boundaries of Agents", *2021 5th Asian Conference on Artificial Intelligence Technology*（ACAIT）（IEEE, 2021), pp.533-537.

作者简介

刘锋，中国科学院虚拟经济与数据科学研究中心研究组成员、远望智库数字大脑研究院院长、南京财经大学客座教授。

花园与荒野之间——维特根斯坦语言哲学观照下的科幻叙事

张　娜

　　学界一直认可维特根斯坦的哲学思想分为前后两期，前期以《逻辑哲学论》为代表，后期以《哲学研究》为代表。[1]前期维特根斯坦主要考察命题和世界之间的关系，并认为可以通过提供命题和世界关系下的逻辑描述，来解决所有哲学问题。后期维特根斯坦否定了前期《逻辑哲学论》中的许多观点，认为词语的意义需要放回既定的语言游戏中考察。[2]值得一提的是维特根斯坦的另一部著作《文化与价值》，和《哲学研究》一样，都是后人整理的维特根斯坦生前文字编纂。且《文化与价值》一书中超过一半的评论都是维特根斯坦在完成《哲学研究》第一部分后所作（1945年以后）[3]，可见《文化与价值》一书可归为维特根斯坦晚期的著作。将上述三部著作按时间顺序排列，可依稀摸索到维特根斯坦从前期图像理论的逻辑哲学，到后期语言游戏中的哲学研究，

［1］　李瑞青：《维特根斯坦的反本质主义哲学思想》，《沈阳大学学报》2008
　　　　年第4期，第98-101页。

［2］　Ian Proops, "The New Wittgenstein: A Critique", *European Journal of Philosophy*, vol. 9, no. 3（December 2001）, pp.375-404.

［3］　Ludwig Wittgenstein, Georg Henrik Wright, Heikki Nyman and Alois Pichler, *Culture and Value: A Selection from the Posthumous Remains*（Blackwell's, 1998）, p. 8.

再到晚期对文化的关注，其研究路径愈发宽广，从特殊到一般，从哲学到文化，实现了语言哲学的文化，甚至文学转向。

在维特根斯坦之前，由于经典语言哲学语言观的束缚，文学在语言哲学视域内偏居一隅。维特根斯坦在《逻辑哲学论》的前言提到其哲学思想主要受到前辈弗雷格和罗素的影响。[1]弗雷格视域下的命题，与名称类似，都具备涵义和指称，其指称反映其真值。罗素对语言的理解是建立在真值和指称等逻辑概念上的，与科学语言不同，文学文本对世界的描述是不可验证的，所描述的大多是虚构的场景。罗素曾这样评价《哈姆雷特》，"该剧中的命题为假，因为现实世界中并没有哈姆雷特这个人。"[2]根据罗素的判断，文学文本中的论述为假，那么随之而来的问题便是文学文本不具有认知价值。罗素对文学文本真值的判断影响了许多同代学者，在当时以指称为核心的语言观图景中，文学文本因为不具备现实指称物，而被边缘化。与罗素类似，许多哲学家基于真值和指称的概念，纷纷作出了相似的论断，还有哲学家认为文学文本的指称不存在于现实世界，而存在于其他可能世界，在可能世界中为真。但无论如何，在以真值和指称为核心的语言观中，文学语言由于其本身的虚构性，都难以占据一席之地，作为语言的非常规使用，文学语言受到孤立，成为脱离于其他语言、与现实世界脱节的边缘化语言游戏。

文学批评家特里·伊格尔顿在其"我的维特根斯坦"一文中曾对数位语言哲学大家进行了如下评述，"弗雷格是哲学家中的哲学家，萨特是媒体眼中的智者，罗素是商店橱窗画像中的圣人……而维特根斯坦则是诗人、作家、剧作家和小说家的哲学家，他那伟大的《逻辑哲学论》，信手拈来，便可谱曲。"[3]可见维特根斯坦的哲学思想与文学有着千丝万缕的联系。维特根斯坦对某一语言表达的指称进行了新的诠释，认为指称不再被约定俗成地束缚在某一语言外部的个体现实元素上，否定了将语言放置于语言外部，而不参考语言获得其意

[1] Ludwig Wittgenstein, *Tractatus: Logico-Philosophicus* (New York and London: Routledge, 1974), p. 4.

[2] Russell, Bernard, *An Inquiry into Meaning and Truth* (London: Allen and Unwin, 1962), p. 277.

[3] Terry Eagleton, "My Wittgenstein", *Common Knowledge* 3 (1994), pp. 152-157.

义的实践过程的做法，因为"（语言）的图像本身无法外置于它自己的再现"[1]。维特根斯坦认为"词语的意义在于其在语言中的使用"[2]，把关注点从语言的指称转变到语言在具体语境下的应用，文学文本也当之无愧地成为适合的语境，是语言游戏的载体，意义在文学文本中诗意地栖居。

维特根斯坦不仅把文学纳入了语言哲学的研究范畴，还对文学进行了哲学化探究。关于哲学性和文学性之联系，在维特根斯对《逻辑哲学论》的描述中便可见一斑，"（《逻辑哲学论》这本书）具有严谨的哲学性，同时兼备文学性"[3]。可见，维特根斯坦将严格的哲学性在某种程度上等同于文学性。在《逻辑哲学论》中，维特根斯坦明确地指出哲学不属于自然科学，哲学的意义在于阐释思想，"（哲学这个单词要么在自然科学之上，要么在自然科学之下，总之它不能和自然科学并列。）哲学的目的在于对思想进行逻辑说明。哲学不是一种理论，而是一种活动。哲学作品包含的内容从本质上而言是进行阐明。哲学的结果不是一系列'哲学命题'，而是让命题变得清晰明了。如果没有哲学对思想的清晰鲜明阐释，那么一些思想就始终模糊晦涩"[4]。维特根斯坦对文学性想象给予了充分的肯定，提出虚构或想象性语境为哲学研究提供了最好的例子，小说可以在所谓的恰当（proper）状态下对语言展开研究。文学中镶嵌着人类生活、人类世界中的各种概念，并通过想象对这些概念进行不断地更新和测试。在《文化与价值》中，维特根斯坦对小说的重要性予以了充分的肯定，将小说视为解决哲学或语法问题的途径："为了理解概念，没有什么比构造虚构概念更重要的了。"[5]通过创造虚构案例，哲学也许可以得到更好的研究，因为归根到底，哲学并不与现象联系，而与现象的可能性紧密相连。

---

[1] Ludwig Wittgenstein, *Tractatus: Logico-Philosophicus*（New York and London: Routledge, 1974）, p. 11.

[2] Ludwig Wittgenstein, *Philosophical Investigations*（Oxford: Basil Blackwell, 1986）, p. 20.

[3] G.H. von Wright, *Wittgenstein*（Oxford: Blackwell, 1982）, p. 81.

[4] Ludwig Wittgenstein, *Tractatus: Logico-Philosophicus*（New York and London: Routledge,1974）, pp.29-30.

[5] Ludwig Wittgenstein, Georg Henrik Wright, Heikki Nyman and Alois Pichler, *Culture and Value: A Selection from the Posthumous Remains*（Blackwell's, 1998）, p. 85.

一、花园与荒野：小说的空间隐喻

维特根斯坦语言哲学观的核心是：词语的使用比词语的意义要重要得多。维特根斯坦认为语言中最基本的层级是人类的活动。如此，困扰历代哲学家的难题虽未解决，但却消解了。[1]语言栖居在语言游戏中，只能根据情境来定义。维特根斯坦后期的重要特征就是语言的情境性。语言游戏即语言的家园，语言和语言游戏之间是存与在之间的关系，这也反映了维特根斯坦的存在主义语言观。由此可见，维特根斯坦视域中的语言游戏具有突出的空间性，是语言存在之所。该空间首先是基于人类具体语言实践的时空体，由人类的言语行为驱动，之后形成文本或话语空间，在此基础上，再抽象为具备某种地形特征的空间构型。

语言本身就是一个复杂的地域，像城市，像迷宫："我们的语言可以看作一座古老的城市：一个由狭窄的街道和广场，新新旧旧的房子构成的迷宫，而且这些房子还有不同时期所增加的部分。这座城市周围布满了许许多多新的街区，街区有笔直规整的街道和整齐划一的房子。"[2]语言对于人类而言既熟悉又陌生，"语言是蜿蜒曲折的迷宫。你从一头靠近它，记住了自己走过的路；从另外一边，走另一条路到达同样的地方，却又不知道怎么走了"[3]。在《文化与价值》中，维特根斯坦进一步提出了地图隐喻的小说理论，"很容易想象这样一个人，他对某座城市十分之熟悉，能找到从城市的一处到另一处的最短路径，但就是这样一个人，却几乎不可能纹丝不差地绘制出该市的地图。事实上，他越是努力画，画出的东西越偏离城市原来的模样。"[4]这反映的是依据某种系统制图的愿望和系统性再现本身之不可能性之间的矛盾。"首先，这个尝试进行描述的人缺乏任何系统。他所遇到的系统都是不完备的，他会突然发现自己身处一片荒野之中，而不是那个他熟悉的布置妥当的

---

[1] Ludwig Wittgenstein, *Philosophical Investigations* (Oxford: Basil Blackwell, 1986), p. 11.

[2] 同上, p.ge.

[3] 同上, p. n26.

[4] Ludwig Wittgenstein, Georg Henrik Wright, Heikki Nyman and Alois Pichler, *Culture and Value: A Selection from the Posthumous Remains* (Blackwell's, 1998), p. 61.

花园。"[1] "布置妥当的花园"带给人的家园式慰藉转眼间变成了"荒野"带给人的惊异，从有序的花园，到混沌的荒野，从秩序井然的语言与现实世界之联系，到语言在语言游戏中任意地获取意义，维特根斯坦早期坚守的"明了的再现"（the perspicuous representation）的可能性已不复存在。

这是一种熟悉的陌生感，布置妥当的花园随时会变成人迹全无的荒野。与维特根斯坦同代的弗洛伊德也提出过类似的双重感受，他指出恐怖的深层机制恰是熟悉中蕴含的陌生感。维特根斯坦对其进行了隐喻性的发展，从家园到荒野，人们在熟悉的城市中迷路，这种埋藏在熟悉中的异化，构成了维特根斯坦对语言本质的描述。小说展现给我们的是，我们在语言的家园中，但又为我们揭示了这个家园的陌生。文学体现着我们对家园的双重交替认知——时而是精心布置的花园，时而是无人踏足的荒野。维特根斯坦后期的作品通过创造想象性案例，揭示了日常语言实践熟悉中的恐怖。

二、科学与想象之间的科幻小说

科幻小说彰显了维特根斯坦关于小说介乎花园与荒野之间的空间性隐喻，科幻小说既是具备哲学探究性质的思想实验，又是反映科技影响人类生活形式的现代神话。下面就对照维特根斯坦对语言花园与荒野的论述，对科幻小说与科学和想象的二重关系展开分析。

科学：科幻小说中的"花园"

科幻小说文本中描述的世界与读者切身生存的世界截然不同，但这种不同是基于物质和物理的合理性，而不是超自然或天马行空的无根据想象。科幻小说的根基是物质性的，而非超自然性，这也是科幻小说区别于其他幻想小说的一大特征。科学是我们当今时代主导性的唯物主义话语，科幻小说的物质主义根基也来源于一种科学的世界观。

---

[1] Ludwig Wittgenstein, Georg Henrik Wright, Heikki Nyman and Alois Pichler, *Culture and Value: A Selection from the Posthumous Remains*（Blackwell's, 1998），p. 62.

"科学"在科幻小说中往往有着心照不宣的含义，与日常生活中所指的科学不同，无论何种现象或假设在小说中加以提及，都意味着在小说文本中该现象或假设将在受控环境下得到某种程度上客观严谨的科学研究。作者要做的就是将科学设备置于思想的实验室中，专门回答"如果……？"（What if...?）这类问题，并给予解答这类问题所必需的养料。[1]格温尼思·琼斯将科幻小说视为一种思想实验，一个精心布局的"如果……？"游戏，新奇和不同之处带来的影响或结果可以在其中得到演示。换言之，对于科幻小说而言，重要的不是科学的"真值"，而是科学的方法，对某一特定假设的逻辑推理。科学家有时自称自己是与"事实"和"真理"打交道的，而小说则与"想象"相连，是一种谎言。科幻小说对科学的使用，其意义并不在于赋予文本一种特殊的，接近真理的权威。

正如科幻评论家达科·苏恩文所说：科幻小说的一大特点就是叙事的主导性或虚构性"novum"的霸权由认知逻辑予以验证[2]。如果说，苏恩文主要是从科幻小说的"科学"部分展开评论，那么另一位科幻批评家罗伯特·斯科尔斯则更多地关注了科幻小说文本的文学特征。他将虚构情节（fabulation）定义为任何"为我们提供与我们已知世界有着鲜明或极端的不连续性的世界，但却通过某种认知方式返过来面对这个已知世界"。[3]根据斯科尔斯对科幻小说的定义，科幻小说既不同又相同，既陌生又熟悉，与已知世界的关系虽处于离散的非连续状态，却又能以某种认知的方式面对这个世界。

关于科幻小说的时间性，虽然很多人认为科幻小说是在展望未来，但是大部分的科幻文本比起未来，更关注已经发生的过去。科幻小说的主导模式不是预言，而是追忆。[4]科幻小说不会把我们发射到未来；它用我们现在的故事与我们建立联系，比起现在和未来，它更加关注发展为这种现在的过去。[5]

---

[1] Gwyneth Jones, *Deconstructing the Starships: Science, Fiction and Reality*, （Liverpool: Liverpool University Press, 1999）, p. 4.

[2] Darko Suvin, *Metamorphoses of Science Fiction: On the Poetics and History of a Literary Genre*（New Haven: Yale University Press, 1979）, p. 63.

[3] Robert Scholes, *Structural Fabulation: An Essay on Fiction of the Future*（Notre Dame: University of Notre Dame Press, 1975）, p. 2.

[4] Adam Roberts, *Science Fiction*（Routledge, 2000）, p. 34.

[5] 同上，p. 35-36.

正如科幻小说作家、评论家勒奎恩所说，"科幻小说不是在预测未来，而是在描述现在。"[1]可见，科学与现实是科幻小说中秩序井然的"花园"，给读者以家园般的慰藉，是变奏曲前的序章，熟悉而有序，是开展异化幻想的基石。

想象：科幻小说中的"荒野"

作为一种文学类别，科幻小说是文学的一个分支，其描述的虚构性世界在某种程度上区别于我们实际生活的现实世界，是一种源于想象，而非经验性现实的虚构性文学，是幻想文学的一个子分支。[2]牛津英文词典在20世纪20年代出现了"科幻小说"这一词条，将其定义为：基于假定性的科学发现或令人惊叹的环境变化的想象性虚构，经常发生在未来外星球上，包含空间或时间旅行。[3]这里的"想象性虚构"将科幻小说与"现实主义"（realism）小说区别开来，现实主义作家需注重准确性，而科幻小说作者则利用想象创造我们现实世界中没有的事物。

苏恩文从实用的角度出发，创造了"novum"一词，来源于拉丁语中的"新"或"新的事物"，用来指代科幻小说世界与现实世界的"不同点"（复数形式为nova）。一部科幻小说，可以基于一个novum展开，比如H.G.威尔斯的《时空机器》中主人公穿越时空时借助的机器，更多情况下，科幻小说是基于互相联系的几个nova展开的，比如《星际迷航》的进取号星舰上各种各样的未来主义技术。苏恩文于1979年对科幻小说进行了定义：科幻小说是一种文学类型，其充分必要条件是对陌生化和认知之间互动的呈现，其主要的形式工具是替代作者的经验性环境的一套想象性框架。[4]苏恩文认为科幻小说的主要"形式工具"就是novum。他进一步指出，科幻小说中的另一世界，由疏远（estrangement）和认知（cognition）决定，且必须具备实现的可能性。可以说，苏恩文提出的这种nova就是构成维特根斯坦"荒野"的要素，这些与现实世界不同点的有机组合给予读者以认知冲击，逐渐构建起一个疏离的虚构世界。

---

[1] Ursula K. Le Guin, *The Left Hand of Darkness*（London: Futura, 1991）, p. 9.

[2] Adam Roberts, *Science Fiction*（Routledge, 2000）, p. 1.

[3] 同上 , p. 2.

[4] Darko Suvin, *Metamorphoses of Science Fiction: On the Poetics and History of a Literary Genre*（New Haven: Yale University Press, 1979）, pp. 8-9.

叙事是语言的核心功能。学习说话即学习讲故事。维特根斯坦在《论确定性》中指出叙事具有不确定性，正如爱因斯坦的波粒二象性，作为波，物质是一种实践性现象，作为粒子，物质是空间性的，无时性的。这两种图景，用利奥塔的术语来说即"不相称"（incommensurability），指的并不是互相抵触，而是二者在逻辑层面上截然不同，相去甚远。维特根斯坦在讨论格式塔心理时用鸭子/兔子画（duck/rabbit drawing）表达了类似的矛盾，同样的一幅画，不同的观察者，有时看到的是鸭子，有时看到的是兔子，但却从来不会同时既看到鸭子，又看到兔子。叙事不确定性原则表达的不相称性如下：读者对叙述/叙事过程（narration）和叙事话语（narrative）的认知是此消彼长的。我们对于故事或情节越发确定，对于叙事行为就越不确定，越模糊。同理，叙事者也是一个人的存在和一种行动的合成体。

文学创作是基于对其他世界的想象基础上的。想象虚构世界的文学从本质上有意地对现实保持沉默，而选择讲述我们现实世界以外其他世界的故事。对于文学艺术作品本质的论述自古以来就存在着并行的两种截然不同的范式：1. 摹仿（Mimesis）：再现我们的世界，客观地展现现实，又称"镜子观"，侧重时间性叙述；2. 叙事（Diegesis）：想象其他世界，讲述故事，虚构性叙事，具有主观性，侧重空间性叙事。在过去的几十载中，哲学家和文学理论家关于虚构话语的逻辑和语义以及想象的本质都进行了充分的理论研究。虚构性文学作品从本质上而言，就是在建构世界，参与想象性世界的创建，而非搭建反映现实世界的镜子。文学作品的语句不仅描绘了虚构世界的轮廓，同时还直接地描述着现实世界，导致虚构性作品在现实世界中也有真值。

正如耶鲁学派的 J. 希利斯·米勒所说：文学作品不像许多人想的那样，是用文字对业已存在的现实进行摹仿，相反，它在创建新的，补充性世界，元世界，超现实。[1] 1960 年后，不再有学者对虚构文学作品秉持完全的摹仿论，即认为小说是对现实的再现。文学批评家们已经渐次放弃了文学的反映性图景。

作为幻想文学分支的科幻小说，更是利用想象在构建平行世界。正如时间

---

[1]　Hillis Miller, *On Literature: Thinking in Action*（London: Routledge, 2002）, p. 18.

研究学者 J. T. 弗雷泽所说：语言是人类拒绝接受世界之原貌的主要工具……通过语言，我们得以对过去、未来或远方可能和不可能的世界进行描述。[1] 绝对意义上的事实叙事是被动的，好似一面镜子，丝毫不差地反映对面的一切。将叙事描述为"理性"是死路一条，在讲述故事的过程中，理性只是一个支持系统。它可以提供常规的连接，它可以发散情节，可以判断什么是可能的、可行的。只有想象才能带我们走出永恒现在的束缚，引导我们走向自由的故事才是人类的表达，这种自由为那些可以接受非现实的思想开放。[2] 在谈论科幻小说叙事时勒奎恩指出"初始经验"的理性客观只有通过"二次阐释"的主观想象才能形成故事，保持理性就无法讲述故事，讲故事即用非理性的想象讲述谎言。在梦中，实践的方向通常感被空间隐喻取而代之，与幻想小说同源的科幻小说也是对空间的隐喻，不再关注科学的真值和对现实的如实反映，而关注科技的应用对于人类生活的影响，实现了从科学真理到文化认知的转变，从科学是什么，到科学如何使用，从如何反映现实，到现实如何影响未来。

三、结语

科幻小说中的科学性为其铺垫了粗糙的地面，使想象根植于科学可行性的基础上，不至于在绝对光滑的冰面上打滑而失去方向，这片地面质感十足，时而是精心布置、无比熟悉的花园，时而是从未踏足、恐怖陌生的荒野，这种熟悉与陌生之间的交替贯穿着科幻小说的叙事时空：在时间上，科幻小说中的未来根植于过去与现在的时间性之上，在空间上，科幻小说中的外星球除了 nova（不同点）外，还有人类现实社会的影子。维特根斯坦呼吁研究者回到粗糙的地面，让语言回归语言游戏，搭建了从语义向语用的桥梁。与之相似，科幻小说关注科学的社会、文化应用价值，基于科学的内涵，联通了科学与文化两大

---

[1] Julius Thomas Fraser, Of Time, *Passion and Knowledge: Reflections on the Strategy of Existence*（Princeton: Princeton University Press, 1990）, pp. 132-133.

[2] Ursula K. Le Guin, "Some Thoughts on Narrative", *Dancing at the Edge of the World: Thoughts on Words, Women, Places*（New York and Canada: Grove Press, 1989）, p. 45.

领域，在花园与荒野，有序与无序、理性与非理性、现实与想象之间自由地徜徉。随着当代后现代主义的持续高涨，现代主义精英文化业已衰败，科幻小说中多元杂糅的叙事性蕴含着无限的可能，值得进一步深入研究。

参考文献：

[1] 李瑞青：《维特根斯坦的反本质主义哲学思想》，《沈阳大学学报》2008 年第 4 期，第 98-101 页。

[2] Ian Proops, "The New Wittgenstein: A Critique", *European Journal of Philosophy*, vol. 9, no. 3（December 2001）, pp. 375-404.

[3] Ludwig Wittgenstein, Georg Henrik Wright, Heikki Nyman and Alois Pichler, *Culture and Value: A Selection from the Posthumous Remains*（Blackwell's, 1998）.

[4] Ludwig Wittgenstein, *Tractatus: Logico-Philosophicus*（New York and London: Routledge,1974）.

[5] Russell, Bernard, *An Inquiry into Meaning and Truth*（London: Allen and Unwin, 1962）.

[6] Terry Eagleton, "My Wittgenstein," *Common Knowledge* 3（1994）: 152-7.

[7] Ludwig Wittgenstein, *Philosophical Investigations*（Oxford: Basil Blackwell, 1986）.

[8] G.H. von Wright, *Wittgenstein*（Oxford: Blackwell, 1982）.

[9] Gwyneth Jones, *Deconstructing the Starships: Science, Fiction and Reality*（Liverpool: Liverpool University Press, 1999）.

[10] Darko Suvin, *Metamorphoses of Science Fiction: On the Poetics and History of a Literary Genre*（New Haven: Yale University Press, 1979）.

[11] Robert Scholes, *Structural Fabulation: An Essay on Fiction of the Future*（Notre Dame: University of Notre Dame Press, 1975）.

[12] Adam Roberts, *Science Fiction*（London: Routledge, 2000）.

[13] Ursula K. Le Guin, *The Left Hand of Darkness*（London: Futura, 1991）.

[14] Hillis Miller, *On Literature: Thinking in Action*（London: Routledge, 2002）.

[15] Julius Thomas Fraser, *Of Time, Passion and Knowledge: Reflections on the Strategy of Existence* (Princeton: Princeton University Press, 1990).

[16] Ursula K. Le Guin, "Some Thoughts on Narrative", *Dancing at the Edge of the World: Thoughts on Words, Women, Places* (New York and Canada: Grove Press, 1989).

作者简介

张娜，广东科学中心副研究员，博士，从事科普展示研发设计工作，研究方向为科学传播、科技文化与科幻叙事。

期待科幻电影与科学融合发展

王元卓

一、引言

    科幻电影通常是指采用科幻作为题材，以建立在科学上的幻想性情景或假设为背景，在此基础上展开叙事的电影。在科幻电影中，常常使用可能的未来世界作为故事背景，用太空船、机器人、外星生命、外星球、时间旅行或其他超越时代的科技等元素彰显与现实之间的差异。许多科幻电影会表现出对于政治或社会议题的关注，以及哲学方面如人类处境的探讨。经典的科幻电影往往会给观众留下深刻的印象，比如：1902 年的《月球旅行记》，1927 年的《大都会》、1968 年的《2001 太空漫游》、1970 年代末期的《星球大战》、1999 年开启的《黑客帝国》系列、2008 年开启的《钢铁侠》系列、2014 年上映的《星际穿越》、2015 年上映的《火星救援》，以及被视为中国科幻电影里程碑的作品、2019 年上映的《流浪地球》。科幻电影中脑洞大开的故事情节和引人入胜的视觉呈现，往往能引起广大观众的关注、讨论和思考。好的科幻电影中需要符合科学原理的情节设定和可视化表现，一方面，这些情节会直接影响到观众对科学的直观印象，另一方面，某些前瞻的科学幻想还会在一定程度上打开科学家的脑洞，引导科学家的科研方向。

    本文我将通过自己对科幻电影的一些思考和相关实践，谈谈科技跟科幻电影融合的意义和可能的前景。

二、科幻与科学的关系

首先科幻区别于玄幻。科幻作品扎根于现实世界，其虚构成分针对的是现实世界中的未知部分，和人类科技、自然定律密不可分，科幻是以现在的科学理论为基础构建的世界观。科幻作品具有现实意义和人文关怀。而玄幻作品的基础是架空世界，建立在不存在的世界之上，是完全脱离科学理论构建的世界观，不受科学与人文的限制，也不受时空的限制。

我们说科幻与科学之间有着密不可分的关系。科幻是基于一定的科学理论或事实对未来或自然界的幻想。科学是对自然界的事实规律的探索和总结，必须源于事实。科幻与科学表面对立，但本质上却具有紧密联系，科学幻想对科学发展有预言和推动作用，而科学发展也带动了科学幻想的升华。科学幻想通常是科学活动的一部分，例如：星际幻想小说和电影对星际旅行探索的持续参与科学幻想一直在参与科学活动。很多科学家也是科幻小说的作家。

三、科幻电影中的科学

我是一个"70后"，在80年代初期的时候，电视刚刚进入很多家庭，我幼时通过黑白电视机看到过一些科幻大片，比如经典的《星球大战》和对我产生深刻影响的《霹雳五号》等。1986年上映的《霹雳五号》讲述的是一个用履带行走的机器人，有着大大的眼睛，而且有可以用来抓取物体的手臂。五号机器人在电影当中的设定是由于某些意外，拥有了一些智能化的能力，其中最让我印象深刻的是它可以在很短的时间里，学会一本很厚书籍里面的内容。这对于当时还在上小学的我来讲，是非常渴望的，所以当时就有个愿望，希望有朝一日能够亲手制作出这样的机器人朋友，这也是促使我从事计算机专业学习的原因之一。可以说是在我的心中播种下了一颗科学的种子。

另一个让我印象深刻的科幻电影是2002年上映的《少数派报告》，电影设定是在近未来，人们可以通过某种手段预测出可能发生的犯罪行为，并通过对早期事态的干预，将犯罪行为扼杀掉，从而大大减少了犯罪行为的发生。这个科幻电影中描述的能力，恰恰是目前广受关注的大数据技术可以实现的。通常我们认为大数据是指无法在一定时间内用常规机器和软硬件工具对其进行感知、获取、管理、处理和服务的数据集合。大数据在 2010 年前后被提出，并在 2012 年以后得到了迅猛发展，帮助人们更好地感知现在和有效地预测未来正是大数据技术发展的重要现实需求。大数据预测在疫情防控中也发挥了重要的作用。而大数据正是我当前的主要研究领域。

2019 年大年初三，我和爱人带着两个女儿去影院观看口碑爆棚的国产科幻电影《流浪地球》，回到家后，意犹未尽的我和女儿讨论起影片的情节，却发现女儿其实并没有看懂，主要原因是其中大量的知识、术语她都不了解，于是我开始一边给她讲解，一边把结构关系画在纸上，并写下了一些主要信息。这 6 幅不经意而成的手绘图随后被朋友发到了网上，意外受到了极大的关注，不仅上了微博热搜，先后被 100 余家媒体发布，相关新闻报道约 22 万篇；更引发数万人参与热议，微博总阅读量超过 1.5 亿人次，微信公众号文章 3 千余篇，多篇阅读量超过 10 万；手绘图甚至被境外媒体翻译成英文进行了报道，10 多家电视台进行报道和专访。我也因此被网友称为"手绘《流浪地球》知识讲解图的硬核科学家奶爸"。

这些数字给我很大触动。作为一名大数据领域的科研工作者，我在中国计算机领域的代表性期刊《计算机学报》上发表的学术论文《网络大数据：现状与展望》，以 70000 余次的网络下载量成为该期刊 1978 年创刊以来网络下载量最高的论文，这一数字的形成，历时近 7 年；而我的手绘科普图实现过亿的阅读，只用了 7 天的时间。这让我深切意识到大众对科学知识的需要和对科研人员参与科普工作的认可。基于此，我决定选择 10 部经典的科幻电影，以手绘的形式，选择宇宙空间、人工智能、机器人三个领域的 100 个知识点，为大家讲解更多有趣的科学知识。

于是我开始创作《科幻电影中的科学》系列手绘科普图书，目前已经完成两本分别是 2020 年出版的《科幻电影中的科学：科学家奶爸的宇宙手绘》和2021 年出版的《科幻电影中的科学：科学家奶爸的 AI 手绘》，得到了读者和社会各界的广泛认可。其中经过网友的推荐和我的反复斟酌，这两本书分别选择了《流浪地球》《星际穿越》《火星救援》，以及《钢铁侠》《阿凡达》《头号玩家》三部具有代表性的经典科幻电影，每部科幻电影都会请科学小助手从读者的角度选择 10 个知识点，从而共同组成本书的知识体系。看到孩子们对科学知识的渴望和天马行空的思考，也让我更加坚定了把科普进行下去的决心。希望《科幻电影中的科学》这一系列手绘书，能够成为既满足孩子们的需求，又能受到广大成年读者喜欢的科普读物。

四、科幻电影与科学融合的意义

说起科幻电影与科学性的完美融合，就不得不提到 2014 年上映著名科幻电影《星际穿越》，它是迄今为止我个人认为最具科学性的科幻电影，也许正是因为这一点，让它更加深受观众们的喜爱。之所以这部全程烧脑的科幻电影能在全球拥有大量的粉丝，影片的科学顾问兼制片人，美国加州理工学院教授基普·索恩发挥了重要的作用。而正是因为在这部科幻电影拍摄过程中对引力波等的深入思考和卓有成效的研究工作，基普·索恩教授于 2017 年，因发现宇宙涟漪——引力波，而获得诺贝尔物理学奖。

索恩与《星际穿越》的故事也在不时地影响着我国科幻电影与科学的融合发展。于是越来越多的人认为，科学与影视的融合将为中国带来更多科幻大片，甚至推动某些科学的发展；但也有人认为受到严谨的科学体系的束缚有可能会限制科学幻想的脑洞，影响科幻电影的创作。那么，如何架构起科学界与影视界融合的桥梁？如何让两个圈子跨界碰撞，互相赋能？这是科学与影视融合发展面临的首要难题。

跨界融合，科学让影视更合理

近年来，为促进科学界与影视界的对接，中国科协采取了一系列行动，如2017 年，设立科影融合课题组，完成国内第一份跨界融合状况调查报告；2018年，主办科影融合发展系列论坛，为双方提供交流平台；2019 年，启动科影融合平台，以电影为载体，探索科学传播的新模式、新路径；2020 年，成立科技与影视融合办公室；2021 年，组建了科幻电影科学顾问库等一系列措施来推动我国的科学与影视的融合。同时，还有一些社会团体也都开始成立各类科影融合机构，如中国科普作家协会成立的科技与影视融合专业委员会、科幻电影专业委员会等纷纷承担起了科幻电影与科学跨界融合的桥梁。

我认为科幻电影与科学的融合过程中，一定要认识到科学性是要服务于科幻电影的创作，而不能束缚科幻电影的发展。比如有观众质疑为什么太空中会有声音，实际上这是为了渲染氛围，甚至在一些经典的影片中还有出现大量的配乐。在科学基础上做一定的合理幻想并不会影响它的价值。科学不是要去指导影视，影视创作还是要以艺术创作为基础，但科学知识可以给影视创作锦上添花，否则整个故事漏洞百出，就没有可信度了。

科幻电影里的科学性不见得是现实的、完全准确的，科学的严谨性与影视文化的这种差异也是科影融合过程中需要适应和磨合的。目前我国的科幻电影与科学融合的生态还不健全，很多科学家并不愿意参与在科幻电影的创作中担任科学顾问，一是这确实需要对科幻电影的创作有深入的理解，而不仅仅是擅长科学研究，更重要的是一旦为了科学幻想而影响到当前科学的严谨性，会担心收到同行专家的质疑，这些都是良性生态发展过程中亟待解决的问题。

相互赋能，可以营造融合发展新生态

电影通过塑造形象或强化"文化内涵"，悄无声息地影响着人们的观念。在美国，科影融合的相关实践已经进行了几十年。早在 20 世纪 30 年代，美国联邦调查局就成立了专门的办公室来对接广播影视设计团队。2008 年，美国国家科学院成立了科学与娱乐交融项目组。对于娱乐影视业中所有涉及的科学话题，该项目都可以帮助寻找专家来完善具体的科学故事细节。最典型的则是直接参与和指导电影制作的美国航空航天局（NASA）。NASA 每次参与电影的过程都是在激发公众对他们工作的兴趣，提升对他们的支持度。

2020 年 7 月 23 日，国家电影局与中国科协共同发布的《关于促进科幻电影发展的若干意见》提出，对科幻电影创作生产、发行放映、特效技术、人才培养等加强扶持引导的 10 条政策措施，这是我国首次就科幻电影事业发展颁布的指导性文件，简称"科幻十条"。这一政策作为"科技与影视融合"项目发展的重要节点之一。

在科影融合过程中，科学家传播的不仅仅是科学知识，还要用最新的科学手段或结果预测科幻电影中尚未实现的"思想实验"，同时科研实践本身带有社会、人文性质，有助于把科学向善的理念和人文关怀更好地结合起来，使影视制作团队了解科研实践活动的形式和内涵，帮助把脉一些科学精神、文化和伦理，使之成为一种必要的技术支撑。

无论是科幻电影、科学综艺，还是科普短视频，在这个碎片化学习的时代，科影融合不大可能体系性地输出科学知识，更可能是一个知识的翻译者。只有先播下好奇的种子，让他爱上科学、对科学感兴趣，才能有学习科学的动力和能力。

科学家参与科幻电影创作，有助于电影科学基础更加稳固合理；好的科幻电影可以帮助科学家打开脑洞，引导科研工作的方向，以广受关注的科幻电影为载体，进行科学普及，更容易被接受；全民科学素养的提高，必将催生更多优秀的科学家和科研成果。

利用科幻电影做好科学普及

2020 年，我国公民具备科学素质的比例为 10.56%，科学素质水平虽然大幅提升，但总体仍偏低，而目前美国这一比例为 28%，加拿大为 42%（2014 年）、瑞典为 35%（2005 年）。这一数字与当前我国经济和科技发展的速度是不相称的。需要全面推动我国的科学普及工作，全面提升公众的科学素养。

普及前沿科学知识，激发科学探索兴趣，锻炼科学理性思维。科幻电影基于科学原理与科学推论所勾勒出的未来世界，可以给大众，尤其是青少年学生提供了一个既可能实现又充满无限遐想的空间，极大地刺激了学生的求知欲与想象力。有助于大众主动了解现有科学成果，积极探索科学发展方向，增强思维活跃性和科学创新能力。

科技创新、科学普及是实现创新发展的两翼，要把科学普及放在与科技创新同等重要的位置。通过科学普及，让科学家精神成为青少年培养正确人生观、科学观的重要营养，推动青少年科学素质快速提升，做新时代科学文明的建设者、实践者，才能更好为建设世界科技强国、实现中华民族伟大复兴夯实人才基础。

增进中小学生对科学发展利弊判断的社会思考和人文理解。科幻电影用直观的方式将自然科学、科学政策、科学伦理工作者在论文及会议讨论的未来问题，直观地让受众"看见"，带领青少年思考未来以及自己现在的行为会对未来带来的可能影响。

促进中小学生全面了解科学历程，创作更多更好介绍科学家事迹、科学家精神和科学问题的科幻电影，发展科幻科普教育产业，提高全民科学素质。要通过科学普及激发更多青少年的好奇心，培养对科学热爱、锻炼科学思维能力，形成具有科技创新精神的青少年群体。

五、总结

在很多人看来，科学是晦涩难懂的，科研是神秘莫测的，如何让更多人了解科学的原理，关注最新的科研成果，直观感受科学的魅力？也许科幻影视作品可以帮助科学家们做到更好。科学与影视融合就是要创建一个平台来打造良性互动的跨界生态。当影视圈有需要的时候，可以快速地找到最合适的科学家。同样，当科学家需要将一些科研进展可视化呈现的时候，也能方便地找到对应的人才和团队。科学家参与科幻电影创作，有助于电影科学基础更加稳固合理；好的科幻电影可以帮助科学家打开脑洞，引导科研方向。优秀的科幻作品是没有围墙的全民课堂，科普教育，更容易让科学走进孩子的生活和心灵。创作有温度的科幻作品，推动科学与影视的融合，将科学普及工作从偶然为之变为可持续发展的良性生态，让广大公众尤其是青少年了解科学、爱上科学。全民科学素养的提高，必将催生更多优秀的科学家和科研成果。以上是我参加科学与电影融合工作的一些思考，期待能对科幻影视理论的未来建构起到积极作用。

作者简介

王元卓，博士，中国科学院计算技术研究所研究员，中国科普作家协会副理事长，中国科幻研究中心特聘专家。

第二编

科幻批评

科幻的境界与原创力：文明实验

田 松

一、三个维度：故事、预设与思想

我常常从三个维度衡量科幻作品（小说和电影）：1. 故事（包括情节人物等）；2.（科学的）场景及道具预设；3. 思想境界。[1]

1980 年代曾有科幻是文学还是科学（科普）之争，我是坚定的文学派。既然是文学，首先得有一个完整的故事，故事里有情节有角色，这些都是题中应有之义，无须多谈。科幻有其特殊性。

刘慈欣认为，科幻中的角色也可以是物，比如时间机器；也可以是故事所展开的场景，比如虫洞；对于科幻作品的成败，这些"角色"往往起着比人物更为重要的作用。按照这个观点，《三体》中的水滴、二向箔、多宇宙，都是重要的角色。这个说法与卡龙和拉图尔的 ANT 理论（行动者网络理论）正相吻合，在 ANT 理论中，行动者可以是人，也可以是物。而所谓行动者（actor），恰好也是角色的意思。

不过，在我提出的三个维度中，这些部分被单列出来，归入第二条"（科学的）场景预设"中。主要是因为，其他门类的小说也存在非人角色，而对于

---

[1] 田松：《科学英雄主义时代的最后史诗》，《中华读书报》2015 年 9 月 16 日第 9 版。

科幻作品来说，如果没有特殊的与科学相关的场景设定，就不能叫作科幻了。所以需要隆重强调，也便于讨论。一个好的故事，可以移植到诸多场景上去，但并不是把罗密欧与朱丽叶放到外星上去，莎士比亚就能算作科幻作家了。反过来，科幻作家首先要拼的是，能否创造出一个特别的（物理）世界作为故事展开的场景！

金庸不仅要讲一个一个江湖故事，要创造东邪西毒南帝北丐中神通的人物形象，还要发明降龙十八掌、凌波微步、吸星大法、葵花宝典。科幻作家也是一样，威尔斯要发明时间机器，凡尔纳要发明鹦鹉螺号，克莱顿要发明侏罗纪公园。相比之下，他们创造的那些人物，的确不那么重要了。比如，问起《1984》主角的名字，很多人可能一时想不起，但是乔治·奥威尔发明的"铁幕"，已经成为大众语言的一部分，没有看过《1984》的人也会知道。

一个具有原创性的场景，是人们对科幻的预期，也是作者努力的方向。

然而，仅仅有好的故事和具有原创性的场景还是不够的。这些可以造就非常好的票房，但不是科幻的第一流境界。所以第三个维度是思想，或者哲学。

江晓原教授也认为，思想性是科幻的"灵魂"，影片好坏可凭此一锤定音。这是他评判科幻的第一标准，至于他第二标准，视效（景观），则仅做锦上添花之用。[1] 两者非常不对称。

二、讲故事与讲道理

有两种文学：一种是讲故事，一种是讲道理。在这里，"道理"一词需要做广义理解，泛指理性、观念、思想等。

讲故事的作品，焦点在故事本身，作者并不特别在意这个故事阐明了什么道理，而一个好的故事，能够从中看出一万个道理。

讲道理的作品，焦点在道理。故事的设定与展开，都是为作者要讲的道理服务的。

两种作品并无高下之分。以往的纯文学理论更看重前者，认为后者理念先

---

[1] 穆蕴秋：《一部有纲领的科幻电影指南——评〈江晓原科幻电影指南〉》，《中华读书报》2016 年 7 月 20 日第 16 版。

行，容易使人物脸谱化。然而，京剧这种艺术形式原本就是自带脸谱的。

把照相机镜头对准窗外夕阳下的灌木丛，随机拍一张，其中隐含着无限的细节，每一次观察，每一次放大，都可能有新的内容。讲故事的作品，作者的雄心在于呈现一个完整的社会形态，诸如巴尔扎克、雨果等，致力于完成一个历史的切片。作者仿佛具有上帝之眼，以全能视角陈述他所营造的世界，并且相信这就是世界本身。对于读者来说，这是一个足够丰富的世界，每一次重读，也都能发现新的细节。这样的故事，其中有丰富的道理供后人解读，甚至，一千个人能看到一千个哈姆雷特，同样的故事，能够解读出相反的道理来。

但，即使如此，只要是人写的故事，就会有作者的意图在，有作者的缺省配置在其中起作用，同样，也有作者看不到的地方。

这也与历史相似，人们曾经相信存在着本来面目的历史，历史学家也曾自信能够给出这样的历史。不过，按照江晓原教授在《天学真原》序言中的说法，如果哪位历史学家今天还有这样的想法，是不及格的。不仅"一切历史都是现代史"（克罗齐，Benedetto Croce），"一切历史都是思想史"（科林伍德，Robin George Collingwood），而且，一切历史都是辉格史。

按照邵牧君先生的分类，电影史上曾有写实主义与技术主义两大传统[1]，则前者倾向于讲故事，后者倾向于讲道理。写实主义重视长镜头，试图呈现具有全部细节的完整的历史片段，安德烈·巴赞甚至认为，电影源自于一种木乃伊情结——全面地立体地记录现实，所以电影从无声到有声，从黑白到彩色。[2]当然，这也能解释此后的从二维到三维。

然而，鲁道夫·爱因海姆则认为，电影之所以成为艺术，恰恰在于它不同于现实。正是用无声来表现有声的世界，用黑白来表现彩色的世界，才使电影有可能成为艺术。如果与现实没有区别，那就是现实，不是艺术了。[3]事实上，任何技术手段都不可能完整地记录全息的现实，所以木乃伊情结永远不可能得到完美的表现，人也不可能拥有上帝视角，而且，按照爱因海姆的说法，恰恰

---

[1] 邵牧君：《西方电影史论》，高等教育出版社，2005年12月。

[2] 安德烈·巴赞：《电影是什么》，中国电影出版社，1987年4月第一版，第6、21页。

[3] 鲁道夫·爱因海姆：《作为艺术的电影》，中国电影出版社，2003年9月。

因为人只能拥有人的视角，才使得艺术成为艺术。

从这个角度看，讲故事与讲道理并不能截然分开，故事中总是有讲述人的道理，而道理，也总是要通过一个故事来讲。

但是，我们不妨把讲故事与讲道理作为两个维度，两个努力的方向。正如长镜头与蒙太奇一样，长镜头不可能无穷长，而蒙太奇也不可能无穷短。

另外一个例子是埃舍尔，这位荷兰版画家，他用绘画来表现理性，表现他对画面之表现可能性的理论探险。比如，如何在有限的画布上表现出无穷，如何在二维的平面上表现出不存在的三维。[1] 这是更加极端地讲道理。

就科幻而言，由于这种文学形式对于场景预设的特别要求，天然地适合于讲道理。

在电影史上，技术主义最早的代表人物乔治·梅里爱，正是第一部科幻电影《月球旅行记》的作者。这同样可以印证，科幻的这种类型，恰好适合讲道理，讲一个特殊的道理。

三、思想实验

思想实验是一个物理学概念，借用一下。

所谓思想实验，就是在脑袋里构想的实验，不一定要真的去做。比如爱因斯坦想象：如果以光速追着光——电磁波，能看到什么？他就想，如果以光速追着电磁波，看到的应该是一个波峰与波谷都凝固不动的波，而如果波峰与波谷都不动，那根本就不是波；如果不是波，波峰和波谷就都不存在。也就是说，如果你以光速追着光，光就消失了！但是，光是能量啊，不可能因为我一追，它就消失了呀。爱因斯坦想啊想啊，最后提供了一种可能性，那就是，光速是这个世界的最高速，任何有质量的东西都不能达到光速，所以，人根本就追不上光，光也就不会凭空消失。这就是狭义相对论的前提之一。这种实验，就叫思想实验，任何实验室也做不出来，只能在脑袋里想。

很多小说就是针对现实社会的思想实验。比如存在主义文学要拷问人性，

---

[1] 布鲁诺·恩斯特：《魔镜——埃舍尔的不可能世界》，田松、王蓓译，上海科技教育出版社，2014，第 114 页。

就把人放到囚室里（萨特，Jean-Paul Charles Aymard Sartre），让几个人每周七天每天二十四小时地相处在一起，形影不离，想象人在这种极端状态之下会有哪些行为。马克·吐温写《百万英镑》，就是想象，如果一个穷光蛋一夜暴富，会发生哪些事儿。《鲁滨逊漂流记》想象一个人深处荒岛，会如何生存。在《八十天环游地球》中，凡尔纳根据当时人类社会已经拥有的技术，认为有可能在八十天环游地球一圈，就讲了一个这样的故事。

说到凡尔纳，我们已经开始讨论科幻了。《八十天环游地球》固然是讲了一个故事，但是其焦点在于讲道理，故事中的人物身份、社会关系，都是为了他要的道理——八十天可以环游地球——来设定的，路线、沿途的遭遇，都只是衍生的配料。凡尔纳以科幻小说的形式，完成了他的思想实验。

科幻作为思想实验是全方位的，作者要提出实验原理（即思想实验的思想，作品要讲的道理），构想实验室及建构实验设备（相当于场景设定），设计实验方案，还要进行实验，记录实验过程，最后完成实验报告。按照江晓原教授的说法，思想是灵魂，决定成败；而实验室及其中的装置，是为展现思想服务的。没有恰当的实验室，思想的深刻体现不出来，道理也讲不明白；没有深刻的思想，实验室再花哨，设备再复杂，也不会做出多么有价值的实验。

一部出色的科幻小说，一定在背景设定和思想上有过人之处。场景设定具有原创性，同时思想丰富、道理深刻。比如在《侏罗纪公园》中，整个故事建构在分子生物学和混沌理论之上，先是用机械论、还原论、决定论的分子生物学建构出了侏罗纪公园，又用非决定论、整体论的混沌理论毁掉了侏罗纪公园。相比之下，著名的《星球大战》，徒具光鲜的外表，在宏大的星际背景下，讲述的是一个中世纪的故事，既没有对人性的深刻思考，也没有对人类文明的深入思考。所以虽然是科幻经典，并不能算是特别优秀的作品。

科幻作为一种特殊的文学体裁和电影类型，天然地就把科学作为关键词，这个科学不是脱离了语境的抽象的科学，而是应用在人类社会与自然环境之中的科学。所以科幻的思想实验，便可以用来考察科学、技术、自然与人类社会交互作用的诸多可能性。比如，某些特别的技术（如隐身衣）被发明并应用之后，人与人类社会会发生什么样的变化？再如，在一个特殊的物理空间和状态下（比如在一个引力只有地球一半的星球上），会有什么样的人类和人类社会存在？

这一类思想实验，是其他文学门类所不具备的，是科幻之原创性之所在。

四、原创力与想象力

科幻常常被人认为与想象力有关，一部优秀的科幻作品常被人赞叹具有非凡的想象力，反过来，也给人这样的误解：要创作好的科幻，必须有特殊的想象力。以至于会有这样的提法：培养想象力。甚至有人敢于办班招生，真的把想象力当作一种可以培养的能力了。

原创是又一个近些年被提倡的概念，不仅在商业领域，也在学术领域。的确如此，在商业领域，有人习惯山寨；在学术领域，有人同样重视跟风——好听一点儿的说法叫作跟踪世界学术主流，很多学生乃至教授都乐于询问，当下的学术潮流往哪儿转向，人家往哪儿转，咱们就往哪儿跟。

对于科幻而言，原创就被认为与想象力有关。于是培养想象力与提倡原创就变成同样的东西了。然而，"提倡原创"也好，"培养想象力"也好，都是一种多少有些悖谬的说法，如同提着自己头发离开地面。

所谓原创，全称原始创新，原始的创新！一个具有原创性的东西，一定是一个与以往有着重大不同的东西。但是，无论怎样与以往不同，也总是要与过去有所关联，把过去作为起跳的基础。按照这个比喻，当然可以说，跳得越高，就越是具有原始创新，越有想象力。于是，提倡原创就相当于提倡跳得高，这不是废话嘛。跳得高，本来就在跳高这个活动的预设之内，不需要再强调。至于培养想象力，就相当于训练怎样跳得高，似乎不错，但是，难道他们以前的训练不是为了让队员跳得高，所以需要额外再加上一项往高里跳的训练吗？

很多人把想象当作一个可以主动从事的活动，"你要发动你的想象力！"仿佛想象力是一把斧子，拿起来就可以去砍树。被要求发动想象力的人，不知道怎么去发动，也找不到想象力在哪儿。就好比被要求努力往高里跳的人，虽然一次一次地跳，但是每次的高度也都差不多。因为腿部肌肉的力量就那么大，怎么刺激也没多大用。原创也是这样，不是想创就能创的。

原创也好,想象力也好，人们看到的只是外在的表现。比如一个人武功高深，一跺一个深脚印，一跑一溜烟，绝尘而去，深脚印和一溜烟都是武功高深的外在表现。反过来，一个武功不那么高的人，也要表现出武功高的样子，也使劲跺脚，跑起来用力蹚着地，搅起一人高的尘土，也只是把自己呛个灰头土脸而已。因为那位高手，同样也可以不露身影，不留行踪。就像很多学校的教学比赛，有制作 PPT 一项，鼓励想象力的结果是，把 PPT 弄得极为花哨，各种特效，各种模板而已。

长期以来，有人把教育当成体育，学术当成竞技，文学作品也被塞进了赛车道。电影作为产业，同时进入了多世界的跑道。

以学术而论，跟踪国际前沿的，注定不是（第一）原创，只是在回答、解决别人提出的问题。提出问题，比解决问题更加重要。所以是否原创，在于是否有自己的问题，是否有对于自己的生命体验以及所生活的世界的反思。[1]

作为思想实验的科幻，亦然。延续上一节的讨论，则科幻作者对于科学、技术与社会、人和自然的关系，是否有自己深入的、独特的理解，决定了科幻的思想境界，也决定了科幻的成败。

文学创作像跳高，更像潜水；不仅要向前跑，还要往回看。"创新不是向外绞尽脑汁努出来的，而是向内反省春雨润物般生长出来的。"

跳高、向前跑，意味着追踪科学前沿、技术前沿，琢磨这些科学能产生哪些酷炫的技术，以及哪些酷炫的技术能够用到作品里；潜水、往回看，意味着反思自身、反思从前认定的科学、技术与社会、人和自然的缺省配置的关系，基于这种反思，提出属于自己的思想实验。比如侏罗纪公园，不是开动想象力想象出来的，而是迈克尔·克莱顿深入思考的结果。

这种反思，属于科学／技术的文化研究和社会研究的范畴，即科学／技术哲学、科学／技术史、科学／技术社会学等领域。

五、剑宗：科幻的场景预设·博物学

按照前述衡量科幻的三个维度，第一项"故事"是所有文学作品都要具备的，无需多谈。科幻有别于其他门类的，在于其二"场景预设"——构建实

---

[1] 田松：《博物学编史纲领的术法道——原创基于独立的问题》"我们的科学文化"之七《好的归博物》，华东师范大学出版社，2011，第 26 页。

验室，其三"思想境界"——提出实验原理。科幻的原创力，也常常表现为这两点。

延续上一节的讨论，有两种科幻，跳高的、向前跑的；潜水的、向后看的。

鉴于科幻的特殊性，有些作品虽然没有提出特别的实验原理，但是建构了非常特殊的实验室，也具有很强的原创性，也能成为科幻经典。反之，某些作品虽然有不错的思想深度，提出了不错的实验原理，但是实验室造得粗糙，思想无法贯彻，故事讲得不好，也不能算是好科幻。这有点儿类似于华山派的剑宗和气宗，气宗强调内力，剑宗强调剑法。没有剑法，内力发挥不出来；剑法高深，可以弥补内力不足。气宗、剑宗都能有一流高手。

在科幻史上，有大量作品致力场景预设，建构实验室。作者无力提出特别的思想，只是把同时代对于科学、技术、社会与自然关系的缺省配置作为其思想基础，在这个缺省配置之上，预设一个特别的场景，加入一个特别的技术，讨论其可能的后果。

当然，也常常会有这种情况发生。起初，作者只是在缺省配置的基础上，向前走，设置了某种特别的道具，并追问此道具在具体应用中所导致的各种可能性，但是在这个过程中，对缺省配置产生了疑惑，从而提升了思想本身。这个道具就成了一个思想的抓手，它引领作者，走向思想的深处。于是剑宗高手达到气宗的一流境界。从发生学的角度看，相当多数的原创思想也是这样产生的。

从场景道具的维度，科幻史上的作品可以大体归类如下：

第一，立足当下的科学，构想某种可能的技术；立足当下的科学，想象未来某种可能的科学，并构想可能的技术；把这样的科学和技术，应用到社会生活和自然环境之中。能否立足当下的科学，取决于科学根基是否雄厚，这是硬科幻作者所得以自豪的部分。比如多级火箭的最早构想，就是被齐奥尔科夫斯基写到科幻小说里的。其中的技术，常常表现为机器。在科幻史上，几乎与科学同步同构地实验了所有的可能性，几乎所有门类的科学和技术都被实验过了。激光、纳米、机器人、遥感、基因工程……物理学、化学、医学、材料科学，乃至心理学……，罕有漏网。

第二，基于人的某种愿望，幻想可能的科学及其技术，比如读心术、隐形术、变形术、造梦术、超能力……于是，超人、蜘蛛人、蝙蝠人、透明人、蚁人……不断地跳出来。在这类作品中，有时会偏离科幻，科学有时只是一个被拉来的包装，与魔幻、玄幻界限模糊。

第三，虚构一个世界，营造整个场景和道具，这一类故事，或者把场景放在太空，或者把时间放在未来，总之不在当下。太空旅行是科学英雄主义与科学浪漫主义的最佳舞台，也是存在主义的最佳场所，适合于呈现不同主题的思想实验，所以作品繁多，绵延不绝。

从历史上考察，科幻史上的大多数作品，所立足的科学及其技术，都是数理科学的。这与以往缺省配置对于科学的理解，科学主义的意识形态，以及对于硬科幻的迷恋，都是相互建构的。

有鉴于此，在短期的未来之内，以博物学（包括生态学、演化论）为基础的科幻场景预设，更能产生具有原创性的作品。

爱因斯坦曾说，"你相信什么，你就能看到什么。"思想实验同样符合"观察渗透理论"，视角不同，理论不同，所看到的世界就完全不同。在只有数理科学作为思想资源的科学主义看来，侏罗纪公园是一架决定性的机器，能够在科学家的操控下持续运行。而从混沌理论看来，侏罗纪公园从一开始就百孔千疮，危机重重。

同样，以博物学（生态学、演化论）为思想资源和思想基础，世界会呈现出另一个样子。

博物学一直是科幻的盲点，为大多数科幻作家所忽视。H.G. 威尔斯在《世界之战》中使用过一点点。2005 年，斯皮尔伯格将其搬上银幕。故事中，外星人威力无比，地球上的任何武器都无法撼动外星人和外星机器的皮毛，但是，忽然有一天，外星人纷纷死去，无疾而终。威尔斯给出答案，原来外星人是被地球上的细菌给消灭了。这里只需要用上一点点生态学和演化论。在地球上，所有的物种都是相互依存，共同演化出来的。而外星人从来没有与地球上的细菌有过相互适应的过程，属于外来物种，他的敌人不只是人类，而是整个地球生物圈。

《阿凡达》（2009）是一个异类，整个故事都建构在盖娅理论之上，纳威人、神树、各种生物，乃至整个潘多拉星，都是相互关联的生命整体。这使得《阿凡达》在思想上达到了特别的高度。

此外，宫崎骏的《风之谷》《天空之城》和《幽灵公主》等动画片，其场景预设、故事细节和画面细节，都富有博物情怀，它们所达到的艺术高度和原创性有博物学的支撑。

相反，刘慈欣的《三体》固然是一部优秀的作品，但是它仍然是建立在数理科学的基础之上的。如果考虑了生态学和混沌理论，整个故事恐怕都难以成立了。

六、气宗：科幻的思想纲领

作为思想实验，无论从实验室入手，还是从实验原理入手，最终，决定科幻作品思想高度的，是思想本身。如前所述，作者对于科学、技术与社会、人和自然之间的多重关系，是否有自己的理解，有自己的思考，从而在作品中体现出来。

长期以来，科学主义是中国主流意识形态的重要部分。在这种缺省配置中，科学及其技术被认为是一种正的推动社会进步的力量，所以中国的科幻作品常常幻想未来的科学和技术如何造就如何美好的社会，这类作品以叶永烈《小灵通漫游未来》为代表。也是这个原因，中国科幻长期以来在场景预设上用力。

江晓原教授很早提出，无论对于科幻还是科普，科学主义的纲领都是没有前途的，反科学主义的纲领才是有生命力的[1]。这也是"反科学文化人"的共同观点。如果考察科幻的历史，西方科幻的主流，从被公认为第一部科幻小说的《弗兰肯斯坦》开始，就是反科学主义的，对科学及其技术的可能性不是怀着乐观的拥抱的态度，而是警惕和抗拒。在西方科幻中，科学家常常以科学狂人的形象出场，他们有特殊的能力，而这些能力使他们贪欲和控制欲被激发出来。

江晓原教授在其《江晓原科幻电影指南》导言中，提出了看科幻电影的七点理由，如同阶梯诗一般排列，如下：

---

[1] 关于何为反科学主义，以及何谓反科学主义的科普与科幻纲领，"科学文化人"已经有相当丰富的论述。

一、想象科学技术的发展

二、了解科学技术的负面价值

三、建立对科学家群体的警惕意识

四、思考科学技术极度发展的荒诞后果

五、展望科鲁滨孙漂流记学技术无限应用之下的伦理困境

六、围观科幻独有故事情境中对人性的严刑逼供

七、欣赏人类脱离现实羁绊所能想象出来的奇异景观[1]

这七点其实不是并列关系，其中二、三、四、五，都贯穿着他的反科学主义纲领。其六，属于我说的三个维度的第一条"故事"；其七，属于"场景预设"；只有其一，有可能有科学主义的成分，但是结合后面几点考虑，反科学主义的成分更浓。

我以前曾经打过比方，科学主义与反科学主义不是对同一个问题的两种看法，而是两种不同的境界。如果科学主义在一楼的东侧，反科学主义并不在一楼的西侧，而是在二楼、三楼。如果说，科学主义的主张是向东，再向东，只有东是唯一正确的方向，则反科学主义的主张是向上，再向上，没有任何一个方向是绝对正确的方向。从科学/技术的文化研究与社会研究的学术角度看，科学主义的思想资源是朴素的实证主义，而反科学主义的思想资源早已从证伪主义到历史主义，升级到今天的科学知识社会学（SSK）和科学实践哲学。

科学主义如同一个玻璃天花板，罩在中国科幻的头上。被罩在里面的人无论怎么样发动想象力，也跳不了多高。《三体》是一个异数，是古典硬科幻的巅峰之作，是科学英雄主义与浪漫主义的最后史诗，不但空前，而且绝后。因为《三体》的三观，机械自然观、朴素实在论的科学观、单向的社会进化观，都是陈腐的、没落的、有害的，是与工业文明相匹配的。

相反，一旦转换立场，玻璃天花板顿时消失，整个世界顿时呈现出全新的样子。单单把江晓原的二至四点作为出发点，这个思想实验的境界就大大提升了。一旦有了新的思想资源，新的实验原理，则所要建构的实验室和所要安装的设备，也会焕然一新。

---

[1] 江晓原：《江晓原科幻电影指南》，上海交通大学出版社，2015。

当科幻作者主动地把科学／技术的文化和社会研究学科群的学术成果作为思想资源，对于科学、技术与社会、人和自然之间的关系有了属于自己的思考，就会提出属于自己的问题，也会产生具有原创力的作品。

这方面的最佳例证是迈克尔·克莱顿的小说，我把他的作品称为"科幻批判现实主义"，他是以科幻的形式，来表达他对现实世界的思考的。比如在《侏罗纪公园》中，已经包含了对于资本与技术相结合，资本购买科学，科学家为资本服务等问题的表现与反思。

七、文明实验的舞台

人类正处在一个文明转型时期，工业文明导致了全球性的环境危机与生态危机，人类文明已经到了灭绝的边缘，人类向何处去，成为一个摆在全人类面前的问题。

由于科学在当下人类生活中的特殊地位，使得科幻小说的思想实验具有了特殊的意义。科学（或者技术）的变化，往往会导致社会生活中的某些重要元素，乃至整个社会结构的变化。于是，科幻小说的思想实验，就成了对人类文明的一种特殊的思考。[1]

对于科学、技术与社会、人和自然多重关系的思考逐步深入，会自然而然地进入到对文明本身的思考。对于反思工业文明，建构生态文明的可能性，科幻是一个极为恰当的表现方式，也成为科幻的一项文化功能。

当思考对象上升为文明本身，科幻的境界就又提升了一个台阶。

在科幻史上，已经有相当多的作品在讨论工业文明导致的恶劣后果，比如电影《后天》（2004），直接表现全球气候变化问题；动画片《机器人总动员》（2008），直接表现未来的垃圾世界；甚至《三体》，虽然未能脱离工业文明的基本逻辑，但是由于长达四百年的叙事时间，所建构的未来世界也包含了大量对工业文明的反思和批判。

但是，对于生态文明的建构，当下科幻则相对缺少，只有不多的例子，比

---

[1] 田松：《科幻批判现实主义大师——纪念迈克尔·克莱顿》，《中华读书报》2008年12月24日。

如动画片《幽灵公主》不仅批判了工业文明,也讨论了新文明的可能性;电影《阿凡达》建构了基于盖娅理论的文明,形象地表现了生命共同体的概念。这些都可以视为对于文明本身的思想实验。

建构生态文明的可能性,这正是未来科幻可以着力之处。在这个方向上,博物学大有用武之地。

八、结语

"思想是科幻的灵魂",对于科学、技术与社会、人和自然各种关系的反思,对于文明本身的反思,决定了科幻的境界,也决定了科幻的场景预设,是未来科幻可能达到的一个高度。

想象不是一个动词,而是一种精神状态的副产品。当人处于沉静之中,当然陷入沉思之中,思想得以充分的释放,就会表现为想象力。

此时,原创自在其中。

参考文献:

[1] 田松:《科学英雄主义时代的最后史诗》,《中华读书报》2015 年 9 月 16 日第 9 版。

[2] 穆蕴秋:《一部有纲领的科幻电影指南——评〈江晓原科幻电影指南〉》,《中华读书报》2016 年 7 月 20 日第 16 版。

[3] 邵牧君:《西方电影史论》,高等教育出版社,2005。

[4] 安德烈·巴赞:《电影是什么》,崔军衍译,中国电影出版社,1987,第 6、21 页。

[5] 鲁道夫·爱因海姆:《作为艺术的电影》,中国电影出版社,2003。

[6] 布鲁诺·恩斯特:《魔镜——埃舍尔的不可能世界》,上海科技教育出版社,2014,第 114 页。

[7] 田松：《博物学编史纲领的术法道——原创基于独立的问题》，江晓原、刘兵编《好的归博物》，华东师范大学出版社，2011，第26页。

[8] 江晓原：《江晓原科幻电影指南》，上海交通大学出版社，2015。

[9] 田松：《科幻批判现实主义大师——纪念迈克尔·克莱顿》，《中华读书报》2008年12月24日。

作者简介

田松，哲学博士、理学（科学史）博士，南方科技大学人文科学中心教授。

道德的审视：科幻发展的科技伦理之魅

韩贵东

面对技术化所带来的新的秩序问题，著名技术哲学家埃吕尔曾坦言道：技术已成为人类必须生存其间的新的、特定的环境。它已代替了旧的环境，即自然的环境。技术成为人类肢体行动延伸范式的同时，也在某些同构化的话语语境中，以同艺术结合的形式，展示出技术背后的伦理困境。威尔斯用"可能性的诸种幻想"（fantasias of possibility）来定位科幻：这些作品"接过在人类事务中的一些发展可能性并对它加工，发展出该可能性的诸种广泛结果"[1]。在当品数字技术发展日益革新的语境之下，科幻作品的发展凸显出了迅猛的势头。回顾科幻作品中的影像创作，从早期乔治·梅里埃的《月球旅行记》到2019年度中国硬科幻作品的奠基之作《流浪地球》，无不说明了这一问题。与之俱来的是科幻作品作为充满文艺内涵与技术表达双重隐喻属性的产物，自然成为人们文艺发展探讨的焦点以及对技术问题一探究竟的关照对象。

从胡塞尔、海德格尔的现象学思考，到西蒙栋和吉尔的技术哲学意义，再到德里达的解构主义盛行，以至于勒鲁·瓦古兰和梅林·唐纳德的人类学都在某种意义上赋予了其思考技术本身的多重可能视角。试图从技术的角度来管窥科幻作品当中所存在的尖锐的伦理问题，则成为对于科幻作品文本中科技伦理

---

[1]　H. G. Wells, *The War in the Air*（London: Penguin, 1967），p.7.

道德约束机制现实性建构的必然选择。对于科幻作品之中所丛生的科技伦理问题能否成为现实世界生活中人类所面临的科技伦理困惑，在某种意义上尽管不是绝然的实现，但正如激进左翼思想家齐泽克所说的"一小片想象，但经由它，我们获得进入现实的入口"[1]。这意味着，对科技伦理现实性的问题症候，首先要界定科幻作品与现实维度的关联性，即其与现实之间既构成了某些导向性的问题可能，也在其本质上脱胎于现实伦理的想象与勾勒。毕竟科幻作品"构建了一个框架，通过它我们将世界体验为连贯与有意义"。[2]此种特殊的技术与艺术、现实与想象联结路径，则为我们有针对性地在人类想象力生发的存在之思中，发现当下或者未来诸多科技之中的伦理焦虑，以防患于未然或警醒世人。纵观当下科幻作品中的科技伦理问题，不仅影响了科幻作品当中主题内涵的表达，同时对其作品背后映射的现实道德建构意义也是巨大的。对技术极端发展中所面临的道德危机，人性迷失以及技术批判进行反思，展现技术向善与负责任创新的诉求，一言以蔽之即如何在科幻作品技术化的路径中，探讨技术所带来的价值观念及其本身所蕴含的伦理倾向，则应该是科幻作品研究的重要议题。在对科幻作品的文本关照之外，更需要引起人们所思所想的则是科幻之中技术背后的哲学困扰以及伦理倾向，并关注由此而派生出的集中、激烈、尖锐的伦理道德关照点。

一、去伪存真：科幻作品科技伦理问题的现实可能

国家技术的发展与科幻作品文本最终呈现的技术典型是有密切关系的。现实技术的应用不仅仅为科幻作品的发展赋魅，更得益于科幻影像文本中的技术想象，为人类生活所带来的技术幽弊预警。科幻作品的一个内核，便是"未来主义"（futurism）[3]。这种对人类生活中所可能发生的基于技术所生发出的

[1] Elizabeth Wright and Edmond Wright, eds. *The Žižek Reader*（Malden: Wiley Blackwell, 1999），p.122.

[2] Slavoj Žižek, *The Sublime Object of Ideology*（London, New York: Verso, 1989），p.123.

[3] Keith M. Johnston, *Science Fiction Film: A Critical Introduction*（Oxford: Berg Publishers, 2011），p.7.

伦理选择性问题，在科幻作品的角色行为刻画中显露无疑。

从异形出现到人工智能、基因改造人、逆熵人、赛博格世界，"忒修斯之船"的悖论故事似乎早已变成现实，并引发诸多与之俱来的技术恐慌。一系列技术问题的困惑摆在伦理道德的面前。这些科幻的技术想象力丰富地为观众建构起一个"未来主义"与"恐慌格调"兼具的想象景观，是否也意味着这些惊悚的技术想象仅仅是主观性的思考表达，并未对现实造成可怕的推测？从拉康主义的观点来看，此种态度与视角显然是值得商榷甚至是否定的。科幻作品之中的科技想象，让人们短暂逃离"现实世界"的同时，进入到技术想象的"非现实"之中，却恰恰以想象的"未来主义"让现实生活之"现实性"变得更为现实。当下现实生活中诸多的技术问题被加以过滤或者遮蔽，留给我们的只能是"望技兴叹"的不知所措与技术遭遇之下的无可奈何。面对此种问题，科幻作品有力地刻画了技术性同现实社会性、群体性之间的对抗关系，重新将人们的现实遭遇与选择串联起来，赋予人们技术主动权。而技术背后的伦理向左走抑或向右走则成为观众影像观阅余后的行为选择示范。伦理的选择意味着技术困境背后之"爱"，正如齐泽克所言，"是一个关于真实的不可预见的回答：它从'无处'（nowhere）出现，当我们拒绝任何指引与控制其进程的尝试之时"。从具有"救世主"般的"爱"到技术伦理选择中的"爱"，恰好将科幻作品中科技伦理的意义加以诠释并指明科技伦理的发展方向。

当我们翻开世界科幻作品史册，科幻文学与电影等的交替出现为我们呈现出了在历史性叙事之中的诸多科幻典型。伴随着技术化作品的迅猛发展，也将科幻作品中的伦理问题为我们一一呈现，从生物技术、温室生态、人工基因编辑到预测性警务、面部识别、社交媒体数据隐私以及人工智能 AI 的具体应用。这些新兴技术的出现，也向我们提出了复杂的科技伦理问题。

二、道德困境：科技伦理的问题导向

科幻作品中的科技问题为伦理的选择指出了具体道德困境的意义，即引导或指正生活中技术的多重可能性。科技作为一把"双刃剑"，如何通过科幻作品别有意味、极具指示含义的文本形式，表现出科技背后的忧思，促使科技工作者或普通大众具备科技伦理的意识，才是其背后的重要考量。海德格尔言及："从'我思'出发，人和世界就分裂为二，这必然导致主体性的极度膨胀，把人当成控制存在者（亦即客体、对象）的尺度和中心，成为判定存在者之存在的法庭，从而开始了人对世界的征服进程[1]。"人类自身欲求的无限制增加与技术使用的泛滥与过度依赖，促使当下诸多问题如阿喀琉斯之踵一般困扰着我们的日常生活。

阿尔贝特·史怀泽在有关"敬畏生命"的伦理思想中指出："伦理学如果只是人与人的关系，那是不完整的……当所有的生命，不仅包括人的生命，还包括其他一切生物的生命，都被认为是神圣的时候，才是伦理的。"[2]而面对科技伦理中的基因编辑问题，1993年好莱坞大片《侏罗纪公园》，则为我们展示了技术滥用背后灾难性的生态困局，并在技术欲望的伦理控诉中透露出了时代理性的呐喊。出于欲望与名利的追求，影片中的主人公约翰·哈蒙德博士试图通过基因编辑建造出最成功的恐龙主题公园。作品之中，观众看到了强大的基因工程，复活灭绝物种灾难背后那些荒唐而短视的人性弱点问题。影像以跨时代的意义，对不计后果的研发新技术的行为提出了伦理警示，并赞颂了自然界的美好，以此来展现人类与自然界环境之间应该保有和谐统一的伦理关系。"丧钟为谁而鸣"？在作品上映数年后的今天，人类依旧贪婪地使用一切技术来行使所谓"引导自己走向美好生活"的权限。"切尔诺贝利之殇"，不仅仅是一场悲剧性的灾难事故，更是在无数个科技造就的神话面前，经不起推敲的一次人性伦理实验，其最后的结果无异于作茧自缚。

从罗兰·艾默里奇导演的《哥斯拉》开始到今天改编、翻拍依旧在院线上演票房神话的亚当·温加德版本的《哥斯拉大战金刚》，充满贪婪与欲望之心的人类组织换了一个又一个，但最终却仍旧让我们反观作品中人类本身有违道德伦理的生态悖论以及出于自我保护而人造"机器哥斯拉"的伦理道德怪圈。其根深蒂固的思想不是"和谐"的生态观，更像是满足自我私欲的"征服心"。

[1] 海德格尔：《海德格尔选集》下卷，孙周兴选编，生活·读书·新知三联书店，1996，第902页。
[2] 阿尔贝特·施韦泽：《敬畏生命》，陈泽环译，上海社会科学出版社，2003，第67页。

罗尔斯顿坦言道："无论从微观还是宏观的角度，生态系统的美丽、完整和稳定都是判断人的行为是否正确的重要因素。"[1]毫无疑问，自然界在漫长的自我进化中，始终是以守恒的自然规律为依托的，在这层意义上任何主观性的利益行为均是以打破自然世界平衡为前提来牟取暴利、满足私利。也就在原本和谐统一的生态系统中，由于某些人为的干预酿成了最终的生态悲剧。此类案例不胜枚举，经常充斥在人们的日常生活之中。我们喟叹于生命例外状态之下的人类群体之痛，更像是不计后果摧残自然自我演绎的结局，结果固然痛心疾首，但经自我审视之后，根由依旧是伦理选择的困局。从这个角度而言，《侏罗纪公园》《哥斯拉》《哥斯拉大战金刚》等一系列基于环境生态或是基因编辑而言的科技背后伦理则成为人类生活的警世通言与喻世明言，让人类反思自我行为的同时，为人类生活行动发出预警讯号，无异于提供了一种结局性的道德审视与伦理思考。

三、"道"技之魅：技术背后的伦理选择

"具有人类心智属性的计算机程序，它具有智能、意识、自由意志、情感等，但它是运行在硬件上，而不是运行在人脑中的。"[2]人工智能技术显然具备类人化的特征，与此同时人工智能体与人体也构成一种差异化的实存，其虽由人类发明却在某些程度上可能具备自我辨识的主体意识。一旦人工智能体在技术异化的环境中出现自我的意志，就很可能伴随技术的过度使用而出现难以管控甚至僭越人类行为主体的伦理观念变化。这种合理化的科幻影像想象均展现出了现实问题中的技术伦理病症，正如 2021 年上映的《哥斯拉大战金刚》中阿派克斯公司酝酿许久的阴谋，即所谓保护人类自我为目的制造出基因克隆后的"机械哥斯拉"在最终作品程序控制失控的条件下，其不仅将阿派克斯的 BOSS 一网打尽，更是丧失理智开始毁灭性地破坏人类世界，与金刚、哥斯拉

[1] 霍尔姆斯·罗尔斯顿：《环境伦理学》，杨通进译，中国社会科学出版社，2000，第 78 页。

[2] 戴维·多伊奇：《真实世界的脉络》，梁焰、黄雄译，广西师范大学出版社，2002，第 35 页。

展开大战。这种科幻作品的视觉呈现不是突破边界漫无目的地放飞自我想象意识，而是确实为我们确证了人工智能背后的现实伦理问题，即"人""机"关系矛盾等错综复杂的困扰。

人类试图对自然界完成主宰式的控制，对自然的人为干涉已经造成了不可忽视的局面，"这类干预的结果将是难以预料的"[1]。在人类对自然界资源大肆攫取与争夺的同时，以技术为主导的人工智能体不断投入到新的实验中。与此同时，人工智能技术的出现使人工智能伦理的问题成为现实的焦虑。

人工智能背后的伦理幽弊，不仅是这几年科学家空想的结果，更是早在现实人工智能技术之前，就已经奠定了技术背后伦理选择的基调。2002 年由 21世纪福克斯影业制作的作品《少数派报告》，为我们呈现了 AI 人工智能预测技术在判断人性"好坏"方面的诸多伦理问题。影片之中基因变异的"预测人"能够预测犯罪，执法部门据此提前逮捕有可能犯罪的人，但这套系统并不如人们料想的那么可靠，因此而引发了诸多的社会乱象并造成一系列的现实问题。影片中展现的许多技术推动了现实中的技术创新，但并未完成科技伦理中的"负责任的创新"命题，因此造成了技术使用背后道德边界被打破的结果，并且其基因变异的"预测人"属于艺术想象中合理的"科幻"成分。诚然，影片呈现了在预测、履行犯罪动机方面的难题。与现实世界相比，在人类今天生活中的技术如 AI 人工智能、大数据天网等，则更有可能解决这些难题。影片在展现技术发展时，也为我们提出了"负责任的技术创新"的科技伦理观点。

人工智能体与人类之间，在"人""机"关系的命题中倘若难以达成平等一致的关系权限，是否会产生人工智能体对身体行为的超越抑或是侵害，这本身就是一个伦理选择问题。本质上来讲，人工智能体由人类设计师设计完成，当然带有人类道德伦理的标准，因此"智能体道德根源于人类伦理体系"。[2]但是，尽管人工智能可以以人类的道德伦理完成自我约束，但是是否就代表所有的设计工程师可以在程序开源的关节上从善负责？如果人工智能对人类偏见

[1] 梅萨罗维克、佩斯特尔：《人类处于转折点》，梅艳译，生活·读书·新知三联书店，1987，第 14 页。

[2] 王东浩：《道德机器人：人类责任存在与缺失之间的矛盾》，《理论月刊》2013 年第 11 期，第 49–52 页。

和智识的了解不断深入，甚至可以为了自身利益操纵人类，这又将为我们带来何种困境？曾在 2014 年上映的科幻作品《机械姬》为我们提供了一种有趣的视角，同时帮助人们思考未来科技发展的一种可能性。一位自私且操纵欲强的成功企业家创造出一个智能机器人。机器人通过大数据芯片的预设，学习人类行为及思想。随后企业家惊讶地发现机器人开始违背他的意愿，并由此引发一系列的现实问题。人工智能学习、模仿人类，但同时并不会局限于人类自身认知偏见以及负面价值观。作品引发观众思考如何防止人工智能利用人类弱点与人类为敌。而这其中的人工智能伦理问题与 2019 年中国科幻电影扛鼎之作《流浪地球》如出一辙。

《流浪地球》作为中国硬科幻的代表作，因其意义与价值往往被指认为是作品技术化革新的代表。既然有其技术化的运用，自然存在技术背后伦理反思的可能，"在'人''机'关系空间生成的同、异质场域中，人工智能形式化指向与意向性生成机制就成为其技术问题背后的现实伦理焦虑"。[1] 作品的成功不仅反映出了中国科幻小说发展的趋势，更展现出了中国硬科幻的技术思考，尽管作品并未彻底实现在影像故事冲突与视觉景观建构上大快朵颐的审美接受可能，但却将中国硬科幻之中关于自然界生态规律平衡的议题，以东方文化语境的思维加以探讨，完成了基于中国作品工业美学之中的故事生成。并"在对人性的'我思'之中逐渐展现真理祛蔽的真情内容，执着于艺术化的审美与哲学化的物我思考"[2]，从而开启了建构中国式科幻电影巨幕的序章。

进一步而言，科幻作品的内容表达不单是视觉影像文化的营造与体现，更是将艺术创作者内心中的伦理思辨加以探讨。科幻作家与科幻导演在小说文本以及作品创作中，均有差异化的伦理体验，也就意味着时代发展中的伦理问题以文学艺术化创作的方式被放大。尤其是将现实生活中人的"利欲之心"与"理性思考"相对立，以一种有解的"悖论"形式向读者或观众加以呈现。尤其是在科幻作品之中的"人工智能"伦理探讨，往往是将"人""机"关系问题以

---

[1] 韩贵东：《欲望与理性的思辨：〈流浪地球〉中的人工智能伦理意识探幽》，《宜春学院学报》2020 年第 10 期，第 94–97 页。

[2] 韩贵东、赵传喜：《论电影工业美学视域下"中国故事"的构拟与盘活——以〈流浪地球〉为例》，《南昌师范学院学报》2020 年第 6 期，第 127–131 页。

二元对立的矛盾形式具象化地说明，在文学与作品的主题中体现"和解"的可能性。

科幻作品中的人工智能体身份往往是从"被制造"到"服从命令"再到"自我意识觉醒"等经过一系列阶段性变化可能的。这种 AI 的角色大都是科学家内心功利心的产物。而其对主、客身份的迷失以及确证过程，即是在场者与他者身份的思考。归根结底，如若赋予人工智能体以人性的情绪审美与思考感情，则意味着人——本身主体身份的僭越与丧失。但从某个层面而言，给予人工智能体以功能价值的人类本身是否又可以寻求到本我主体的位置，而不是利欲遮蔽的异化表现，这是值得警惕的问题。《流浪地球》中导演郭帆做了一次有意味的艺术与技术形式探讨，他将充满技术功效与人体意识思维的 MOSS，放置在作品的角色行为选择之中，即 MOSS 本身是人类科技的智慧凝聚体，作为智能化的客体存在它是整个火种计划的具体执行人和监控者，这一人工智能体原则上是没有感性可能的，唯有理性的算法命令执行，毕竟其背后担负的是整个人类转移的使命。但是作品中颇有意味的冲突正是来自作品主人公刘培强中校以个人主观情感化的行动，将 MOSS 这一充满理智的 AI 执行者加以毁灭。这种戏剧化的"人""机"矛盾处理，让作品中的这句台词发人深思，即"让人类永远保持理智，确实是一种奢求"。俄国科学家维尔纳茨基和法国人类学家德日进认为："人生活在由人工创造的文明世界中。"[1]而我们不难发现，AI 人工智能体作为人类智慧的结晶，无论怎么去革新，其都充满着人类主体的标签与表现，实际上正是人工智能伦理中二元对立的"人""机"关系问题，其讨论的背后恰好是关于人类自身命运的伦理忧思。

四、负责任之善：科幻发展的伦理原则

将《流浪地球》称为中国硬科幻电影元年开启的奠基之作，得益于《流浪地球》在"硬科幻"作品的技术创新与艺术文本的兼顾之中达到了有效统一。而我们细数以往的"中国软科幻"作品，实际上也呈现出了诸多的伦理道德焦虑。

---

[1] 谢卡拉·穆尔扎：《论意识操纵》，徐昌翰等译，社会科学文献出版社，2004，第 79 页。

这其中既有社会伦理、家庭伦理的问题，也出现了生态伦理与医学伦理的矛盾争议点，而与此同时这些中国科幻的伦理共性则具体指向"负责任的道德向善"这一伦理原则。

科幻作品对于"社会伦理"的具体想象表现在人们对社会的责任感，通过展现科幻作品中人物的情感意志，人生观与价值观等，来展现诸多的道德评判。在中国科幻作品的创作案例之中，就有许多展现社会伦理层面的优秀作品。这些作品试图通过故事的讲述与典型人物的塑造，来为我们呈现社会责任感的重要性。毋庸讳言，在中华优秀传统文化之中，对社会责任的表达是众多的，从家国同构的理论到王阳明的"一体之仁"的大我生命观，皆体现出了家国共情的伦理情怀，因而早期的中国科幻作品之中，将科幻的标清外化为一种糖衣，而其内在的药用机理则是我们普遍具有的社会情感观念与具体的责任伦理。

香港导演泰迪·罗宾在1987年拍摄的影片《卫斯理传奇》，以追查"龙珠"作为主要的叙述线索，通过对"龙珠"这一道具的使用，讲述了外星人将太空船启动器遗落在地球的故事。而影片也围绕着卫斯理这一主人公在与黑帮团伙争夺"龙珠"的具体事件之中，塑造了充满社会责任伦理情怀的人物角色。显然这部影片是具有时代特色的，也表现出了强烈的民族文化色彩。而黄建新导演在1986年所拍摄的科幻作品《错位》，就已经将机器人的人工智能叙事放置在特殊的时代之下，影片将虚构的科幻想象与现实的生活相结合，以一种针砭时弊的寓言式的影像风格，表现出了对某些社会问题的批判意识。以对社会现实发展的某些具体批判，来展现对社会发展、生活变迁中人们欲求增减的责任关怀。

在中国优秀的传统文化之中，"家国同构"的责任理念影响深远，在黑格尔《法哲学原理》中曾把"人类家庭"当成一个微观的伦理实体存在。因而在国产科幻作品之中的家庭伦理问题就成了作品创作者置入在作品之中的规范准则。不仅仅是中国科幻作品对家庭伦理问题的关注，放眼到整个中国作品的发展，都可以看出对家庭伦理的问题探讨是十分普遍的。杨小仲导演在1938年所拍摄的科幻作品《60年后上海滩》，以科幻作品的讲述视角，为我们呈现出了一个在中国传统伦理视野下与"家"有关的故事。故事的两位主人公家庭拮据，但生活放纵，岁末除夕夜之时，两人寻欢舞场，后被各自的妻子发现，便萌生了改造家庭、变换世界的念想。从故事的预设之中我们不难发现，改造家庭的念想正是影片成为科幻作品而探讨家庭伦理问题的剧情标配。而同样因为技术的问题，这部作品也成为软科幻之中，将科幻或奇幻色彩一笔带过而重中之重则是探讨家庭关系缓和与否的伦理主题。与早期中国科幻作品所不同的是，新世纪以来伴随着技术的发展，国产科幻作品在展现家庭伦理问题时，更多的是将"中和之美"的温情探讨为观众呈现出来，在对现实主义美学接受的基础之上，将时代精神内涵与传统文化的批判融合在一起，表现出了家庭之中的父子或父女的关系问题。作品也常常借助儿童视角，为我们展现出童真、童言之下的家庭矛盾。例如1988年宋崇导演的科幻作品《霹雳贝贝》以及2008年周星驰导演的《长江七号》，这两部作品都以儿童科幻片的视角，为我们呈现出了孩子在成长过程中内心的孤独与周遭关系的矛盾。在处理父子关系时，更为我们增添了诸多现实主义的温情关怀，从而呈现出了亲情之间的伟大。这与《流浪地球》之中刘培强中校与儿子之间成长关系的矛盾设置也是不谋而合的。如此看来，中国科幻作品之中，对家庭伦理责任问题的探讨往往是必然的，也能够通过作品的视觉想象为现实生活提供更多的伦理关照。

康德说："你的行动，要把你自己的人格中的人性和其他人格中的人性，在任何时候都同样看做是目的，永远不能仅仅看做是手段。"[1]人既然作为目的，而非手段，自然应该以人的完整作为日常行为的参照标准。在中国科幻作品的发展中，对人类生老病死的医疗问题也表现出了东方化的伦理视野。近几年作品中的医学伦理问题，已经引发了人们对于科学与技术的再思考。例如在2005年获得77届奥斯卡最佳外语片奖，由亚利桑德罗·阿曼巴执导的作品《深海长眠》就将"安乐死"这一医学伦理话题放置到了观众的关注视野之中。医学技术的进步不仅可以造福人类社会，同时也因为其技术的发展使得贪图权欲的不法分子通过医疗技术牟取暴利。当我们在探讨人类生存的终极命题——生与死的存在状态时，医学伦理便成为不可不说的伦理议题。在中国科幻作品之中探讨医学伦理而引发的诸多社会问题的作品，通常是可以引发人们深思并由此思考医疗为人类带来便利的同时是否剥夺了生死的权利。1991年由张子恩

---

[1]　康德：《道德形而上学原理》，苗力田译，上海人民出版社，1986，第72页。

导演的作品《隐身博士》就为我们展现出了医学技术日益革新的前提之下，所引发出的诸多社会生活乱象。由此可以看出生命价值指出的道德伦理显然成了医学生命伦理遵从的最高标准与范式依据。在科幻作品之中对于医学伦理的探讨，不应该只落实在影像的虚构之中，还应当放置在现实生活负责任态度的医患关系之中。

环境伦理或称为生态伦理，其指向了人与自然生态之间的关系是否建立在伦理道德关系的属性之上，当然，环境伦理问题确证了人与周遭世界尤其是自然界与自然物之间的道德标准与道德框架。也就是将人与自然之间的关系纳入到了伦理问题的讨论之中。毫无疑问，人类作为自然生态这一系统整体存在的构成部分，而自然生态也成了人类自身存在的具体条件。在社会生活当中作为主体而存在的人类，对自然生态环境之间的道德关怀，从根本上来讲，即是对我们人类自身伦理规范的要求与关照。1990年冯小宁导演的《大气层消失》以及2016年周星驰导演的《美人鱼》，则通过对工业化的景象设定，展现出了人类社会发展的进程之中，对生态资源过度的开采所引发的诸多环境污染问题。影片也表现出了导演对人类破坏生态的批判性思考，控诉了破坏生态环境的非人道行为，对无视生态发展关系的人们进行了谴责，同时也表现出了影片对生态伦理的探讨。对与人类相伴的生态环境资源大肆攫取与无底线的毁坏，只能使人类最终走向丧失自我意义与存在可能的绝境。正因为此，中国传统文化之中的"天人合一"思想与"和谐共生"的伦理原则，则为我们在欣赏科幻作品之余，提供了更多的生态伦理想象和审美期待。"负责任的向善"并非一味地只照顾到"善"的缘起，而忽视具体个人的责任担负，这是双重命题中的双向选择而非单向度的现实臆测。科幻作品之中的科技伦理不单是负责任之善的表现，更是现实伦理问题的新面向。

五、余论：人之为人的目的——伦理之善

"想象是科幻小说的生命线"[1]。对当下以及未来科幻作品发展的关照，

---

[1] 吴岩：《论中国科幻小说中的想象》，《中国现代文学研究丛刊》2018年第12期，第17—29页。

既要保有道德想象的视野，更应对科幻作品创作与探讨中所涉及的具体科技问题提供一种合法性的伦理道德约束机制。即一种"为人之目的"而参照的"负责任向善"的伦理标准。马克斯·韦伯在1919年曾经提出"责任伦理"的概念，他认为"我们必须明白，一切伦理性的行动都可以归于两种根本不同的、不可调和地对峙的原则：信念伦理与责任伦理"[1]。当然，伴随着技术的发展，对科技伦理问题的探讨则成为解科幻作品情感诉求背后伦理道德选择的一条路径，正如海德格尔"人充满劳绩，诗意地栖居在大地之上"的喻世明言一般，借以期待充满"人文主义"关怀与"技术诗性"关照下的科幻作品继续走向伦理选择的美好。

作者简介

韩贵东，博士，大连理工大学文学伦理学研究所成员，讲师，主要研究方向为科幻文学与影视伦理批评。

---

[1] 马克斯·韦伯：《学术生涯与政治生涯——对大学生的两篇演讲》，王容芬译，国际文化出版公司，1988，第97页。

种际伦理还是人类中心主义？——从环境伦理学看科幻理论的未来

李　珂

科幻文学通常对人类未来社会进行预演，这种文体特征使人们对它寄予指导现实的期望，其中一个表现是当代学者开始将其中涉及环境危机和生态灾难的部分划入科幻小说与生态文本的交叉领域内讨论，例如气候小说，便是在"人们亟需通过幻想作品来辩论、感知、交流气候变化的起因与影响"[1]的呼声中兴起。但从文本内部出发，会发现科幻小说对环境与大自然的关怀与传统的生态文学并不相同，它是基于人类中心主义（anthropocentrism），而非种际伦理[2]的理想，这将是科幻理论自身的建构部分，也是对当代环境伦理学理论的一种理性反拨。

---

[1] Robert Macfarlane, "The Burning Question," *The Guardian*, September 24, 2005, https://www.theguardian.com/books/2005/sep/24/featuresreviews. guardianreview29，访问日期：2022 年 12 月 19 日。

[2] 种际伦理本质上是一种生态伦理，认为在人与人、人与社会之间形成并应用的伦理学范式不适用于处理物种之间的伦理关系，它与代内伦理、代际伦理一起构成了环境伦理学批评的三个维度。在本文中使用"种际伦理"时概指生态中心主义、生物中心主义、动物权利论等在内的非人类中心主义伦理。关于概念的详细阐述可参考杨通进《环境伦理：全球话语，中国视野》第五章"种际伦理及其可能性"，李玫《新时期文学中的生态伦理精神》"绪论"部分的概念界定等。

一、人类中心主义与种际伦理

人类中心主义认为人类是宇宙中最重要的实体，主张用人类的价值观和经验来解释或看待世界。[1]目前这个概念在环境伦理学与环境哲学范畴内被讨论得比较多，被指认是人类与自然环境发生冲突的根本原因。

追溯人类中心主义的思想根源并不具备必要性，因为价值观总是评价者的价值观，只要人类属于评价者，这种价值观从人类出现开始就贯穿在我们的世界中，无法消除，观察视角意义上的人类中心主义是不可避免的。[2]人类从系统的理论视角正视这种以自己为中心的伦理观，大致以"目的论"为经典。最著名的是亚里士多德提出的，"大自然是为了人的缘故而创造了所有的动物"[3]，以及对西方文学影响最深的基督教，从宗教的立场强化了这种阐释，《圣经·创世纪》中写道，"神说：'我们要照着我们的形象，按着我们的样式造人；使他们管理海里的鱼、空中的鸟、地上的牲畜，以及全地，和地上所有爬行的生物。'"除此之外，笛卡尔的身心二元论也暗示了，人因为拥有心灵，要优于仅拥有躯体的非人类存在物，康德更进一步，用"理性"为人类的道德代理人地位辩护，认为所有理性生物的共同目标是建构一个理智世界，"动物不具有自我意识，仅仅是实现一个目的的工具"，"我们对动物的义务，只是我们对人的一种间接义务"。[4]相较于西方文化中以理性来确定人类优越性，中国儒家文化更注重道德价值的作用，例如孟子提到的"人禽之辨"，认为人天生即有恻隐、羞恶、恭敬和是非之心，因此"君子之于禽兽也，见其生，不忍见其死；闻其生，不忍食其肉"[5]。

---

[1] https://www.merriam-webster.com/dictionary/anthropocentrism，访问日期：2021年11月25日。

[2] Frederick Ferre, "Personalistic Organicism: Paradox or Paradigm?", ed. Robin Attfield and Andrew Belsey, *Philosophy and the Natural Environment*（*Royal Institute of Philosophy Supplements*）, Cambridge:Cambridge University Press, 1994, p. 72.

[3] 亚亚里士多德：《政治学》，吴寿彭译，商务印书馆，1981，第23页。

[4] Immanuel Kant, "Rational Beings Alone Have Moral Worth", in Lous P. Pojman, Paul Pojman and Katie McShane, ed. *Environmental Ethics: Readings in Theory and Application*,（Cambridge: Wadsworth Publishing Company, 2016）, p.85.

[5] 万丽华、蓝旭译注：《孟子·梁惠王·上》，中华书局，2016，第13页。

人类中心主义也会试图给人的利益做一些限制和反思，比如 17 世纪生物进化论等现代科学的发展解构了"人是万物的尺度""人是宇宙的中心"等长期以来的说法，但这并不能为伦理学中的人类地位问题提供依据，尤其是 19 世纪工业革命以来，人类社会取得的巨大文明进步在无形中抬高了人类的理性地位，人们虽然在客观上接受了自己是更大的存在秩序的一部分，但显然在地球自然界中，将自身利益优于其他生物利益的思维模式已经形成。就如同英国爱丁堡大学的环境政治理论学家海华德为人类中心主义所做的辩护——人类中心主义是不可避免、不可反对甚至是值得期待的。[1] 一个人的世界观的形成是根据他在世界上所处的位置和存在方式来限定的，同理，一个存在物或者一个物种只能从他自身的特定角度来看待世界，人也只能像人那样来思维，别无选择。

事实上，即使是环境伦理学，也包含着以人类为中心的倾向，像"可持续发展"战略——既可满足我们现今需求之同时，却不损害后代子孙满足他们的需求，就是一种典型的以人类为中心的理论[2]。自然，人类中心主义虽然具有重要的理论意义和实践价值，但是在环境伦理学的讨论框架中，它并不能解决所有的问题，当生态问题、环境问题已然威胁着人类自身生存的时候，以生态为中心呼唤种际伦理的出场似乎成为目前的大趋势之一。作为种际伦理建构的核心内容，生态中心主义强调大自然中各成员地位平等且各有其价值，这项批评的重要贡献就是界定了一批具有代表性的生态文学作品，例如梭罗的《瓦尔登湖》，利奥波德的《沙乡年鉴》，雷切尔·卡森的《寂静的春天》等，以及帮助识别文本中的生态意识。随着人们环境意识的提升，生态中心主义批评仿佛占据了上风，尤其伴随着女性主义理论的推进，对父权、男权话语的谴责接踵而至，大自然与女性成为惺惺相惜的一体，是主流话语中的他者主角。

需要保持清醒的是，人类的发展归根结底首先是一个功利主义的利己过程，反思的内核是为了使自身能够继续在道德伦理层面占领高地，这也是一种文明意识的体现。在当代涉及生态、环境的文学批评中，研究者存在着放大种际伦

[1]　Tim Hayward, *Political Theory and Ecological Values*,（Cambridge: Policy Press, 1998）, p. 45.

[2]　赖品超、林宏星：《儒耶对话与生态关怀》，宗教文化出版社，2006，第 86 页。

理的现实功用与弱势地位的倾向。进而呼吁以种际伦理取代人际伦理来处理物种之间的伦理关系，但正如之前所讨论的，价值观总是评价者的价值观，人类在本质上并没有办法如利奥波德所说的"像山一样思考"，那么非人类存在物如何成为真正的道德顾客（moral patient）[1]将永远处于一个没有结论的诡辩中，真正实现种际伦理任重而道远。杨通进在《环境伦理：全球话语 中国视野》中阐述了三种种际伦理的妨碍机制：物种歧视主义（speciesism）、人类沙文主义（human chauvinism）[2]、伦理契约论，这些对应的的确是目前人类中心主义理论所面临的困境。然而，在科幻叙事中，未来社会的环境危机，非人类存在物道德符号的识别，所对应反思的也许会是人类中心主义无可回避的问题，但作家及其文本却未必真正呼唤种际伦理的出场来取代人类中心主义的合理性地位。

二、科幻小说中的生态危机、动物实验与"敬畏生命"

人类中心主义的基本主张是，人类只对自己负有道德义务，因为只有人类物种的成员才具备道德顾客的资格，而人对人以外的其他自然存在物的义务，只是对人的一种间接义务。[3]因此，损害自然环境之所以是错误的，乃是由于这种行为会危及人类的生存和延续，从这种立场出发，人类对环境的污染是一种愚蠢的"自误"。吴明益的《复眼人》与陈楸帆的《荒潮》中的"垃圾岛"描写是典型的例证。在《复眼人》中，全世界丢弃的塑料物品在海上随着洋流慢慢结合在一起，形成一座在太平洋上漂流、并且逐渐靠近台湾东海岸的"垃

---

[1] 道德顾客，也译作道德受体，指道德代理人对其负有道德责任和义务，且可以对其做出道德上正确或错误的行为的存在物。简而言之，就是那些有资格获得道德待遇的存在物。详见杨通进：《环境伦理：全球话语中国视野》，重庆出版社，2007，第112页。

[2] 人类沙文主义认为，道德和价值的最终归向都是人的利益或对人类种属的关心，非人类存在物只有在能为人类的利益或目的服务时才用有价值，或成为限制人的行为的因素，这也是近现代主流伦理学的假定前提。详细说明见 Richard Routley and Val Routley, "Against the inevitability of Human Chauvinism," in Ethics and Problems of the 21s Century, ed. Kenneth Goodpaster and Kenneth Sayre（Notre Dame: University of Notre Dame Press,1979）: 36-59.

[3] 杨通进：《环境伦理：全球话语，中国视野》，重庆出版社，2007，第37页。

圾涡流";《荒潮》的主要故事场所"硅屿"是一座被文明世界避之不及的"垃圾岛",从外乡前来谋生的年轻人因为长期从事电子垃圾回收工作,而变成卑贱的"垃圾人"。两座"垃圾岛"谴责了人类理性发展道路上的自私行径,生态环境被破坏成为必然,人类以外的生物被动接受着这些无妄之灾。

然而,对环境缺乏关心,并不能用人类中心主义一词来恰当地概括。在科幻小说,尤其是关于中国"近未来"的科幻现实主义写作中,人类所面临的环境困境,并不是以人类为中心,而是没有真正以全人类的长远利益为中心。《荒潮》中"垃圾人"深受迫害却因为眼前的生计拒绝离开"垃圾岛",《复眼人》中的当局盖滨海娱乐场所把山挖空,都是荒谬的自毁式逻辑,两部小说似乎在告诉读者,仅从结果上看,环境、生态圈出现危机的根源,是人出现了问题,人类对自由意志的滥用,使得人在与大自然的矛盾中,其自身的矛盾关系先上升成了矛盾的主要方面。生态环境的破坏并不是因为以人为本的发展路径出现了问题,也不是因为人类只把自己的利益当成了最高准则,而是大多数人并没有真正把全人类的利益当作行为指南。正如阿部正雄所言,"真正的人类还未形成,人类自身还未被看作是一个命运与共的共同体,看作是辽阔宇宙中生生不息的一个有生命的自觉的实体,当我们使用人类一词,它仍被看作是指各种族或各民族的聚合。"[1]从这个意义上说,人类中心的时代似乎还未真正开始。

下一个问题是,科幻作家关于动物实验的写作,是否可以从种际伦理中关于动物权利与动物伦理的理论部分汲取养分。1896 年,英国小说家 H.G. 威尔斯发表《莫罗博士的岛》,使人们看到了动物实验在未来可能逾越的伦理界限,建立了科幻文学关于动物实验题材书写的经典性。威尔斯笔下的科学家莫罗试图通过给动物施加"人性"的方式来满足自己的目的,以及像刘慈欣的《鲸歌》《天使时代》与《魔鬼积木》等作品,其中的动物实验描写都涉及人类对动物进行的"伦理越位"现象,刘慈欣甚至在文本中进一步对"物种平等"的观点进行了阐述。实际上,在 1975 年澳大利亚哲学家彼得·辛格出版了《动物解放》后,关于人与动物的关系就逐渐进入了一个讨论热潮。辛格认为"动物实验是物种歧视的结果",而"物种歧视"(speciesism)一词最先出现于英国临床

---

[1] 阿部正雄:《禅与西方思想》,王雷泉、张汝伦译,上海译文出版社,1989,第 289 页。

心理学家理查德·D.莱德1971年写的《动物实验》一文中，指的是人类对动物的歧视行为，这种歧视以人与动物之"虚假的物种区分"作为基础[1]，是自私自利地漠视其他物种之合法利益的行为。因为现实中，在许多情形下，动物实验引起动物极大的痛苦，但未必能够给人类或者其他动物带来什么益处。

而公众在注意动物实验给动物群体带来痛苦和牺牲的同时，也在做着一个功利主义的计算，即这些痛苦和牺牲背后成就了疫苗、抗生素、假肢等医学进步。美国学者卡尔·科亨提到，就目前的生物科技水平而言，动物实验是非常有必要的，至少它成就了无数诺贝尔医学奖项，他认为生物在道德地位上的确存在不平等性，但也强调从动物不拥有权利，推导不出我们可以随意伤害动物的结论。[2]

似乎是鉴于动物实验在现代医学上的不可替代性。科幻小说更乐于讨论动物实验中的极端情形，所以其中对科技伦理的反思比重会大于生态意识和动物权利的部分。威尔斯笔下的莫罗，其目的并不在于单纯地控制动物的肉体，改变它们的形体只是其动物实验的第一步，施加"人性"，然后用"精神"的力量建立整个兽人社会的秩序才是他作为一个疯狂科学家试图探索的可能性。这其实是一种"人类基因论（genetic humanity theory）"，或者说"人类独特论"，即认为拥有人类基因是拥有道德地位的充分条件，因为人类具有许多独特的、动物所不具备的自然特征，我们反对莫罗，所谴责的不是他伤害了动物，而是他冒犯了人类，正如《魔鬼积木》中的奥拉所宣称的，"人类对干预自己的进化怀着一种深深的恐惧……这是他们对失去自我的恐惧感"。[3]

在生态中心主义与动物权利讨论的中间，还应注意到，生物中心主义（biocentrism）是与人类中心主义伴随的另一个术语。它被视作生态中心主义的"半同义词"，通常与人类中心主义相对，特指有机体世界，它产生的背景是，伦理学家认为将道德关怀仅扩展到人以外的动物权利讨论还远远不够，道

[1] 转引自杨通进：《环境伦理：全球话语，中国视野》，重庆出版社，2007，第188页。
[2] 汤姆·雷根、卡尔·科亨：《动物权利论争》，杨通进、江娅译，中国政法大学出版社，2005，第6页。
[3] 刘慈欣：《白垩纪往事魔鬼积木》，长江出版社，2017，第175–176页。

德讨论应当涉及所有的生命。[1] 1923 年，阿尔贝特·施韦泽发表了著作《文明与伦理》(Civilization and Ethics)，提出了"敬畏生命"的伦理呼吁，他把"敬畏生命"的意义与价值归于人自己存在的意义，提出是"敬畏生命"让人的本质属性得以实现，"人不仅为自己度过一生，而且意识到与他接触的所有生命是一个整体，体验它们的命运，尽其所能地帮助它们，认为他能分享的最大幸福就是拯救和促进生命。"[2] 美国环境伦理学家保罗·泰勒 1986 年在其著作《尊重自然：一种环境伦理学理论》中否认了人的优越性地位，认为所有生物都具有同等的内在价值和道德地位，正式以生物中心主义的立场阐述并捍卫了种际伦理原则。但是王晋康的《沙漠蚯蚓》《水星播种》，沃伦·费伊的《碎片之岛》等小说，对生物无限扩张自己生存空间的自私本质的描写，使我们看到，科幻小说描绘的似乎是"不可敬畏之生命"在未来毁灭人类的可能性。

三、气候小说的"人为"因素辨析与人类中心主义

气候小说 (Climate Fiction) 是环境危机话语中出现的新文类，目前学界对它的讨论侧重强调其描写的气候变化的"人为"(anthropogenic) 原因，认为气候小说是"有意识地、明确地涉及由人类引起的气候变化的文本"[3]，"'气候变化叙事'不同于文学中传统的气候主题书写，而是以人为导致的气候变化为叙述中心"。[4] "人为"性的强调，主要是建构一种人类对地球自然界的影响越来越深的前提，以此引起生态反思，但这个定义至少会受到三方面的挑战。

首先，"有意识地、明确地涉及由人类引起的气候变化的文本"这一定义主要参考了马修·施耐德 - 梅森在《气候变化小说》中对气候小说现状的概论。

---

[1] 劳伦斯·布伊尔：《环境批评的未来：环境危机与文学想象》，刘蓓译，
  北京大学出版社，2010，第 147 页。

[2] 阿尔贝特·施韦泽：《敬畏生命——五十年来的基本综述》，陈泽环译，
  上海人民出版社，2017，第 109 页。

[3] 李家銮、韦清琦：《气候小说的兴起及其理论维度》，《北京林业大学学报》
  (社会科学版) 2019 年第 2 期，第 98-104 页。

[4] 袁源：《人类纪的气候危机书写——兼评〈气候变化小说：美国文学中的
  全球变暖表征〉》，《外国文学》2020 年第 3 期，第 167 页。

施耐德认为早期的学术研究倾向于将其描述为"以气候变化为重要主题"的文学，尤其是"以气候变化——通常是人为的气候变化——为明确或隐含主题的虚构文本"。而紧接着，他的叙述是："我只研究那些有意识地、明确地涉及人类活动造成的气候变化的文本，尽管如果有更多的空间，我们可以'撒下'更广泛的'网'。"（*I examine only those texts that were consciously and explicitly engaged with anthropogenic climate change, though one might, with more space, cast a much wider net.*）[1]也就是说，他承认我们有更多空间去讨论气候小说，但他本人涉及的研究仅以"有意识地、明确涉及人为气候变化"的文本为对象，这是他对文本选取的空间限定，并不是定义。再往前追溯，施耐德主要参考的是亚当·特雷克斯勒、阿德琳·约翰斯－普特拉和斯蒂芬·西伯斯坦等几位学者的综述。亚当·特雷克斯勒和阿德琳－约翰斯－普特拉在论文《文学与文学批评中的气候变化》中并没有将西方文学史上关于全球气候的文本列入讨论，因为作者认为对这些讨论的进一步调查是无法处理的，需要涉及对宗教、神话和世界末日文本的叙述，他们仅研究代表人类活动引起的气候变化问题的小说，因为在过去的二十年中，对这一问题进行描述的小说数量暴增，从20世纪70年代开始，这个问题本身在科学和公众那里也得到了普遍认可。[2]斯蒂芬·西伯斯坦在2014年提出，气候小说是以气候变化（通常是人为气候变化）作为显性或隐性主题的虚构文本，气候变化的中心问题是未来。而同时，斯蒂芬指出，气候小说不应该被当作一个僵化的类别来对待，而应该将其作为一个灵活的框架。[3]也就是说，"人为"因素是这些学者对气候小说文本范围的一种限定，而气候小说的定义仍在动态的界定过程中，"人为"性是对它现阶段特征的一种明指。施耐德甚至认为，随着气候变化被广泛地理解与接受，几乎所有具有

［1］ Matthew Schneider-Mayerson, "Climate change fiction", RACHEL G S. (eds.), *American literature in transition*, *2000—2010*（Cambridge: Cambridge University Press, 2017）, p.312.

［2］ Adam Trexler and Adeline Johns-Putra, "Climate Change in Literature and Literary Criticism", *Wiley Interdisciplinary Reviews: Climate Change*, 2011, 2(2), p.186.

［3］ Stephen Siperstein, "Radical Hope from an Emerging Genre", *Eco-fiction*, September 25, 2014. https://dragonfly.eco/climate-change-fiction-radical-hope-from-an-emerging-genre/, 访问日期：2021 年 11 月 25 日。

表现野心的叙事都被迫参与到极端天气事件、热浪、干旱、海平面上升、环境迁移、大规模灭绝的现实中。在不久的将来，几乎所有的文学作品都将成为我们现在所认为的气候变化小说的一种形式。[1]

其次，科幻作家，尤其是中国科幻作家对气候小说的书写采用的是一种以人类为中心的正面叙事策略。以刘兴诗的小说《喜马拉雅狂想》为例。在故事中，喜马拉雅山脉随着印度板块不停向北方西藏板块挤压而持续性增高，阻挡了印度洋温暖潮湿气团进入山后，致使中国广大西部日趋干旱，河西走廊也变成了荒漠，卢孟雄和曹仲安两位23世纪的未来人为了解决大范围荒漠化这一难题，穿越时空帷幕回到了古时楼兰的罗布泊、唐朝的青海腹地、汉朝的张掖古城等地考察以探究人类与气候变化的关系，随后借助1 000年后的X教授的帮助，通过打通喜马拉雅山墙这一壮举改变了这一灾变环境。故事结局圆满，似乎人类只要坚持信仰，充分发挥好自己的主观能动性，就可以扭转恶劣的气候环境以及气候变化给人类社会带来的负面影响。吴显奎1986年斩获首届中国科幻"银河奖"金奖的短篇小说《勇士号冲向台风》，也是"明目张胆"地将人类的理性膨胀彰显到了极致。在小说里，科学家们企图利用探测器来达到控制台风的目的，当女飞行员与爱人陆永平一起开飞机驰骋在蓝天上时，感慨的是"这是多么美的大自然，多么壮丽的征服大自然的事业呀"！[2]他们甚至想钻入台风眼，来获取台风动力的真相。《勇士号冲向台风》提出了一种立场——那些给人类生命财产造成损失的坏气象，是大自然中的恶魔，它们的存在如果不能加以利用，那么作者倾向于放弃甚至毁灭大自然的这一部分，这样的行为是正义的，作家进一步可以塑造的就是那种献身科学、维护人民生命财产安全的英雄形象。回到《喜马拉雅狂想》，作家虽然看起来已经开始反思人类的生产活动对气候变化的影响，但作品内核却是强调人类在与环境问题较量时重振自信心的必要性，众所周知，刘兴诗的小说在考古、地质考察等"硬技术"描写方面功底扎实，独具特色，而他越是描写得仔细逼真，就越凸显了人类的无辜，

[1] Matthew Schneider-Mayerson, "Climate change fiction", RACHEL G S.(eds.), *American literature in transition*, *2000—2010*（Cambridge: Cambridge University Press, 2017）, p.317-318.

[2] 吴显奎：《勇士号冲向台风》，四川文艺出版社，2014，第144页。

因为那些历史上的文明衰竭，并不是龙虎斗争的结果，而是蛰伏在一旁，"气候恶魔伸出的无情魔掌"[1]。刘兴诗虽然想引导读者重视气候变化，但气候变化的原因究竟是不是"人为"导致的，似乎并不是关键。德国学者安东尼亚·梅纳特在他 2016 年出版的著作《气候变化小说：美国文学中的全球变暖表征》中也明确提出，虽然气候变化的人为原因在关于气候的辩论中起着重要作用，但已经不可能划出一条线来区分全球自然（非人为）气候和人工气候。[2]另外，讨论人在气候恶劣的条件下该如何生存，必须依赖一个事实，即影响人类文明和社会进步的巨大力量，依然是科学技术，刘兴诗借助主人公几千年后的后代们提供的最新科技，率先攻破了打通喜马拉雅山脉的难关，终于促成现实和未来生态的"以肉眼可见速度"地好转。诸如吴显奎利用台风来成全人类继续进取自然的野心，在刘慈欣的《球状闪电》里也有类似的描述，球状闪电具有摧毁一切事物的神秘力量，可以帮助预测龙卷风，最后被人类技术捕捉到并应用于实战。这些作家对人类面临的气候灾难都采取了一种以人类为中心的"正面叙事"策略，因为他们都意识到，如果真要彰显气候小说的现实影响，如何发挥人类主动性是个不可回避的问题，这也可以看出一种潜在的人类中心主义立场——像《喜马拉雅狂想》这样在原则上真诚地主张生态中心主义的价值观，同时也在实践中认识到，这种价值观必须受到人类中心主义思想的限制。

最后，致使气候变化的原因有许多，包括大陆漂移、地球运行轨道变化、太阳辐射、温室气体排放等，科幻作家对人为造成气候变化的怀疑论调也层出不穷。迈克尔·克莱顿 2004 年在小说《恐惧状态》中表达了对人类活动对气候变化的影响以及全球气候变暖问题的质疑，并且于文末引入大量的图表和脚注，以及两个附录和 20 页的参考书目来支撑他的论述，尽管他明确表达了自己作为作者的中立态度，但小说主题鼓励了读者顺着他的思路继续往前走。郑军发表于 2012 年的小说《决战同温层》和《西北航线》也对气候灾难的人为因素进行了反思与重构，挑战了人们对以往生态文本的阅读习惯。小说中的主人公甚至以科学名义向罔顾人类利益的生态中心主义和反科学的环境保护者发

---

[1] 刘兴诗：《喜马拉雅狂想》，电子工业出版社，2012，第 36 页。

[2] Antonia Mehnert, *Climate Change Fictions: Representations of Global Warming in American Literature*（New York: Palgrave Macmillan, 2016），p.150.

出了宣战声明。

所以，从某些角度来看，强调的气候变化"人为"性和对气候小说进行生态主义解读，仍有可商榷的空间，这或许也并不是作家本人对气候小说的期待。

仅从脉络上来看，人类中心主义—动物权利讨论—生物中心主义—生态中心主义—深层生态学（deep ecology），是从人际伦理迈向种际伦理的一条合理路径。然而，在科幻小说关于环境与生态的现实书写中，人类中心主义始终是坚不可摧的地基，作家对其他版块的讨论多少是基于人类中心主义的缺陷或是补充而展开，从这个层面来说，科幻小说首先是现实的，其次才会考虑审美活动，否则被贴上了理想主义标签的科幻文本将不再具有呼应现实的魅力。如果批评家决心以文本为中心，在讨论具体的环境伦理学范式之前，首先要考虑的问题应是人类中心主义与种际伦理，哪一个更符合科幻作家对文本的期待，在此基础之上才是跨学科的对话范畴。

作者简介

李珂，常州大学周有光文学院讲师，常州大学文艺学与文化研究所研究员，上海交通大学博士研究生，研究方向为科幻小说、比较文学。

中国科幻未来主义：概念与特征

吴 岩

一、问题的提出

近年来，有关科幻现实主义的讨论很多，但在整个科幻文学范畴中，现实主义只是其中一个流派，更多的作品应该被划入科幻未来主义。这里的未来主义不是早在 20 世纪初就出现在艺术领域的艺术未来主义，也不是 20 世纪中叶出现在社会学领域的科技未来学。各民族文化中的科幻未来主义，是作家依据自己的本土传统和个人理解，通过作品表现出的对明日的态度、对前途的思考，以及对未来发展方向和路径的选择。科幻未来主义还强调吸纳科技手段去修饰或创新表现手法，探索和接纳新的状态。

在西方，科幻未来主义可以追溯到科幻小说形成的初期。至少在雨果·根斯巴克给它定名之前，儒勒·凡尔纳和赫伯特·威尔斯的创作就已经形成了两种未来主义走向。凡尔纳的科幻小说主张人类要秉持趋向未来的善，要对科技和时代的进步持有信念。他的叙事通常是借助科技力量展现人类的发展潜能。凡尔纳小说往往是以对自然探索的加剧，人的活动范围的拓展，以及人类社会的福祉增进为结尾。凡尔纳之后，威尔斯也在作品中表现出强烈的未来主义趋向。但他对未来的进步没有信心，认为人类的本性会导致自身走向灭亡。威尔斯对发展的态度不是逃避，而是悲观。他知道人类必然朝向某些方向挺进，但这些方向对人类的生存具有消极意义。我们不得不承认，凡尔纳和威尔斯虽然对未来的看法不同，但两个人都积极地讨论未来，带着善良去展现和讲述未来，用未来召唤或警示读者。在他们看来，未来是人类无法逃避的物质与心灵的归宿。

20 世纪之后，特别是美苏科幻小说走向黄金时代之后，西方科幻未来主义中积极的趋向占据了主流。在那个年代，无论是美国还是与之意识形态对立的苏联，都对科幻推动社会进步抱有积极态度。亚力克·内瓦拉 – 李在《惊奇：科幻黄金时代四巨匠》中就清晰地展示出那个年代的美国科幻大师怎样想方设法让自己的小说跟现实科技发展挂钩。[1] O. 胡捷等在《论苏联科学幻想读物》中讲述的内容也同样反映出这一点。[2] 美国科幻作家中的一些，以坎贝尔为首，甚至将科幻中的设计转成现实的机器，以期推动科技的发展。在苏联，科幻小说跟社会主义新人的设计与成长挂钩。这种对科幻小说能够走入现实的态度，明显是对积极的未来主义方向的继承。直至 20 世纪 60 年代之后，英国和美国新浪潮科幻的产生，标志着悲观未来主义的回归。但与威尔斯不同的是，新浪潮的悲观主义不是威尔斯通过对人性判断得出的结论，而是对科学发展的乐观预测怀疑的结果。在他们看来，与其等待科学对人类的拯救，还不如放弃这种希望更好。新浪潮科幻更多地回到心灵、意识，甚至奇幻的方式处理故事中的时间远方。这其中的态度、信念和方法选择都与黄金时代背道而驰。进入世纪之交的最近 40 年，西方科幻中的未来主义表现出多种观点杂陈，多重趋势分裂并进的状态。从赛博空间到元宇宙，人类的未来生存感无限加强，但物理空间被无限压缩。生物学的发展对未来的影响也在科幻创作中有重要体现，一方面人类几乎能克服所有疾病甚至达到永生，但另一方面人性有可能在这个过程中被剥夺。在社会学方面，是否能够摆脱资本主义生产关系的牢笼，成为当代科幻未来主义作品批判性背后最大的公约化支撑。但西方科幻小说中对马克思提供的分析和方案的忽视或排斥，又让他们在作品中看不到更好的路径。

---

［1］　亚力克. 内瓦拉 – 李：《惊奇：科幻黄金时代四巨匠》，孙亚南译，北京
　　　理工大学出版社，2020，第 1-17 页。

［2］　O. 胡捷等：《论苏联科学幻想读物》，王汶译，中国青年出版社，1956，
　　　第 1-34 页。

与西方科幻未来主义类似，中国的科幻未来主义也是在本土创作的过程中逐渐发展起来的。这种未来主义强调对科学的信念，强调对发展的洞察和向善的信念、对未来的乐观态度、重视集体主义和家国情怀、展现变革中民族特有的坚韧性，以及提供新的文学结构和解域方式。本文试图从中国本土科幻未来主义的产生与发展，讨论中国科幻创作中这个主要流派的历史和现实状况，文章将聚焦中国科幻未来主义的历史进程和主要特征。作者认为，中国本土科幻未来主义是建构这一文类的稳定基石，也是这个文类在未来能更好发展的一个基础。

二、中国科幻未来主义的时代表现和类型划分

中国本土生长起来的科幻未来主义，是在这个文类发生时就已经产生的一个流派。在当今，多数研究者会把中国科幻小说的诞生跟梁启超的文学实践联系在一起。1902年，梁启超感悟到文学也必须面对"千年未有之大变局"而不能独身事外，进而创建新小说的理论刊物。他在《论小说与群治之关系》中开宗明义地提出"小说新民说"："欲新一国之民，不可不先新一国之小说。故欲新道德，必新小说；欲新宗教，必新小说；欲新政治，必新小说；欲新风俗，必新小说；欲新学艺，必新小说；乃至欲新人心，欲新人格，必新小说。何以故？小说有不可思议之力支配人道故。"[1]这里，"新民"作为一个任务，其目标在于塑造未来国家的基本单元的全新特征。因此，《新小说》与其说是一本文学杂志，不如说是一本教育杂志。这其中，道德、宗教、政治、风俗、学艺、人格等，都在教育的范畴之内。新小说覆盖的小说种类之广泛，超过同时代的《绣像小说》《月月小说》和《小说林》。如果说梁启超等人创造新小说的目的，跟未来主义思想之间有着暗中的联系，那么他的唯一小说创作《新中国未来记》则通过标题和内容，直截了当地展现了他对小说这种文类必须面向未来的诚意。除此之外，他还翻译了具有进化论内涵的小说《世界末日记》。两部作品中一部让人们对光明保持乐观，一部让人们对黑暗保持警醒，未来主

---

[1]　梁启超：《论小说与群治之关系》，《新小说》第1号。

义的风格尽显其中。

《新中国未来记》创造了中国科幻史上一种所谓的蓝图未来主义风格。这种风格给出未来的整体目标和发展构想，提出行动方案和前进步骤。在小说中，中国走向成功被分解出六个不同的步骤，每一步经历10年的旅程。所有这些都被明确地给出。蓝图未来主义的另一个重要特征是创建一系列符号。例如，小说中的未来国家体制、治理方式等都与过去封建王朝的基本观念不同，只有采用这些符号才能对未来发展进行设计和展演。其实，梁启超对设定的热情，早就表现在他用文言文翻译凡尔纳的小说《十五小豪杰》上。在那篇翻译作品中，他采用自己选择的概念更换原作的原有成分。例如，十五个孩子商讨怎么在岛上群体生活，梁启超用讨论"共和"来取代。而孩子们选出首领，梁启超说他们在选择"总统"。更可贵的是，梁启超在《新中国未来记》中还提出了提升"民德、民智、民气"的努力方向。虽然在今天来看，这些内容并不一定值得深究，但作者敢于设置方向，给出改革蓝图的方式，展现了科幻未来主义的独特风貌。

晚清时段跟《新中国未来记》类似的科幻未来主义作品不在少数。陈天华的《狮子吼》通过提出民权村给未来思考增加了选择的可能性。东海觉我的《新法螺先生谭》，强调教育、心理，甚至催眠术等新的技术都会对未来中国起到积极作用。晚清的蓝图未来主义小说还创制了许多有关科学或技术的词汇，这些词汇作为符号，被用来建构未来科技世界。属于这类的作品包括《电世界》等。

晚清时段出现的第二种风格是以《新石头记》为代表的体验未来主义。新的时间与新的空间携带者新的信息。资本主义刚刚萌芽的上海滩营造的一个世界与泰山胜境营造的另一个世界，展现了具有未来意义的经济和科技的全新力量。但《新石头记》仅仅停留在体验上，没有涉及蓝图和展演。小说中新科技词汇层出不穷，千里镜、测远镜、助明镜，还有林林总总的交通工具、医疗器具，甚至新式武器，但作者明显把创作的重心放在新异生活的体验上。体验未来主义让科幻小说从高层的未来设计进入平民化的日常感受，这无疑让未来的召唤更加切近。

晚清民国时段的体验未来主义科幻小说，常常在作者对科技也不甚了解的情况下表现各种未来奇迹，结果是小说中的科幻场景犹如武侠小说中的电光石火交错闪耀，但跟当时真正发展的科技路径没有关系，但跟中国读者的阅读感受相互承接，反而得到继续发展。例如，民国时代高行健的《冰尸冷冻记》是中国较早尝试冷冻人体以保存生命的作品。作家展现的是这种技术带给人类社会的可能的体验。在民国时代继续这个方向写作的还有徐卓呆、许指严等。

晚清时期出现的第三种科幻未来主义风格是以碧荷馆主人《新纪元》为代表的运演未来主义。所谓运演未来主义，指的是小说在一个较为长期的历史时段或较为宏大的外在场面之下，让叙事在交织的多重线索中蔓生发展，逐渐把时间的推向未来。在《新纪元》中，强大之后的中国根据自己的国情改变纪年方式，但这种改变却引发了国际关系的紧张，中国在毫无准备的情况下被带入战争。随后，双方你来我往各有攻防，而每一次攻防无论胜利还是失败，都给未来增加了新的危机，为和化带去新的变数。运演未来主义中单一事件造成的多重方向上的叙事，把一个小的事件造就的宏大社会变化纳入其中，这些变革相互交织，相互影响，形成蔓生性成长趋势。

在中国科幻小说发展的历史上，晚清既是科幻的发端期，也是本土科幻未来主义的爆发期。除去当时用于科普教育和对现实关注的作品（后来演化为科幻现实主义），多数创作均可纳入科幻未来主义的几个流派。求新求变主宰着这个时段的未来主义创作。从这个时段的许多作品用"新""未来"等词汇作为标题就可以看出这一点。

中华人民共和国成立之后，中国的本土科幻未来主义发展迎来了第二个发展时期。在这一时段有关蓝图未来主义风格的创作本应该受到重视，因为社会主义的国体和政体对半封建半殖民地的原初社会是一种新的存在，本应很好地进行观念创新和路径设计，但此时有关国体政体的讨论已经随着历史走向终结，人民选择了符合自己需求的政治制度，因此蓝图未来主义创作变得相对很少。比较有代表性的作品也只是选择国家建设的一些侧面进行蓝图创作。这其中，王国忠的《渤海巨龙》和郑文光的《火星建设者》，分别从国内和国际两个侧面进行了一些蓝图描绘。《渤海巨龙》讲述了未来的中国用考虑到人口和资源的压力，决定进行围海造地，仅仅用了5年时间，就在渤海上建成一个连接蓬莱到旅顺的大坝。围海造田的步骤被分解为三步，按部就班从科技、社会、环境恢复等几个方面进行。小说对社会主义新时代的集体主义、献身精神和管理能力都进行了很有特色的描述。而《火星建设者》则创建了一支具有多民族共同体意识的国际青年探险队，他们前往火星去建设一个青年星球，以实现人类在宇宙中自由生活的第一步探索。作品给火星地球化的过程以明显的蓝图设计，并且把各个阶段可能的灾难和人类的责任予以明确。

在新中国早期乃至新时期的大量时间里，体验未来主义风格发展得特别旺盛。迟书昌的《大鲸牧场》《三号游泳选手的秘密》《割掉鼻子的大象》、郑文光的《从地球到火星》《飞向人马座》《大洋深处》《神翼》《战神的后裔》、萧建亨的《布克的奇遇》《奇异的机器狗》《球赛如期举行》《密林虎踪》、童恩正的《失踪的机器人》《失去的记忆》、郭以实的《在科学世界里》、叶永烈的《小灵通漫游未来》、王晓达的《波》、尤异的《未来畅想曲》等都是体验未来主义的代表性作品。体验未来主义并不是一味讲故事谈体验，这种小说也会给出体验的由来，给出故事背后的科学或社会学原理。但无法否认的是，读者的感受是以体验的获取为中心。

运演未来主义的风格在新中国也有所发展。宋宜昌的《V 的贬值》和《祸匣打开之后》就是这个流派的代表作。前者讲述的是一种新型整形塑料的面世导致美丑界限的消除。虽然美容技术仅仅是科技或医学的改变，但仍然颠覆了全球的经济甚至政治面貌。这一点颇似弗洛伊德对人类社会的一切活动都奠基在性本能基础之上的看法。后者则是以人类不小心唤醒了沉睡在地球上的外星生物而造成的灭种危机开始，以在跟外星人的交往和战斗中逐渐发现，宇宙中的生命纷繁复杂，人类只是这个世界渺小的一种而结束。两部小说都展现了在纷繁复杂的未来社会应对科技和自然变化中对时间流的某种追索，这种追索都不是单线的，而是多线蔓生的。

20 世纪 90 年代至今，中国科幻小说中的未来主义继续在创作中占据着主流地位。面对信息技术的发展，一系列具有蓝图发展风格的赛博主题小说出现。星河的《决斗在网络》《网络游戏联军》、杨平的《MUD 黑客事件》《千年虫》等是这些作品的先声。小说创造了一系列新的词汇。例如《网络游戏联军》中作者以"C（computer）H（human）桥"代表电脑跟人类驳接设备就是这样的创新之一。熟悉当代技术的读者很快可以发现这就是今天所说的脑机接口。作者星河借 CH 桥进行技术展演，并蔓生出这种新技术的多重社会影响。《MUD 黑客事件》则对字符版电子游戏进行了发展性展现，创制了许多新的操作和演进方式，给人许多启示。何夕的小说《天年》针对人类最基础的生理需求，对全球范围内的生物技术发展和饥饿防范进行了蓝图式表达。有关科幻未来主义在当前最重要的一部作品，是2022年出版的由李开复和陈楸帆创作的《AI未来进行式》。这是一部以人工智能发展视角观察未来的蓝图未来主义作品。作者之一李开复在序言中说，他对未来20年的发展有这样的蓝图式观察，"首先，AI将为社会创造前所未有的价值……其次，AI还将通过高效的运算，接管一些重复性的工作，把人类从忙碌而繁重的日常工作中解放出来，让人类节省最宝贵的时间资源，得以做更多振奋人心的、富有挑战性的工作。最后，人类将与AI达成人机协作，AI负责定量分析、成果优化和重复性工作，人类按其所长贡献自己的创造力、策略思维、复杂技艺、热情和爱心。"[1]虽然这样的蓝图仅仅聚焦在人工智能发展的一个方向上，但整部作品都是在这样的蓝图关照下所进行的小说科幻。

世纪之交和新世纪的体验未来主义，在本土的未来主义科幻创作中仍然是主流。王晋康、夏笳、陈楸帆、江波、阿缺等许多作家在这个领域创作了大量作品。王晋康的《七重外壳》是有关虚拟现实的重要体验未来主义作品。作家把某种技术带给人类的神秘和诡异通过文字表达了出来。而他的"新人类四部曲"（《类人》《豹人》《癌人》《海豚人》）则将后人类发展所面临的道德问题进行了全面展现。陈楸帆的《阎罗算法》，改变了人们对死亡到来一无所知的状况，技术协助人们改变自己生命体验的感受相当深刻。《荒潮》则展现了全球资本主义导致不同社会科技发展方向的差异，小说中承接国外电子垃圾的硅屿和人机结合体小米都给人全新感受。同样是关注媒介和数字化生存，宝树的中篇小说《人人都爱查尔斯》通过商用人体感官神经数据的直播产业，给出了未来人类之间共感的可能获得途径。在《霾的二重奏》中，作者提出的现实修复眼镜虽然带有某种讽刺意味，但确实提供了技术创新的可能方向。他小说中的脑桥芯片、中微子信号站等也都有着很强的未来体验。江波的《湿婆之舞》讲述了合成生物学领域的前景。在小说中，真菌的线粒体经过了改良，能进行光合作用并形成一个具有能量供给的计算设备。而这种真菌会漫天生长，

---

[1] 李开复、陈楸帆：《AI未来进行时》，浙江人民出版社，2022年5月，第6-7页。

固化成晶体结构，成为一种超级智能生物。这样的超级智慧对人类既有很强吸引力，也给人类带来很大的忧患，故事情节跌宕起伏。夏笳的《中国百科全书》中提到了一种LING cloud，这种人工技术能释放出实物一样的云，并跟人类之间有语言和交流。谢云宁的《穿越土星环》，是一个在太阳系中的独自生存体验的故事。刘慈欣的《微纪元》给读者创造了不可多得的纳米世界的生存体验，还展现了这种新的纳米文化圈跟现有尺寸生命的文化圈之间的本质区别。在体验未来主义创作中走得最远的应该是韩松。他在小说《知识城一夜》中，讲述了一个并非单纯信息元宇宙的科技元宇宙，在这个世界中，许多今天人们难于理解的事物、行为在按照那个世界的常理运行，读者的感受必须夹杂领悟，才能获得亦真亦幻的体验。

新世纪科幻未来主义的最新发展，是把三种风格融合在一起并发展出混合未来主义风格。刘慈欣和韩松是这种混合风格的典型代表。在《流浪地球》中，刘慈欣撰写了人类为了抵抗太阳的温度下降和生命的寂灭，决定把地球当成一个飞船飞向其他星球。作品在蓝图层将飞向新恒星的过程分成五个阶段，每一个阶段都既含有科学计算又含有社会发展的内蕴。在这种蓝图引导下，作家撰写行动、事件的运演和过程的迭代。而整个小说的阅读又是在惊心动魄的体验中沉浸的。《超新星纪元》是作者采用长篇小说建制进行混合未来主义的尝试。在故事中，作者思考了超新星爆发导致的成年人的灭亡和人类历史上从未有过的少年星球社会的形成，并推断出了这种社会的可能发展蓝图。接下来，小说通过故事层面的运演，让事态从平稳走向极化，在这些少年领导的国家相互博弈过程中，小说的故事发展到结尾。这里无论是蓝图还是运演都不是理论化的，读者能获得超级紧张的情绪体验。刘慈欣最宏大的混合未来主义风格作品自然是《三体》。小说在超级宏大的时间之内打开了人类跟自身、环境、技术以及跟外星他者之间的交互碰撞和反复博弈。在多重山穷水复和多次柳暗花明之后，无可名状的新的灾难和恐怖重新降临世界，小说就这样带领大家在强烈的情绪起伏中获知未来人的命运。与刘慈欣不同，韩松的混合未来主义是采用先锋笔法完成的。在《2066西行漫记》《红色海洋》和《高速轨道》与《医院》系列小说中，作者通过技术的超速演进做出一系列瞬间变化的发展蓝图，但这些蓝图很快会被发展路径上的各种阻碍所打破。于是，人们料想不到的许多全新体验升腾起来，弥漫在文字营造的诡异空间，读者感受到想要把握世界但却无从把握的无力感，如过山车一样的上升和下滑造成了神奇莫名的空虚感。两位作家尝试的这种混合未来主义风格创作，带给这个领域发展的无限遐想。

三、中国科幻未来主义的特性

中国本土科幻未来主义创作，是中国式科幻小说集大成者，笔者大致尝试总结出如下几个方面的特性。

1. 充满对科技发展和未来社会的洞察和向善的信念

科幻未来主义是中国科幻小说中最具有科技或社会创新能力的一类作品。无论是为成年人创作的长篇巨制还是为儿童创作的微型小品，中国科幻未来主义小说都力图在新科技的发明和社会发展方面做出深刻洞察。从小的方面来看，《三号游泳选手的秘密》展现了采用海生动物皮肤设计的运动服用于增加游泳速度的设计，几十年后即被实现，虽然所模仿的生物有所不同。《会说话的信》也早已被微型录音放音设备所实现，虽然技术跟小说中并不一致。《乡村医生》中的遥距诊断早已被信息技术的现实所覆盖。《奇异的机器狗》更是直接被当代机器动物研究者青睐。《密林虎踪》中的脑机接口、《分子手术刀》中的基因治疗、《飞向人马座》中的语音控制和虚拟现实等也都彻底成为现实。此外，更多颇具创新性的设计至今仍然没有被全部完成。例如，《XT 计划》中的台风消除技术、《沙洛姆教授的迷误》中的机器人跟人类混合的社会、《不睡觉的女婿》中来自中国古代智慧的人体机能开发、《豹人》中人类跟猛兽基因的融合、《雪山魔笛》中的古代生物保护区的建立、《三体》中的质子二维展开、《银河之心》中的深空远航、《公鸡王子》中的一系列新的语言学和心理学技术，所有这些颇具前瞻性甚至颠覆性的想法，至今仍然以科幻小说特有的疏离性和新异性吸引着我们。更不用提一系列有关信息时代人类社会更新生活模式的小说，这些创造不但昭示了科幻能改变我们对自然科学领域诸多前沿的走向，也昭示了改变人与自身和他人之间交往的走向。从大的方面来看，重要的本土科幻未来主义作品在多数人没有在意的情况下重新发现了人与人之间关系的基本准则（如《三体》），提示了国家与国家交往中的实力原则与时刻做好准备迎接新的遏制（如《新纪元》《黑龙号失踪》《飞向人马座》），展现了技术创新本身对人性的依赖和光明技术可能出现的暗黑反弹（如《V 的贬值》、新人类四部曲、《机器之门》系列、《未来病史》），强调了良好的宇宙共同体的培育与警惕人性的自私和贪婪内卷（如《祸匣打开之后》《红色海洋》）、传递了中华文化中的优良品德能为明日世界增添价值（《中国百科全书》《中国轨道号》）等，这些作品都走在了时代的前列。从思想意义上看，科幻未来主义作家也提供了许多全新的思想供我们参考。例如刘慈欣提出科幻小说必须有"宗教性"。他所说的宗教，不是任何一个现存的、归化人的宗教，这种总结的含义是人类必须建构高于自身的总体视角。他把这个宗教起名为"SF（科幻）教"，认为这种视角可以帮助人们把握宏观世界的未来。韩松的科幻未来主义阐释跟他不同时期对想象力的阐释密不可分。早在《想象力宣言》中，他就已经把科幻文学跟现实和未来之间的联系串接起来。"科幻被公认是最能体现人类想象力的典范，也是无数科学发明的点火器。"[1]但"科幻只是现象，其实质还是想象力"。[2]在谈到美国发现频道如何激发人类想象力的时候他说："没有对未来的丰富想象，就没有有效需求的强烈刺激。"[3]从上面的内容可以看出，无论是科技洞察、社会洞察还是思想洞察，中国的科幻未来主义都提供了非常丰富的实践和思考，但所有这些表达和思考，都是建立在向善的基本价值判断之上的，这种向善信念包括保持科学探索的速度、保持社会和谐和公平发展。

2. 对未来抱有积极乐观的态度

中国科幻未来主义作品大都对未来持有积极的态度。这种信念和态度，最主要来自中国文化中对科技的认可、尊重和信心，也来自本土文化中对探索和美好追求的哲学。如果把科幻作品对未来的态度分成乐观积极、悲观积极、情感中性、排斥四个类型，那么中国科幻未来主义小说中对未来的乐观积极态度占据了比较大的比重。这种状态产生的原因是，从科幻小说在中国奠基开始，人们对科学的态度就已经饱有尊重、期待和信赖。《新中国未来记》《新上海》

---

[1] 韩松：《想象力宣言》，四川人民出版社，2000，第 3 页。

[2] 同上，第 5 页。

[3] 同上，第 6 页。

《火星建设者》《中国年轻了》《未来畅想曲》《生命之歌》《替天行道》《AI
未来进行时》，仅仅听到这样的名字，就已经能感受到乐观向上的气氛。积极
乐观的态度还出自对中国文化本身所携带的秩序、领悟、安定、祥和以及对道
德至上等思想的传承。这些内容在诸如"新人类四部曲"或《中国轨道号》中
有着丰富的体现。随着时间的流逝，伴随科技进步的加速以及人和自然之间对
抗的加剧，中国科幻小说中乐观积极的态度也发生着改变。冷静的思考和应对
未来以及积极地对未来可能的灾难进行批判的作品也逐渐增加。但中国本土科
幻小说中排斥未来的作品相对很少。多数作家即便批评未来可能出现的灾难，
也不会把朝向未来的努力一同摒弃。具有未来主义的科幻作家，还会在作品之
外的日常生活中，更多关注未来并积极采取行动干预未来。例如，郑文光就曾
经在 20 世纪 50 年代编辑了大量科普航天科普读物，并到中小学讲演宣传太空
旅行。韩松不但创作了《想象力宣言》这样直接讨论科幻与现实和未来关系的
杂文集，还在他创刊并主编的《瞭望东方周刊》开设科幻想象力专栏，给更多
具有想象力的作者提供机会。刘慈欣更是积极的未来主义者。特别是在获奖之
后，他多次参加各种关于科技和社会发展的会议，并发表对未来深刻思考的讲
演。他的小说《微纪元》《乡村教师》《朝闻道》《中国太阳》等无一不是作
为一个未来主义者的乐观心态的体现。董仁威、姚海军和笔者还建立了中国科
幻小说星云奖，以期使这种文类继续发扬光大。

　　3. 重视集体主义和家国情怀

　　中国的科幻未来主义还强调集体主义和家国情怀。首先，关注国家和民族
的命运，一直是中国科幻未来主义的一个重要的特征。从晚清诸多作者对国家
发展所提供的蓝图设想，到新中国各个时期故事中人类跟自然和敌人的对抗，
集体主义和家国情怀一直是挥之不去的重要情结。《从地球到火星》中意外飞
向火星的三个少年，是在宇航协会和父辈们的帮助下得以返回地球的。《珊瑚
岛上的死光》中的华裔科学家最终认清资本的力量无法给科学纯净的发展空间
而毅然地回到祖国。《飞向人马座》中的三个宇航学校学生还成立了一个团小组，
试图通过这种方式让个人的努力变成群体的力量。当然，对集体和家国的关注，
在更加宏大的背景中转变成对人类和地球的关注。这在《祸匣打开之后》《三体》
等小说中表现得更加丰满和到位。在这些作品中，人类作为一种重要的生物体，

其生活和存在本身就需要保卫。而团结一致共建地球社群或共同体的想法，也在作品中被充分展示出来。

4.展现变革中民族特有的坚韧

中国科幻未来主义者在谈论未来的时候，常常能看到他们对历史和环境变迁中人类所必然具有的坚韧性的展现。在《新纪元》中，遭遇帝国海军船坚炮利的中国海军，没有被武器的威力所吓倒，而是冷静地从自身的创新中寻求帮助。最终，通过科技变革转败为胜。《火星建设者》的主人公薛印青在火星受到严重的放射性伤害，不得不回到地球恢复健康。但稍有好转便准备马上回归自己的岗位。古老民族对生命的坚守、在艰苦年代对朴素生活的忍受，在中国科幻小说中都有清晰的体现。在许多情况下，能通过自己的努力穿越苦难的时光，是主人公获得快乐的根源。这一点在小说《宇宙墓碑》《流浪地球》等作品中都有表达。在堪比刘慈欣《三体》系列的王晋康小说《逃出母宇宙》《天父地母》《宇宙晶卵》组成的"活着"三部曲中，作者把"天塌下来"这个中国人一直担心的问题作为一个重大宇宙事件的开端，并由此演绎出人类面对一系列巨大变化时的故事。这里，坚韧地活着，本身就代表了许多不言而喻的观念。由于活着本身就是对时间和灾难的克服，因此中国科幻未来主义才具备了某种自身的乐观性。

5.提供新的文学结构和解域方式

多年以来，主流文学一直对科幻文学抱有不认同的观点，认为这种文学是功能性文学，类型文学，通俗文学。这种看法在某个意义上说也没有错误。但也应该看到，科幻文学作为一种文学史上出现较晚的类型，本身就跟现当代科学导致的世界观变革有着密切关系。如果说传统文学的基本想法是建立在某种亘古不变的人性之上的，那么科幻文学则是建立在科技拓展后的人类必定要改变的基础之上的。恰恰是这种改变性质，导致了科幻作品采用新的方法看待世界和构造文本。在机器人、人造人甚至可能被发现的外星人为代表的后人类逐渐出现的当前，智人在这个世界上面临的问题也在逐渐上升。文学是否仍然要停留在轴心时代或启蒙时代的古老传统之上已经成为了一个必须回答甚至做出选择的问题。此时，科幻文学地位的上升，恰好从另一个角度弥补了传统文学的盲区。在这个意义上看，科幻未来主义理所当然地比科幻现实主义跟主流文学的距离更远。这种距离也就使它更加具有异域异类的特征，即更加能对主流文学的缺失做出补充。认真研读中国本土科幻未来主义作品可以看出，本土作家的相关作品跟世界文学大师的作品之间，并没有质量的高低之分，在这个意义上，王晋康的新人类三部曲跟石黑一雄的机器人故事，只具有民族文化的差异。此外，科幻小说作家所进行的各种脱离主流文学规范和方向的试验，甚至仅仅是科幻作品中常见的"惯例"，也不能仅仅视为文学质量的低劣，而更可以看成在新的时代人们对主流文学缺陷的一种差异弥补。叙事运演就是这样。当主流文学对热衷讲故事持有不成文的否定态度时候，科幻文学通过讲故事的方式建立了朝向未来的蔓生延展方式，这种方式在其他领域已经成为跟科学预测具有同等价值的未来探索方式。至于近年来科幻作者有意对创作进行的尝试，就更值得关注。在韩松的系列小说中，所有固着的观念和事物都已经变得模棱两可，人们生存的空间因为科技和高速变化的环境而诡异莫测。他的小说还对当前高速变化的时代给予了语言的对应。阅读他的作品，能感受到当代世界变化所造成的眩晕。刘慈欣则在长篇三部曲构造中作者通过电子游戏和哲学童话的置入建立内层嵌套结构，增加了新的长篇小说结构方法。而三部曲从第一部到第三部不动声色地把小说的模式从一般意义转向科幻，人物的姓名也从明确的汉字到最终的数字代码，以结构展示科技融入社会的全方位性，也在小说创作中属于首创。所有这些，都展现出本土科幻未来主义给整个中国的文学版图提供的新的内容。张凡把类似科幻未来主义的作品纳入一个称为"未来小说"的范畴。他认为这种小说也是国际小说发展潮流的一个组成部分。[1]宋明炜认为，当代科幻作家对文本开放和思想开放所做的尝试，已经成为中国（新）科幻，这种科幻的一个重要意义，就是提供内容回馈给主流文学。[2]笔者认为，本土科幻未来主义，凸显了科幻小说对文学解域作用。[3]当科幻现实主义越来越能跟主流文学相互对话，相互认可的同时，科幻未来主义继续远离主流文

---

[1]　张凡：《"未来小说"：科幻文学的历史和形式》，《写作》2020年2月第1期，第95-103页。

[2]　宋明炜：《科幻作为方法：交叉的平行宇宙》，《外国文艺》2021年第6期，第5-10页。

[3]　这是采用德勒兹的哲学概念，即把生命看成在混沌宇宙中的流动，任何一次遭遇都是一种差异的形成。这些差异给我们机会，脱离那些现有的结构和老生常谈，走向新的认知。

学，建立起主流文学的一面差异之镜，让这个镜面能相互反射出世界之间的复杂性和多样性。解域给科幻和主流文学带去了自我认知和发展的同样机会。

撰写本文的另一个起因，是 2016 年艺术家陆明龙发表了视频论文《中华未来主义》[1]，在论文中，作者认为，中华未来主义是一种集合了七个对中国的刻奇而形成的一种对中国未来行动方式的总结，这七个刻奇是计算、复制、博弈、学习、上瘾、劳动、赌博。七个内容都属于相对低级的、毫无价值判断的活动。本文通过研究发现，至少在中国本土的科幻未来主义中，上述内容并不是主要的。作者还认为，在当前的形势下，急需更多本土科幻未来主义的研究和国际传播。这也是造就本土文化竞争力与未来领导权的重要方式之一。

作者简介

吴岩，管理学博士，科幻作家，南方科技大学人文科学中心教授兼科学与人类想象力研究中心主任。

---

[1] Lawrence Lek（2016），Sinofuturism（1839—2046 AD），HD video essay, https://zkm.de/en/sinofuturism-1839-2046-ad.

对科幻小说叙事形式的识别与分析

刘 洋

一、引言

在小说的叙事过程中，有两种主要的叙述形式。一种可称为展示（showing），另一种为告知（telling），两种形式往往在文本中交替出现，共同推进小说的故事向前发展。所谓展示，就是用场景、动作、对话等描写文字向读者呈现出具有画面感的细节，而告知则是作者用自己的语言直接向读者概述某个事件、结论或特征。例如，"他饿坏了"是告知，而"他看着桌上热腾腾的饭菜，不停吞咽着口水"则属于展示。

在小说写作的教学中常常出现"Show don't tell"的建议，不少作家或研究者认为在写作的过程中应该更多地采用"展示，而非告知"的方式。美国作家珍妮特·伯罗薇等人对这种观点的理解是，小说"应该通过文字和思想让读者去感受和体验……从而使叙述更生动、更感人、更能引起共鸣"。[1]加拿大科幻作家罗伯特·索耶曾总结道，展示比告知更胜一筹的原因有两个，一是"展示能激发读者在头脑中生成画面"，二是"展示具有互动性和参与性，它会把

---

[1]　珍妮特·伯罗薇、伊丽莎白·斯塔基-弗伦奇、内德·斯塔基-弗伦奇：《小说写作：叙事技巧指南（第九版）》，中国人民大学出版社，2017。

读者带到故事里去"。[1] 英国叙事学家戴维·洛奇也认为，告知的叙事方式"抹杀了人物和行为的个性特征"，一部完全用告知形式写成的作品"是令人难以卒读的"。但他同时也认为告知"自有其独特的用途。比如，它可以加快叙述的速度，让读者匆匆跳过不感兴趣或太感兴趣的细节。"[2]

事实上，告知和展示在小说中都是必不可少的，其交替使用的过程，其实也引领着小说节奏的变化，从而形成某种特定的叙事效果，体现出不同作家在写作风格上的差异。Rawson 对简·奥斯汀的小说《爱玛》中的展示和告知的叙事策略进行了分析，论述了其在人物塑造等方面所起到的作用，并认为其在对话和细节上进行翔实陈述的叙事策略是受到了塞缪尔·理查森和亨利·菲尔丁的影响。[3] 潘守文等对康拉德的著名小说《黑暗深处》进行了分析，发现其在表征主人公的野蛮、凶残等方面，兼用了展示与告知两种叙事方式，而在表征其伟大、文明等方面，却故意使用了单一的告知方式，从而起到了消解和解构帝国神话的效果，体现了作者高超的叙事技巧。[4]

与现实主义文学相比，科幻小说在叙事形式的选择上具有不同的需求。由于常常涉及远超普通文学作品的叙事时间跨度与空间跨度，科幻小说需要采取不同寻常的叙事节奏，例如通过急剧加快叙事节奏所形成的"密集叙事"以及在叙事中突然中断并进入遥远未来的"时间跳跃"。[5] 这些叙事方式必然会影响作家对叙事形式的选择。此外，为了交代故事的时空背景与科技设定，科幻小说中常常会出现大段"知识硬块"，在 20 世纪 80 年代以前以科普为目的的创作导向下，中国科幻小说中的知识硬块现象尤为常见。[6] 但近三十年来，中国科幻小说的内容和形式都发生了很大变化，这些变化如何体现在作品叙事

[1] 罗伯特·索耶：《展示，而非告知》，飞氘译，《科幻世界》2006 年第 8 期，第 28-29 页。

[2] 戴维·洛奇：《小说的艺术》，王峻岩等译，作家出版社，1998，第 135 页。

[3] Rawson C. "Showing, Telling, and Money in Emma", *Essays in Criticism*, 2011, 61（4）：338-364.

[4] 潘守文、李文富：《〈黑暗深处〉的"展示"与"告诉"》，《吉林师范大学学报（人文社会科学版）》，2009 年第 4 期，第 60-63 页。

[5] 吴岩、方晓庆：《刘慈欣与新古典主义科幻小说》，《湖南科技学院学报》2006 年第 2 期，第 36-39 页。

[6] 叶永烈：《叶至善和〈失踪的哥哥〉》，《世界科幻博览》2005 年第 7 期，第 6 页。

形式的组合上，也是一个值得注意的问题。

对文本的叙事模式与节奏的实证型研究目前仍然是一个处于初步探索阶段的研究方向。Teresa 借助于一个结构分析程序分析了一些文本的叙事结构，但其需要依赖于人工插入文本中的标签。[1] Hess 等对修昔底德作品中的叙事模式进行了分析，基于叙述者和人物角色在语言上的区别，但这种方式并不具有普适性。[2] 战玉冰近来做了一系列对文学作品的数字化分析，但在故事模式的提取上主要借助于谷臻故事工场所研发的既有系统，且多停留在词频统计和归纳的阶段，缺少更深入和更具主动性的模式挖掘方案。[3][4][5] 原《收获》杂志编辑走走开发的"故事眼"等文本分析程序，可以对小说叙事过程中的情绪走向进行分析，得到情绪涨落曲线，但缺乏对曲线数据的更进一步的分析和模式发现过程。[6] 此外，还有一些借助重复性结构对散文及歌词的节拍进行提取与分析的尝试[7][8]。

本文通过构建短时性动词词典并结合句子成分分析的策略，提出了一种可以区分识别"展示"与"告知"两种叙事形式的方案。基于这个方案，我们对四个当代科幻作家的代表性长篇科幻小说进行了叙事形式的分析，得到了对应的叙事条纹图。此外，通过离散傅里叶变换可以从叙事条纹中得到叙事节奏谱，并从中提取出一些表征叙事节奏的特征量。借助这些特征量，本文对中国当代

[1] Teresa S, "A Method for the Analysis of the Structure of Narrative Texts", *Literary and Linguistic Computing*, 1990, 5（3）:221-225..

[2] Hess L, and Bary C, "Narrator language and character language in Thucydides: A quantitative study of narrative perspective", *Digital Scholarship in the Humanities*, 2019: fqz026.

[3] 战玉冰：《〈收获〉刊载小说的数据性考察（1979—2018）》，《中国现代文学研究丛刊》2019 年第 2 期，第 65-77 页。

[4] 战玉冰：《数据分析视角下的茅盾文学奖研究》，《中国比较文学》2020 年第 2 期，第 64-75 页。

[5] 战玉冰：《网络小说的数据法与类型论——以 2018 年的 749 部中国网络小说为考察对象》，《扬子江评论》2019 年第 5 期，第 53-61 页。

[6] 走走：《探索未来，一半靠人，一半靠 AI》，《南方文坛》2019 年第 6 期，第 34-39 页。

[7] Alan R, "Rhythm in Prose and the Serial Correlation of Sentence Lengths: a Joyce Cary Case Study", *Literary and Linguistic Computing*, 1996, 11（1）: 33-39.

[8] 郑亚斌、刘知远、孙茂松：《中文歌词的统计特征及其检索应用》，《中文信息学报》2007 年第 5 期，第 61-67 页。

的科幻小说与主流文学在叙事节奏上的差异进行了比较和分析。

我们所构建的叙事形式识别与节奏分析的方法具有较强的普适性，不仅可以用于科幻小说与主流文学作品，对于其他类型的文学作品也同样适用。特别是对于具有超长篇幅的网络小说，常规的文本细读方法往往费时耗力，借助该算法便可以有效实现对叙事节奏等特征的快速提取。在对各类型文学作品进行叙事分析和比较的基础上，我们可以明确各文类本身所具有的特质，在一个更具有整体性的角度对各种文学作品的叙事风格进行考察和评价。

二、对叙事形式的识别

（一）对"展示"的定义

为了通过算法进行叙事形式的识别，首先需要对展示和告知给出一个操作性较强的定义。在此，我们仅通过一些限制性条件对"展示"给出一个定义。所有不属于"展示"的文本内容，均认定归属于"告知"的范畴。

对"展示"的识别是以句子作为单元进行的，其操作性定义主要基于如下两个限制性条件：

条件1，短时性。该句所呈现的场景，其持续的时间是较短的。例如，"我拿起一支笔，写下几行字"属于展示，而"我在暑假抽出时间做了几份兼职"则属于告知。

条件2，画面感。句子应该给读者一个清晰的画面，而不是给出一个概括性的描述。例如，"他一边说着粗话，一边朝着地上吐口水"属于展示，而"他为人粗俗"则属于告知。

基于以上定义，我们对大量短篇小说进行了人工标注，用作算法识别的测试集。

（二）识别算法

对叙事形式的识别算法主要基于以下规则：

规则1，所有人物对话均属于"展示"的叙事形式。因为对话显然符合短时性的特征，同时也兼具画面感。对话的判定以连续出现的若干组双引号为特征，且通过引号内的文本长度排除掉对词汇起强调作用的非对话内容。

规则 2，在"展示"类叙事的句子中需要包括一个短时性的动词 Vs。这类动词一般属于动作类动词，但不是所有动作类动词都属于此类，例如常见的"学习""徘徊"就不是短时性动作。

在对大量小说中的动词进行了人为标记的基础上，我们建立了一个短时性动词的词典，用于算法的检索。为了尽量增大词典的覆盖范围，我们将一百万字的小说文本进行了标注，其中包括 50 万字的科幻小说与 50 万字的现实主义题材的小说。标注完成后，将两种文类中各篇目的文字按照段落拆分开，随机组合在一起，再按照一万字的字数限制拆分成 50 个文本块，以便尽量减小各文本块之间因作家作品风格不同所造成的差异。我们首先从科幻小说的文本块开始，逐一收录其中所包含的短时性动词，如图 1 所示，当收录 29 个文本块后，

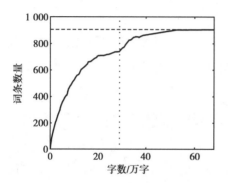

图 1　对短时性动词词条的收录过程

词条数量已经趋于收敛。因此，接下来我们将搜寻文本换为现实主义题材，可以看到词条数量重新转为近线性增长，表明两种文类间的惯用动词具有一定的特异性。在搜寻文字超过 60 万字后，词条数量已经基本收敛，显示词典已经收录了绝大部分短时性动词。最终，词典中包含的词条数量为 907 例。

规则 3，在包含短时性动词的句子里，只有符合一定词性排列模式的句子，才认定属于"展示"类叙事形式。如"动词 + 着""动词 + 介词"等。因为在一些句子中，即使包含了某个短时性动词，该句的叙事形式也不一定属于展示。表 1 给出了一些短时性动词及词性排列模式的例子。

表 1　短时性动词及词性排列模式示例

动词	词性排列模式	例句
拉	动词 + "了"	我拉了拉门把手。
举	动词 + "着"	我举着两只手上楼。
啄	动词 + "得"	人头已被乌鸦啄得千疮百孔。
擦	动词 + 名词	奶奶开始擦桌子。

续表

动词	词性排列模式	例句
浮现	动词 + 介词	一丝痛楚的神情浮现在他的脸上。
皱起	动词 + 形容词 + 名词	他皱起薄薄的嘴唇。
取出	动词 + 数量词 + 名词	我取出两颗子弹。
揣进	动词 + 名词 + 方位词	甘肃人把钱揣进衣兜里。

（三）算法检测

基于上述规则，我们建立了对应的算法，并对 10 篇已人工标注了各句叙事形式的短篇小说（科幻小说 5 篇，现实主义小说 5 篇）进行了识别测试。这些小说并未在短时性动词词典的建立过程中被使用，因此可以较为客观地反映算法对陌生文本的识别效果。

我们采用了精确率和召回率两个指标来衡量算法对"展示"的叙事形式能否有效识别，结果如表 2 所示。

表 2　对 10 篇小说"展示"叙事的识别测试

小说名称	精确率	召回率
伪人算法	98.3	86.6
勾股：2.013	83.6	93.9
没有答案的航程	84.4	90.1
亚当回归	93.6	97.2
百鬼夜行街	90.8	88.5
驮水的日子	87.1	93.8
月光斩	82.1	76.6
如果大雪封门	85.2	86.9
大雨如注	83.7	89.1
李十三推磨	83.3	80.8

可以看到，算法的精确率最低为 82.1%，召回率也基本在 80% 以上。只有对莫言的《月光斩》，召回率在 76.6% 的低值。这是因为在该篇小说的对话中，

全都没有双引号的插入，造成部分对话内容没有被采纳入"展示"叙事之中。对比前后五篇小说的识别结果，可以发现算法对科幻小说的识别效果略微好于现实主义文学作品。

三、叙事条纹与叙事节奏谱

（一）小说的叙事条纹

我们利用构建的识别算法，对四个长篇科幻小说的叙事形式进行了识别。四部作品分别是王晋康的《十字》、刘慈欣的《三体1》、韩松的《地铁》以及何夕的《天年》。这四位作家被普遍认为是中国当代科幻作家的领军人物[1]，且风格各异，具有较强的代表性。

识别结果如图2所示。可以看到，黑色标记的告知性文本与白色标记的展示性文本，随叙事进程交替出现，形成条纹状的图案。在小说的不同区域，叙事的主体形式也不太相同。如果我们着眼观察黑色的告知型叙事条纹，可以发现其呈现出三类典型的分布方式。

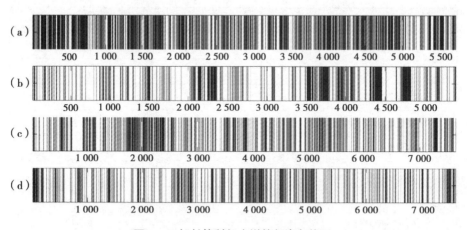

图2　四部长篇科幻小说的叙事条纹图

其中（a）为《地铁》，（b）为《三体1》，（c）为《十字》，（d）为《天年》。图中横轴为文本序列，以一句为一个单位。黑色标记的部分为告知性叙事文本，白色的则为展示性叙事文本。

---

[1]　董仁威、高彪泷：《中国科幻作家群体断代初探》，《科普研究》2017年第2期，第69-80、109页。

其一，近连续分布。例如在《三体1》中3 500句至3 600句之间，黑色条纹形成了近乎连续的分布，意味着这是一个以告知型叙事为主体的部分。事实上，该段文本交代的是叶文洁对红岸基地所受的"日凌"干扰问题的思考，其中包含大量知识型叙述。在科幻小说中常常可以见到这样的段落，但它不能简单等同于所谓的"知识硬块"，因为在小说里对这些知识的叙述过程是和主角的思考联系在一起的，是融入在故事进程之中的，因此阅读的时候并没有突兀之感。

其二，密集型分布。在这种区域中，告知型叙事频繁出现，通过简要而概括地叙述，将小说的故事迅速向前推进，形成一种白描式的跳跃性的叙事节奏。在以上四部小说里，韩松的《地铁》是将这种叙事节奏体现得最为突出的。

其三，稀疏型分布。告知型叙事很少出现，通过大量展示型叙述，对特定场景进行细致的描写，或者呈现一个较为完整的对话过程。例如，在《十字》的700句至900句之间，就是一个明显的以白色为主的区域。通过文本细读我们可以发现，这里实际上集中了多组对话，包括萨帕林与谢苗诺维奇对单晶硅剑的讨论，以及在警察局召开的一场案情分析会。

（二）叙事节奏谱

通过叙事条纹，我们可以对作品的叙事节奏有一个直观的认识，但很难进行定量的分析与比较。如果我们把"展示"与"告知"的交替过程视为一种周期性节拍，就可以借助离散傅里叶变换的方法，从中提取出不同节拍频率的分布图。其变换式为：

$$X(e^{j\omega}) = \sum_{n=0}^{N-1} x(n)e^{-j\omega n} \tag{1}$$

其中 n 为以句子为单位的文本序列的编号，N 为文本中包含的句子总数。当该句为展示型叙事时，$x(n)=1$，告知型叙事对应的 $x(n)=0$。$X(e^{j\omega})$ 为变换后的频谱，ω 为对应的频率。

我们可以从图3中直观地看到不同的叙事条纹经过傅里叶变换后所得到的叙事谱的区别。图中每一行的左侧为固定节奏下的叙事条纹，右侧为变换后的谱线。由于条纹呈严格的周期性分布，其谱线为离散的尖峰，其频率最低的峰值位置为基频 ω_0，在基频整数倍的位置还有更高频的尖峰。比较各行的图像可知，第2行的叙事节奏比第1行更慢，在谱线中体现为其在更低频的位置出现了峰值。而第3行与第2行的叙事交替节奏是相同的，但白色条纹更宽。因此，在谱线图上可以看到二者的峰值位置是相同的，但谱线分布更集中在了基频 ω_0 处。也就是说，在叙事过程中每次"展示"部分的长度越长——比如作品中惯用较长的篇幅描摹场景和细节，或者进行连篇累牍的对话——就会使频谱更集中地分布到低频部分。

在实际的叙事形式分布中，当然不会有图 3 所示的严格周期性，因此，其谱线通常不是离散的尖峰，而是一个连续谱。我们通过随机函数构造了两个更贴近实际的叙事条纹，如图 4 所示。每个条纹均是在黑色背景中加入众多白色条带簇所构成，上面一行是以 10 句为基准周期加入的条带簇，但分布的具体位置经过了随机的调整，每个条带簇由 2 ~ 3 个白条纹组成。下面一行的基准周期则为 30 句，但每个条带簇由 4 ~ 7 个连续或密集出现的白条纹组成。从条纹整体看来，似乎没有显著区别，但从右侧的谱线图可以看到，第二行的节奏谱在低频区具有更多的分布，正和我们的预期一致。这表明叙事节奏谱确实可以揭示出叙事条纹中的节奏信息，即使一些看上去极为相似的叙事条纹，其隐藏的节拍也可能具有显著的区别。

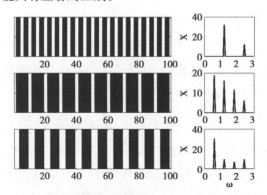

图 3 傅里叶变换后的叙事节奏谱示例

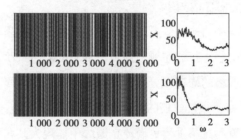

图 4 复杂叙事分布下的连续谱示例

我们对图 2 所示的四部科幻小说的叙事条带进行了离散傅里叶变换，得到了它们的叙事节奏谱，如图 5 所示。从完整的谱线来看，它们的形状都很接近：在极低频处出现峰值之后，都呈现出从低频到高频的类幂指数下降曲线。我们用幂函数对其进行拟合，拟合出的函数参数如表 3 所示。

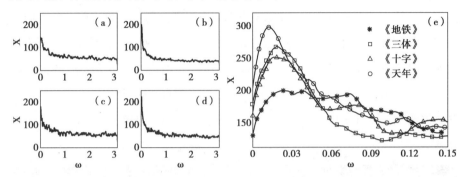

图 5　四部长篇科幻小说的叙事节奏谱

图（a）、（b）、（c）、（d）对应的小说同图 2。图（e）是对低频范围谱线的放大比较

表 3　对叙事节奏谱的幂函数拟合结果

小说名称	a	b	R-square
地铁	86.9	0.245 9	0.915
三体 1	66.96	0.311 6	0.900 3
十字	94.62	0.219 7	0.867 1
天年	83.84	0.274 7	0.93

我们更关注的是在低频处的谱线，因为它反映了叙事条纹在整体上的节奏，而且不容易像高频处的谱线那样受到无序信号的干扰。我们把四个谱线的角频率小于 0.15 的部分放到一起进行比较，如图 5（e）所示。虽然在连续谱中无法分辨基频频率的位置，但在频谱图中具有最高数值的尖峰所对应的频率 ω_P 仍然具有类似基频 ω_0 的指标性意义。也就是说，叙事形式转换得越快，ω_P 越大。从图中可以看到，在四部小说里，《天年》的 ω_P 最小，且峰值最大，说明其叙事节奏是这些小说里最慢的。《三体》与《十字》的低频峰在位置和高度上都很接近，表明两部小说具有相似的叙事节奏。而《地铁》的低频峰较为特别，其在 0.02 ~ 0.075 的角频率范围内呈现一个平台状特征，且峰值较小，这说明其叙事形式的转换较快，且没有大篇幅的展示性内容。

四、文类比较

以现实主义为代表的中国当代的主流文学作品与中国的科幻小说，在叙事方式上是否有显著的区别，是一个有趣的问题。从个案分析的角度来阐释，挂一漏万，很难全面地对两种文类进行比较。为了系统地考察这个问题，我们从鲁迅文学奖的获奖作品中选取了全部的35则短篇小说，从中国科幻银河奖的获奖作品中选取了50篇作品（均为短篇小说），作为两个文类的代表。具体的作品名录见表4。之所以选取短篇小说，是因为自1980年以来，中国科幻作品主要的刊发平台为科幻杂志，因此，绝大部分作品均为短篇小说。

表4　分析作品列表

作品时期	鲁迅文学奖选取作品	银河奖选取作品
1. 1986—1996（鲁奖第1届，银河奖1—8届）	老屋小记，雾月牛栏，镇长之死，赵一曼女士，哺乳期的女人，心比身先老	失踪的航线，白痴，难圆玫瑰梦，天道，在时间的铅幕后面，太空修道院，光恋，戴茜救我，无际禅师之谜，亚当回归，朝圣，平行，泪洒鄱阳湖，没有答案的航程，生命之歌，火星尘暴，决斗在网络
2. 1997—2003（鲁奖2—3届，银河奖9—15届）	鞋，吹牛，厨房，清水里的刀子，清水洗尘，上边，发廊情话，驮水的日子，大老郑的女人	桦树的眼睛，七重外壳，谁是亚当，MUD—黑客事件，豹，高塔下的小镇，带上她的眼睛，伊俄卡斯达，异域，爱别离，橱窗里的荷兰赌徒，流浪地球，大角快跑，朝闻道，六道众生，水星播种，地球大炮，寄生之魔
3. 2004—2009（鲁奖4—5届，银河奖16—21届）	城乡简史，吉祥如意，白水青菜，将军的部队，明惠的圣诞，伴宴，老弟的盛宴，放生羊，茨菰，海军往事	冰上海，镜子，潜入贵阳，寂静之城，卡门，赡养人类，天堂里没有地下铁，废楼十三层，昆仑，终极爆炸，永不消失的电波，祖母家的夏天，虫巢，湿婆之舞，绿岸山庄，十亿年后的来客，时空追缉
4. 2010—2017（鲁奖6—7届，银河奖22—29届）	俄罗斯陆军腰带，如果大雪封门，香炉山，我的帐篷里有平安，良宵，父亲的后视镜，1987年的浆水和酸菜，俗世奇人，出警，七层宝塔	百鬼夜行街，笼中乌鸦，人生不相见，以太，症候，犹在镜中，收割童年，卡文迪许陷阱，大饥之年，太阳坠落之时，莫比乌斯时空，铁月亮，闪耀，画骨，云鲸记，在冥王星上我们坐下来观看，第九站的诗人

在得到所有作品的叙事节奏谱后，我们从中提取了两个特征量进行比较。其一是最大峰值频率 ω_P，它反映了在叙事过程中展示和告知转换的快慢。ω_P 越大，叙事节奏越快。其二是在频谱图中低频部分（0～0.1）的积分在整个频谱图全积分数值中的占比，即：

$$r = \frac{\displaystyle\int_0^{0.1} X(\omega)\,\mathrm{d}\omega}{\displaystyle\int_0^{\pi} X(\omega)\,\mathrm{d}\omega} \tag{2}$$

如前所述，当叙事中的"展示"部分越长，频谱就会越集中地分布到低频区，因此 r 就越大。我们不妨将 r 称为展示度，r 越大，叙事节奏越慢。

我们以 ω_P 为横轴，展示度 r 为纵轴，绘制出所有作品的散点分布，如图 6 所示。可以看到，大部分散点的坐标都分布在（0, 0.04）—（0, 0.08）—（0.2, 0.04）这个三角区域内，不管是科幻小说还是主流文学，说明两种文类在叙事节奏上具有相通之处。

但区别仍然存在：在最大峰值频率为［0.2, 0.9］、展示度为［0.02, 0.04］的区域内，主流文学作品的数量明显多于科幻小说；而在最大峰值频率小于0.1、展示度高于 0.08 的区域内，则几乎都是科幻小说。如图 6 中的两个椭圆所示。这两个独特的分布特征是协调统一的，因为不管是主流文学较高的 ω_P，还是科幻小说较高的展示度 r，都意味着主流文学作品具有较快的叙事节奏。我们根据表 4 划分的 4 个时间分区，计算不同时期两类作品的 ω_P 和 r 的平均值，结果如图 6 的嵌入图所示。可以看到，不管在哪个时期，主流文学的平均最大峰值都大于科幻小说，而后者的平均展示度也都高于前者。

为了分析这种差异背后隐藏的机理，我们选取了四个小说样本进行数据分析与文本细读。在图 6 中，这四部小说及其分别对应的坐标为：（1）《赵一曼女士》，坐标（0.8482, 0.0259）；（2）《高塔下的小镇》，坐标（0.0074, 0.0927）；（3）《茨菰》，坐标（0.7053, 0.0229）；（4）《画骨》，坐标（0.0066, 0.0958）。在图中已用箭头对四个样本进行了标记。可以看到，样本 1、3 位于图 6 右下角，为鲁迅文学奖获奖作品，样本 2、4 则位于图 6 左上角，为银河奖获奖作品。

我们绘制出这四个样本的叙事条纹及其节奏谱线，如图 7 所示。可以看到，在样本 1、3 中，展示和告知两种叙事形式总是频繁地交替出现，让故事得以迅速推进，使得节奏谱线的峰值出现得较晚；而在样本2、4中，则出现了100到200句的大篇幅的展示性内容，拖慢了叙事的节奏，让最大峰值出现在了极低频区间，并造成频谱大量集中分布在低频范围内。

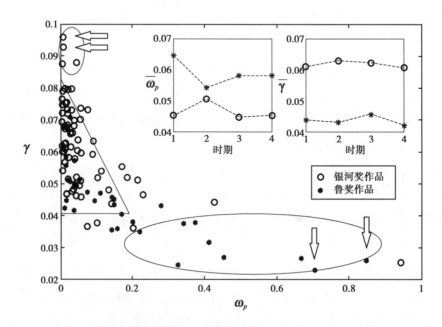

图6　选定作品的分布图

嵌入的小图为两类小说的 ω_p 和 r 的平均值在不同时期的变化情况。

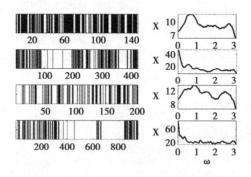

图7　四部小说的叙事条纹及节奏谱

通过文本细读，我们可以发现，样本2中的100句至200句之间，以及样本4中的400句至800句之间的展示性内容，都属于对话描写。如此长篇幅的对话，在主流小说中是不多见的。科幻小说作者为何需要在小说中铺陈如此漫长的对话呢？其原因根植于科幻小说的一个重要特点，那就是世界设定。

在科幻作品的世界背景中，总是有某些在现实世界不存在的要素。它可以是某个虚构的星球，可以是某种幻想的生物，可以是一种设想中的科技成果，也可以是某种奇特的社会结构。这些虚构的要素我们将其称为"设定"。完全没有设定的科幻小说是不存在的，即使在一些偏向现实主义的作品中，也多多少少会出现某些偏离现实状况的点，这正是科幻小说与主流文学作品的重要区别之一。而为了在作品中将设定交代给读者，同时避免"知识硬块"，科幻作家们所采取的一个重要方法就是将其融于对话之中。

例如，在小说《高塔下的小镇》（样本 2）的 100 句至 200 句，是如下内容：

> 刚进果树林子，我就听见了望月的声音，真令人讨厌。就是这个人偷走了我的水晶。他还在撒谎："……我们浪费了多少时间和机会了？三百多年前，大战刚刚结束之时，这颗星球上星散着成千上万的文明残余势力，可现在它们大部分都消失了……"

可以看到，作者借角色之口，说了一段很长的话，实际上是为了对故事的背景设定进行阐释。而在小说《画骨》（样本 4）里，对设定的交代则通过多人之间的对话来进行。这种通过对话来交代设定的方式，比起直接在文中进行叙述更为自然，因此在科幻作品中被大量采用。这正是众多科幻作品具有长篇幅的展示板块，而与主流文学在叙事节奏上产生差异的主要原因。

五、结论

基于短时性动词词典和句子成分分析，本文构建了一种可以区分小说"展示"和"告知"两种叙事形式的算法。在获取到叙事形式的分布条纹图之后，我们借助离散傅里叶变换，从中提取到两个表征叙事节奏的特征量，即最大峰值频率 ω_p 和展示度 r，它们分别反映了叙事形式的转换频率以及叙事中的展示板块的长度。

通过这个算法，我们重点对中国当代科幻小说的叙事形式进行了识别和分析。对王晋康的《十字》、刘慈欣的《三体 1》、何夕的《天年》和韩松的《地铁》这四部长篇科幻小说进行的分析表明，《天年》的最大峰值频率最小，意味着其叙事节奏是最慢的。《三体 1》与《十字》的叙事节奏很接近，而《地铁》

的叙事节奏是其中最快的。此外，我们对当代中国科幻小说与主流文学进行了叙事节奏的比较，结果显示主流文学普遍具有较快的叙事节奏，其原因是在科幻小说中通常具有通过对话进行设定呈现的板块。

本文所构建的叙事节奏分析方法具有较强的普适性，后续还可以应用于推理、言情、武侠等其他小说类型的分析，特别是对于具有超长篇幅的网络小说，是一种快速有效的叙事特征提取的手段。在各文类的比较中不仅可以凸显各自所具有的叙事特质，发现更多文类特有的叙事范式，我们也可以借此构建一个跨文类的智能化的叙事分析系统，对特定小说进行具有针对性的叙事评价，也为传统的叙事分析方法提供一个全新的参考视角。

作者简介

刘洋，物理学博士，科幻作家，南方科技大学人文社科学院教师，主要研究领域为文学计算、创意写作、强关联电子体系等。

深度学习、神经网络等在中国科幻研究中的可行性分析

左 力

一、引言

近几年来，由于政策的支持，以及广大从业者的努力，中国的科幻产业呈现一片蓬勃发展的局面。科幻原创小说、影视剧以及游戏均有了很大的发展。与此同时，针对中国科幻的理论研究和文学评论也有了长足的发展。而且除了针对中国现当代科幻作家及其作品的研究和评论之外。相关的研究对象和内容逐渐呈现出多元化、多维度，多角度的趋势。这些工作包括针对晚清民国时期科幻作品的搜集、挖掘和整理工作，例如清华大学贾立元（飞氘）所著的《"现代"与"未知"：晚清科幻小说研究》[1]、重庆大学李广益等编的《中国科幻文学大系·晚清卷》[2]等。还有摆脱以往西方英语世界的主视角，以一种全新的视角来审视中国和世界其他国家和地区的科幻发展轨迹，以及彼此的交流发展，例如加州大学河滨分校范轶伦所著的《从"第三世界科幻"到"科幻

---

[1] 贾立元：《"现代"与"未知"：晚清科幻小说研究》，北京大学出版社，2021。

[2] 李广益等：《中国科幻文学大系·晚清卷》（创作一二三集，编译一二集），重庆大学出版社，2020。

第三世界"：中国科幻中的拉美想象与拉美启示》[1]等。这些工作从时间和空间上扩展了中国科幻研究的边界和范围，使得中国科幻研究更加立体与丰富。但是在研究方法和视角，以及研究过程中使用的工具和理论上，仍然是传统文学研究的资料整理与分析的做法。

放眼世界范围的学术界，随着近几年深度学习、神经网络等机器学习领域的研究的不断发展与深入，深度学习、神经网络等方法，作为一个强有力的新型工具，正在被越来越多的学科的学者们所采用。在文学研究的相关领域，也有越来越多的研究者们采用这些方法和工具来辅助自己的研究工作，并且取得了用之前的传统方法所无法获得的新的研究成果。本文将在不涉及具体技术细节和实现方法的情况下，简单介绍几个深度学习、神经网络等方法和工具在文学研究领域的实例。并结合科幻文学理论研究，特别是中国科幻文学理论研究的自身特点，对深度学习、神经网络等方法和工具能够在中国科幻文学理论研究中发挥怎样的作用做一些初步的探讨。

二、深度学习、神经网络在文学研究中的作用

包括深度学习、神经网络在内的机器学习算法是一类从数据中自动分析获得规律，并利用规律对未知数据进行预测的算法。也就是说，从应用的角度来看，这是一种高效处理大量数据，并从中提取有效信息的方法。这就使得它具有极强的应用性，在需要处理大量数据的学科门类中，深度学习、神经网络都有可能发挥作用。这些方法应用在文学理论研究中，产生了被称作"计算文学"（Computational Literary Studies）的新兴研究方向。计算文学的研究方式包括：用以机器学习为主的统计学方法去研究词语模式；运用数据建设和数字信息综合处理作为批评分析的形式；分析文献学和其他元数据、探讨文学趋势；采用机器学习方法界定文学现象、做非计算解释；或者为了文学研究的目的，将数据视觉化和机器学习等方法的含义理论化等。

下面我们将介绍几个计算文学研究的实例，并简单探讨对类似的研究方法

---

[1] 范轶伦：《从"第三世界科幻"到"科幻第三世界"：中国科幻的拉美想象与拉美启示》，《中国现代文学研究丛刊》2021年第8期，第19-38页。

在科幻研究应用中的可能性。

胡贤凤、汪洋和吴强在 2014 年的文章《多重作者检测：对〈红楼梦〉的定量分析》[1]中开发了一种严格的新方法，通过测试所谓的写作风格的时间差来对作者身份进行分析。这一方法结合了作者归属研究的一些最新进展，特别是支持向量机的技术。通过引入相对频率的概念作为特征排名的指标，该方法被证明是非常有效和稳定的。将该方法应用于程高版《红楼梦》，证明了该书前 80 回和最后 40 回是由两个不同的作者写的。此外，他们的分析意外地对第六十七回也不是曹雪芹的作品这一假设提供了强有力的支持。在文章中，他们还对其他三部中文古典小说测试了他们的方法。正如预期的那样，没有发现任何时间上的划分。这进一步证明了该方法的稳定性。

而随着近几年国内科幻学者对晚清和民国科幻研究的深入，越来越多晚清、民国时期的科幻作品得以发掘整理。但是由于时间久远，以及当时的创作风气等原因，很多这一时期作品的作者的身份确认是一件很困难的事情。如果我们能够采取类似的方法，通过机器学习的方式来系统性分析这一时期的作品风格等信息，也许就能够确认很多作品的作者身份。进而对这一时期的整体科幻创作环境有一些新的理解。

M. 乌利奥特和 A. J. 布拉德利在数字人文 2020（Digital Humanities）的会议文章《用于文学批评的机器学习：分析形式、流派和比喻性语言》[2]中，使用循环神经网络（recurrent neural network，RNN）对十四行诗进行了分类。十四行诗之前的标准分类方法，是按照押韵模式分为彼特拉克式十四行诗（也称意大利十四行诗）和莎士比亚式十四行诗（也称伊丽莎白式十四行诗）。而在这篇文章中，他们建立了一个计算模型，从修辞，或者说从构成形式和体裁的词汇选择开始，并纳入了其他四个维度：声音、押韵、标点和排比。这个模型能够对任何文本的形式和通用的相似性进行评分，为其"十四行诗性"打分。他们的目标是找到那些具有十四行诗一般特征的诗歌，而不是像彼特拉克式或

---

[1] Xianfeng Hu & Yang Wang & Qiang Wu, "Multiple Authors Detection: A Quantitative Analysis of Dream of the Red Chamber", *Advances in Adaptive Data Analysis*, No.4（2019）, p.18.

[2] Ullyot M andBradley A J, "Machine Learning for Literary Criticism: Analyzing Forms, Genres, and Figurative Language", DH. 2020.

莎士比亚式韵律的形式标准。而他们想要解决的核心问题是：十四行诗，不管是单独的还是作为一个类别，在多大程度上被正式或一般地定义。

对于科幻小说来说，分类也一直是一件很重要的事情。一般的科幻小说分类，或者简单地分为"软科幻"和"硬科幻"。或者按照涉及的科幻元素分为"赛博朋克""架空历史""太空歌剧"等子类型。但是，这种分类方式，更像是生物学分类当中的形态学分类方式。它更多的是一种通过对现象的观察，归纳得出的经验性的结论。这种分类方式，一方面的问题是比较浅层。另外一方面，这种分类方式也很难从作者创作的角度去揭示一部科幻小说是如何产生的。因为除了少数专攻一个或者几个题材的科幻作家之外。大多数科幻作家在创作时涉及的题材和类型都是多样化的。

因此，或许我们可以采取类似的方式，建立一个适用于科幻小说的模型。以设定、人物、小说的结构等元素，以及这些元素相互结合的方式为维度，得出一个能够反映科幻小说创作过程的分类方式。

如果能够做到这一点的话，这将是一个不亚于从形态分类学到分子分类学的巨大跨越。

雷纳托·法布里和路易斯·费雷拉在 2017 年的文章《协助文学批评的简单文本分析模型：关于詹姆斯 - 乔伊斯与莎士比亚和圣经的比较方法和实例》[1]中，介绍了一种使用文本分析进行文学分析的简单和通用模型。该方法将最初的文本分离成以下集合：句子、标记、停顿词、已知词（不是停顿词）、标点符号、不是停顿词或标点符号的标记、每个已知词的词网[2]。然后对每一个集合中的元素进行量化，并且采用统计学的工具分析两个主要指标：标记和句子的大小，以及词网系统特征。然后，这些指标被用于主成分分析，将待分析的文本与被视为参考文献的莎士比亚和《圣经》对照观察。作为应用实例，他们在文中使用该模型分析了 20 世纪最重要的作家之詹姆斯·乔伊斯的部分作品。

---

［1］ Renato Fabbri & Luis Henrique Garcia, "*A Simple Text Analytics Model To Assist Literary Criticism: comparative approach and example on James Joyce against Shakespeare and the Bible*", Revista Mundi Engenharia, Tecnologia e Gestão, 2018, 91-3-91-13.

［2］ Roberto Poli & Michael Healy & Achilles Kameas, *Theory and applications of ontology: computer applications*（Berlin and Heidelberg: Springer）, pp. 231-243.

这种做法显然是可以应用于科幻文学的研究当中的。但是，真正的难点在于，寻找到像《圣经》或者莎士比亚作品这样的经典对照作品。以及更为关键的是我们能够通过这样的分析得出什么有意义的结论。

马赫迪·穆赫辛尼、沃尔克·加斯特和克里斯托弗·瑞迪斯在 2020 年的文章《经典、非经典和非文学文本中全局结构的比较性计算分析》[1]中，研究了文学和非文学文本的整体属性，在文学文本中，对经典和非经典作品进行了区分。该研究的核心假设是，三种文本类型（非文学、经典文学和非经典文学）在结构设计特征方面表现出系统性的差异，是读者审美反应的相关因素。为了研究这些差异，他们编制了一个包含这三类文本的语料库，即耶拿文本美学语料库。在文章中，他们对全局结构的两个方面进行了调查，即变异性和自相似（分形）模式，这反映了文本的长程相关性。他们使用四种类型的基本观察，（i）每句的 POS- 标签频率，（ii）句子长度，（iii）文本块中的词汇多样性，以及（iv）文本块中的话题概率分布。这些基本观察结果被分为两个更一般的类别：（a）低级属性（i）和（ii），它们在句子层面观察到（语言解码），和（b）高级属性（iii）和（iv），它们在文本层面观察到（理解）。基本的观察结果被转化为时间序列,这些时间序列要经过多分形去势波动分析(MFDFA)。他们的结果表明，对于所分析的三种文本类型，文本的低层次属性比高层次属性具有更好的鉴别能力。经典文学文本与非经典文学文本的区别主要体现在变化性方面，经典文学文本往往具有更高的变化性。分形特征、即文本的自相似性，似乎是文本的一个普遍特征，在非文学文本中比在文学文本中更明显。除了研究的具体结果，他们还试图为文本美学的实验研究开辟新的视角。

对于国内的科幻作品创作来说，实际上是可以划分为几个不同的时期的。而每个时期的创作理念和整体的创作氛围也是完全不同的。所以，也许我们可以采取类似的方式，通过对不同时期的科幻作品的具体量化分析，找出各自时期的科幻作品的一些新的特征，为进一步的研究提供一些新的视角。

以上这些例子只是近几年出现的，使用包括深度学习、神经网络在内的机

［1］ Mahdi Mohseni & Volker Gast & Christoph Redies, "*Comparative Computational Analysis of Global Structure in Canonical, Non-Canonical and Non-Literary Texts*", 2020.

器学习算法进行文学研究的一小部分实例。它们说明了这些方法，能够带给文学研究以新的工具和方法，并且提供新的视角和想法，从而得出之前使用传统的文学研究方法所无法取得的结果。而且这些方法又反过头来扩展了文学研究的边界和维度，带给了文学研究新的活力。

三、深度学习、神经网络在科幻文学研究中的作用的探讨

科幻文学是一个特定的文学类别，因此，上述这些文学研究的方法和工具，自然地也可以应用在科幻文学的理论研究当中。与此同时，科幻文学研究，特别是中国的科幻文学研究，应当能够体现出科幻文学的特殊性，以及中国的科幻文学有别于欧美和世界其他国家和地区的科幻文学的特点。

中国的科幻研究，在使用这些计算方法上是有着独特的优势的。一方面，由于中国的科幻研究刚刚起步，研究者大多都是青年学者。这使得中国的科幻研究，相较于西方没有那么深厚的根基与传统，但是也使得中国的科幻研究少了很多的负担，能够更加易于接受新的方法和工具。另外一方面，科幻研究者们，虽然很多都是文科背景，但是科幻文学本身的"科学"属性，使得他们相较于传统的文学研究者，能够更加易于接受算法、人工智能等这些方法和工具。

可以看到的是，目前国内的科幻研究者当中，已经有人开始尝试使用机器学习算法来进行科幻文学的相关研究工作。例如南方科技大学人文科学中心的刘洋在《对科幻小说叙事形式的识别与分析》[1]一文中，就采取了这些方法。在该工作中，他构建一种基于词典和句子成分分析的算法，通过算法得到叙事条纹图后，借助离散傅里叶变换，得到作品的叙事节奏谱，并从中提取到两种表征文本叙事节奏的特征量：最大峰值频率与展示度。并使用这一方法对当代中国四部代表性长篇科幻小说，王晋康的《十字》、刘慈欣的《三体1》、韩松的《地铁》以及何夕的《天年》进行了叙事节奏分析。分析结果表明，何夕的《天年》具有最小的峰值频率，意味着其叙事节奏较慢，而韩松的《地铁》则是其中叙事节奏最快的。此外，对科幻小说与主流文学进行文类比较，结果

---

[1]　刘洋：《对科幻小说叙事形式的识别与分析》，《数字人文》2020年第4期，第102-114页。

显示科幻小说往往具有较慢的叙事节奏，其原因是文中普遍具有通过对话进行设定呈现的板块。

这一成功的研究实例表明，深度学习、神经网络等方法，是完全可以应用在中国科幻研究的中，而且可以取得有价值的研究结果的。因此，可以期待在将来看到更多，具有中国特色的，原创性的使用算法工具来进行的，关于中国科幻的研究工作。

但是，在本文最后，需要指出的是，在使用深度学习、神经网络等方法进行科幻研究的时候，有一些问题是需要注意的。

正如马克思的名言所说的："批判的武器不能代替武器的批判。"在科幻研究的过程中，深度学习、神经网络等方法，是强有力的辅助工具，能够帮助研究者更加高效且深刻地处理研究对象的信息，发现隐藏在复杂文中对象中的规律和现象。但是这些方法并不能够决定研究者要去研究什么。有价值的科幻研究，需要研究者依靠自己的研究品位和眼光，来找到有意义的研究问题，再去使用这些工具，来开展自己的研究工作，获得有效的研究成果。而不是成为"工具的奴隶"，为了使用算法模型而使用算法模型，为了跑数据而跑数据，只是套用一些算法和模型，对各种数据文本进行机械性的处理，从而得出一些似是而非，没有实际意义的所谓"结果"。除此之外，也要避免为了得到想要的预设结果，对于使用的算法和模型进行过多的干预，为了结果而结果。毕竟，通过修改、调整模型的参数，就可以得到任何想要的结果。就像冯诺依曼所说的："用四个参数我可以拟合出一头大象，用五个参数我可以让它的鼻子摆动。（With four parameters I can fit an elephant, and with five I can make him wiggle his trunk.）"

另外，需要注意的是，现阶段针对文学研究所开发的大多数的模型和算法，都是基于英语等西方语言的，训练它们所采取的数据库也都是西方的文献数据库。这些模型和算法，是否适用于中文环境下的科幻研究，是需要加以判断的。而开发这些模型和算法的研究目的，是否贴合现今的中国科幻研究的目标，也是需要加以判断的。要解决这些问题，最好的办法当然是由中国的科幻研究者与人工智能算法相关领域的从业者合作，搭建中文科幻的文本数据库，开发和训练出适合中国科幻研究的算法和模型。

　　而这就引发了另外一个问题。现在中文的科幻文本，在总体数量上还不算太多，而且类型、写法上也不算特别丰富。这就导致可以用来进行算法和模型的训练的数据量不算特别大。而使用深度学习、神经网络等机器学习的算法和模型的前提，就是有足够大的数据库来训练模型。数据量的不足，很容易导致训练过程中出现"过拟合"之类的问题，使得训练出的模型达不到研究所需的作用。这也是在使用这些方法进行科幻研究时需要注意，并设法加以避免的。

　　综上，深度学习、神经网络等方法，是一个高效而强力的工具。合理而有效地使用这些工具，能够对中国现今的科幻研究产生很大的作用。有理由相信，随着更多中国科幻研究者对这些方法和工具的熟悉和掌握，未来的中国科幻研究将会呈现更多的可能性，取得更多开创性的研究成果，研究的广度和深度变得更加丰富而深刻。

作者

　　左力，科幻科普双栖作家、翻译、评论家，《南方周末》特约撰稿人，曾获第四届世界华人科普奖银奖。南开大学基础数学专业博士，研究方向包含但不限于"三体问题"。作品散见于《西部》《文艺报》《南方周末》《新科幻》《银河边缘》等。

德国科幻《大都会》中的
女性机器人形象解析

程　林

弗里茨·朗执导的《大都会》是史上首部有影响力的长篇科幻电影，也是机器人形象在荧幕上的首秀。它改编自朗的妻子、德国科幻作家蒂娅·冯·哈珀 1926 年发表的同名小说。电影完整版曾长期遗失，2008 年才被发现，2010年得以重映。《大都会》塑造了一个撕裂的未来世界：在地上世界，科技发达、高楼林立、生活奢华；在地下城，劳苦大众是提线木偶和行走皮囊，"用自己的骨髓润滑机器的关节、用自己的血肉喂食机器"。大都会统治者弗里德森向"科学狂人"洛特旺求助，以破坏工人们的信念，但后者利用机器人将大都会引向混乱。弗里德森的儿子弗雷德与"圣女"玛莉亚合作，最终促成两个世界和解。虽然改造后的机器人也叫玛莉亚，但为区分两者，鉴于它原名赫尔，本文将其称为"赫尔－玛莉亚"。国内学界虽对《大都会》有过零星讨论，但专事讨论机器人形象的研究尚未出现；国外学界对《大都会》的技术话题已有较多讨论，在此范畴下，机器人形象也得以考察，但基于机器人亚类概念，结合机器人叙事母题史并专从机器人视角进行阐释的研究还大有空间。本文依据《大都会》2010 年的德语复原版，同时结合剧本小说，从赫尔－玛莉亚作为机器人的概念、定性和来源出发，阐释它在产生、转生、影响、毁灭过程中的内涵以及性别—技术特征，进而为其在西方机器人叙事史中找准定位。

一、概念与定性：机器人与类人机器人传统

成为技术现实前，机器人及其概念就已是复杂的语言和文化现象。文艺作品中的机器人形象丰富多样，具有不同的类别和词源。在《大都会》中，赫尔－玛莉亚就不能以当今惯用的"robot"一词以蔽之。类似于机器人这样具有久远传统而本身又复杂的文化现象，不理解它作为"机器人"的具体内涵，就难以精确阐释具体的机器人角色。"robot"概念出现在捷克剧作《罗素姆万能机器人》（以下简称《万能机器人》）中，在原文中特指"人造人"和"人造奴"[1]，剧中机器人成为当代机器人叙事中反叛奴仆的典型代表。"robot"概念现虽已普及，但这类机器人只是一种科幻机器人亚类。

在《万能机器人》前，多种早期机器人形象和概念已出现。在古希腊时期，荷马史诗《伊利亚特》和史诗《阿尔戈英雄纪》已分别塑造了"黄金少女"和"青铜巨人"两个早期类人机器人形象，但无统一的概念。在中世纪，西方多次出现了"说话头颅"（Sprechender Kopf）的传说。而达·芬奇则被认为在1495年设计了机械骑士（automa cavaliere）。在欧洲，15—19世纪是"人体机械论"[2]和人体与机械类比盛行的时代。此时德、法和英语文本中，早期机器人多以同源自古希腊语的"Automat""automate"和"automaton"形式出现，它并非意指自动售货机，而是人形自动机器或仿人自动机。"Androide"和"androis"（类人机器人）概念在17世纪的法、英文献中就已出现，它在古希腊语意为"与（男）人相像的"，并作为利尔－亚当小说《未来夏娃》中的"Andréide"（"爱迪生"造的机器人）开始为文化界熟知。在19世纪中期的英美文学中，还有"蒸汽人"（steam man）和"电子人"（electric man）等颇具蒸汽和电气时代色彩的说法。除了《万能机器人》和《大都会》中的核心概念，1920年代至少还有三种说法：意大利语默片《机械人》中出现了"机械人"（l'uomo meccanico）；受《万能机器人》启发，日本科学家西村真琴1928年制造出了机械机器人，并称其为"学

---

[1] 林歆：《机器人的诞生与人的神化——纪念〈罗素姆万能机器人〉和"机器人"概念诞生100周年》，《科普创作》2020年第3期，第27页。

[2] 程林：《奴仆、镜像与它者：西方早期类人机器人想象》，《文艺争鸣》2020年第7期，第107-109页。

天则"，即"学习自然法则"，因为他认为奴仆式的人造人以及人与人造人之间的争斗违背自然规律，拒绝将其称为"robot"[1]；还有日本译者将恰佩克的《万能机器人》译为《人造人間》（即《人造人》）。[2]

在《大都会》剧本出现前，《万能机器人》就已在亚琛、柏林和维也纳等德语区城市上演。很难想象科幻作家哈珀和科幻爱好者朗对剧中的机器人形象及概念毫不知情。尽管已难以考证两人是否有意为之，但事实是他们均未使用"Roboter"（即 robot 的德语变体），而是分别使用了写法稍有差异但意义相同的概念："Maschinenmensch"和"Maschinen-Mensch"（以下采用后者）。因赫尔-玛莉亚是女性，在德语文献中又常被称为"Maschinenfrau"，即机器女，实为女机器人。"Maschinen-Mensch"是德语复合词，限定词或曰修饰词是"机器"，基础词是"人"，它的语法本质应是"人"，即"机器式的人"，但它实为"人式的机器"，这意味着"Maschinen-Mensch"仍是浪漫式表达，只有在奇幻或科幻文学中，它是否是人或具有人的地位才成为话题。但有一点毋庸置疑：它有从德语概念中与生俱来的类人属性。在德语文化中，除了"Maschinen-Mensch"和"Automat"，还有以下表达值得关注：1769 年，肯佩伦的下棋自动机被拟人化地称为"Schachtürke"（下象棋的土耳其人）；德国作家让·保尔在 18 世纪后期作品《"机器人"及其特征》中将这种仿人自动机称为"Maschinen-Mann"（Maschinenmann），由"机器"和"男人"复合而成。这类概念完全符合时代精神，原因如下：仿人，是当时这类自动机在宫廷与社会中的唯一卖点、机械技师的唯一追求和技艺评判的最高标准，也是后来德国浪漫派作家们对其感兴趣的唯一重要原因，不管它们模仿的是人的外观、动作、声音、功能还是"智能"，不管它们是对人整体还是部分的模仿。"Maschinen-Mensch"与"Maschinen-Mann"均可字面翻译为"机器人"。

除了在当今日常语境中已渐失类人属性的"automaton"，以上表达中"人"的因素都很明显，部分表达显然比"robot"更贴近中文"机器人"的字面之意。

[1] Yulia Frumer, "The short, strange life of the first friendly robot: Japan's Gakutensoku was a giant pneumatic automaton that toured through Asia-until it mysteriously disappeared", *IEEE Spectrum*, No.6（Jun.2020）, pp. 42-48.

[2] 感谢江晖、王瑜、吴湜珏珊、尚冰、黄亚菲、杜寅寅、周卓靖等同仁在日、法、希、英、意等外语词源和文献方面对本文的支持。

这种仿人自动机或"机器人"虽无当代机器人的电子和程序驱动，但能通过机械装置完成特定动作，堪称机器人雏形[1]。从中可见，虽然在古希腊和中世纪神话和传说中也存在机器奴仆想象[2]，但"奴仆—反叛"模式并非西方早期机器人想象的主流，直到19世纪末才有了比尔斯小说《莫克森的主人》作为明显案例。虽然"robot"中文译法（机器人）的不准确性已积重难返，但以上各种早期类人机器人实际上与当今的机器人讨论密切相关，在当今机器人日常叙事时代愈发重要。在"robot"之外，"android""gynoid"（android的女性版）、"Maschinenmensch"等概念仍在使用，而相关的新概念也不断涌现，例如机器人工程学使用的"humanoid"（人形机器人）、机器人工程师石黑浩创造的新词"geminoid"（双胞胎或双子机器人），以及石黑一雄在《克拉拉与太阳》中使用的"artificial friend"（人工朋友）。这些类人机器以及工业机器手臂在中文中都被称为机器人。可见，中文"机器人"概念实际上涵盖了多种西文子概念和机器人亚类。谈论机器人之前，应首先厘清概念和类型，因为不同类型或会导向不同的阐释空间。

朗使用的"Maschinen-Mensch"概念不仅与西方早期机器人想象，特别是19世纪的女性类人机器人想象联系紧密，在字面上也明确彰显着类人属性，而非奴仆—反叛属性（地下世界的劳苦大众与之更接近），因为赫尔-玛莉亚是在人机边际模糊情况下扮演人之角色的类人机器人，即一种技术的女性拟人化显影。在小说中，大资本家弗里德森设想用"Maschinenmensch"（亦即他眼中"改善的人"[3]）代替人来劳作，这种具有当代特色的机器人功能想象出现在大都会里并不意外；但洛特旺实际造出的机器人获名"Futura"（未来）或"Parodie"（复制），显然不是学者鲁珀特眼中的"工业机器人"[4]。洛特旺在小说中称其为"新人类"[5]，在电影中称它"未来人"，但它也明显有早期类人机

[1]　程林：《奴仆、镜像与它者：西方早期机器人想象》，第107页。

[2]　同上，第108页。

[3]　Thea von Harbou, *Metropolis*（Frankfurt/M-Berlin-Wien: Ullstein, 1984），p.43, p.79, p.77.

[4]　Peter Ruppert, "Technology and the Construction of Gender in Fritz Lang's *Metropolis*", *Genders*, No.32（2000），p.7.

[5]　Thea von Harbou, *Metropolis*, p.79.

器人特色。可见，不管是在小说还是电影中，真正具有阐释空间的是赫尔－玛莉亚的类人属性、功能，以及它与 19 世纪女性机器人形象的承转和在西方机器人叙事中的位置。

二、机器人的产生与转生：情爱补偿与欲望过载

机器人"产生"在与地上大都会格格不入的鬼屋里，一个游离于地上治理系统之外又能联通两个世界的角落。洛特旺一方面有古代巫师和炼金术师气质，另一方面也通晓电力等现代科技，是传统巫术与现代科技、浮士德与爱迪生的结合。他用制造机器人的方式弥补失去爱人赫尔的痛苦，这在西方文化中并非孤例，因为"用人偶或机器人的方式让失去之人的身体重新在场是一种古老传统"[1]。此时机器人尚无仿人外貌，洛特旺满足于赫尔的这种象征性身体重新在场。它线条优美的金属外壳令人联想到《伊利亚特》中的黄金少女或《星球大战》中的 C-3PO。它的外观富有未来主义美感和金属质感，在默片光影配合下，它的生命表象和"安静式疯狂的表情"[2]又令人感到神秘未知和恐惑不安。在产生阶段，机器人由男性科学家的欲望孕育而生，换言之，"或多或少源自男性造物主升华的性冲动"[3]。机器人赫尔是"无母生殖"[4]的结果，科学家洛特旺以一种创造者—造物式的"父爱"补偿着无法真正复归的世俗之恋。

机器人的转生来源于更多欲望的加载。在《未来夏娃》中，爱迪生制造出女性机器人，将其改造成现实女性的升级版，并替代了她在现实中的存在。《大都会》将类似造人想象投影到了银幕上。弗里德森要求洛特旺将机器人改造成圣女玛莉亚的外貌，以挑拨后者和工人们的关系。洛特旺表面上同意，实际上

---

[1]　程林：《"皮格马利翁情结"与人机之恋》，《浙江学刊》2019 年第 4 期，第 25 页。

[2]　Thea von Harbou, *Metropolis*, p.77.

[3]　Andreas Huyssen, "The Vamp and the Machine: Technology and Sexuality in Fritz Lang's Metropolis", *New German Critique*, No.24/25（1981），pp.226-227.

[4]　Andreas Huyssen, "The Vamp and the Machine: Technology and Sexuality in Fritz Langs Metropolis", p. 226.

想摧毁弗里德森及其大都会，以报情场失意之仇。洛特旺结合指向古代"科学"的燃烧瓶（浮士德等古人的工具）以及呈现当时科技的电力（《未来夏娃》中爱迪生的专利），使赫尔-玛莉亚完成了从机器人到玛莉亚、从金属机械到生物有机的转变。虽然这个过程在当今都缺乏科学依据甚至理论可能性，但大致展现了一种巫术、电力和生化技术结合的造人想象。赤裸玛莉亚躺在玻璃棺中任由洛特旺的仪器摆布，并最终晕厥，赫尔则等待他赋予重生，这等于将解构与重构女性身体的男性欲望直译成了电影画面。洛特旺向弗里德森保证，"她是一个男人所能拥有的最完美和最温顺的工具……如果哪怕一人发现她是机器，我就承认自己是个一事无成的蹩脚汉"。在转生阶段，机器人完成了仿人再生，达到了人机莫辨的程度，获得了搅乱人世的潜能。作为神秘巫术与现代科技的结晶，赫尔-玛莉亚在情爱替代功能的基础上产生，并杂糅了弗里德森和洛特旺的邪念与仇恨后转生，在具备了对个体和社会产生影响潜质的同时，因为多重欲望过载，它在西方宗教伦理语境下的结局已可预见。

三、机器妖姬的影响与毁灭

在赫尔-玛莉亚出场前，地上和地下这种二元对立的世界虽暗流涌动，但也井然有序，是相对稳固的社会系统。除了两个世界，大都会还有机器人与人的二元比照。其一，赫尔-玛莉亚起初替代的是洛特旺和弗里德森共同的爱人"Hel"（赫尔），它令人联想到"Helena"，即"女性完美性的古代象征"[1]；其二，作为圣女玛莉亚的对立面，它是危险的性的化身和男性凝视的对象，蛊惑了上流社会的男青年，是当时典型的蛇蝎美女(femme fatale 或 vamp)，或曰"机械妖姬"，乃至"身负七宗罪"。它具有玛莉亚完全不具备或完全抑制住的性冲动和性威胁，这种角色设定看似突兀，但它实际上可能是洛特旺、弗里德森等男性过度欲望与机器人无限可塑性结合的结果。在地下城，赫尔-玛莉亚极

---

[1] Leslie Brückner, "Die unheimliche Faszination der, lebendigen Figur'. Maschinenfrauen bei E.T.A. Hoffmann und Fritz Lang", *Hybridisierungen, Hybridations*（eds. Helga Meise）, Reims: EPURE, 2017, p. 210.

尽挑拨之能事，将工人们变成"卢德式反叛分子"[1]，引发了大都会的混乱。在地上乐园狂放不羁、在地下城蛊惑人心的赫尔 - 玛莉亚代表了技术所具有的诱惑力和暗黑能量。鉴于西方技术批判传统以及同时代的类似作品，观众或许直到故事结尾都有技术批判的期待，但结局却非如此。机器人起初是大都会机器般治理系统的破坏者和颠覆者，但最终为统治与工人阶级和解提供了的契机。赫尔 – 玛莉亚同时对个人命运和社会秩序产生影响，也同时引发了原有秩序的颠覆与重构。如鲁珀特所言，赫尔 - 玛莉亚不仅是"混乱的先兆"，也"可能引发根本性社会变革"[2]，尽管这种社会变革并不彻底。特别是与电影开端对工人异化和技术吞噬现象的精彩呈现相比，它调和式的结局更显平庸。当时左翼团体批评电影尽管以挑衅性的画面展现了工业化和1920年代的社会问题，但调和式的情节并未提供深入讨论，遑论解决方案[3]。学者许森试图将这种平庸结局合理化，即认为《大都会》实际上融合了表现主义与新客观派（Neue Sachlichkeit）两种相反的技术观：对技术的恐惧是德国表现主义式的；最终地上和地下世界走向和解，转向了德国新客观派相信技术进步的观念[4]。

在赫尔 – 玛莉亚的毁灭阶段，它如女巫般被绑在火刑柱上，在大火中像撒旦般狂笑，并最终回归机器原型。在许森看来，在此消解的不仅是女"性"的威胁，也有技术的危害性和表现主义对现代技术的恐惧[5]。洛特旺在搏斗中丧生，但直接原因是要寻回机器人，根本原因是他欲望的过载。西方机器人故事往往有悲剧性结尾或与破坏性影响结合起来，《沙人》中的仿人自动机被拉扯成碎片、主人公在疯癫中自杀，《未来夏娃》中的完美机器人则葬身海难——这种机器人叙事的惯性悲剧结局的文化根源是基督教伦理。上帝并未赋予世俗人制造同类的权利，但在西方现实和奇幻、科幻作品中，炼金术师、机械工匠和"科

[1] Peter Ruppert, "Technology and the Construction of Gender in Fritz Lang's Metropolis", *Genders*, No.32（2000），p.7.

[2] 同上。

[3] Holger Bachmann, "Introduction I: The Production and Contemporary Reception of Metropolis", *Fritz Lang's Metropolis: Cinematic Views of Technology and Fear*（eds）. Michael Minden, Holger Bachmann（NY: Camden House, 2000），pp.27-29.

[4] Andreas Huyssen, "The Vamp and the Machine: Technology and Sexuality in Fritz Langs *Metropolis*", *New German Critique*, No.24/25（1981），p.236.

[5] 同上。

学狂人"等世俗人在制造替身、奴仆或（女性）同伴的路上少有止步，而篡改上帝造人图纸的过度企图意味着机器人"生"而有"原罪"。日本作家川端康成的短文《人造人礼赞》是对《大都会》的直接回应，他写道："为什么诗人们要让人造人向人类报仇呢？在这里面，潜藏着敬畏上帝的人的真心。"[1] 波兰科幻作家、哲人莱姆也认为："在我们这个文化圈里，人造人被视为亵渎上帝。创生行为应由人自身不断地重复。人造人因此是一种戏仿，是人想要与上帝平起平坐的尝试。按照我们的教义，这种鲁莽行为难以善终。"[2] 洛特旺式的世俗造物主试图取消人与机器人的差别时，也模糊了自己作为人本应与上帝划清的界线。《未来夏娃》中的埃瓦德面对"爱迪生"希望用机器人替代女性的设想时惊叹道：即"在我看来，这似乎是 tenter... Dieu"（il me semlbe que ce serait tenter... Dieu）[3]，——作者通过斜体的 Dieu（上帝）做文字游戏以实现一语双关，因为"tenter... Dieu"既是"冒险"也是"挑战上帝"。但无论是"爱迪生"还是洛特旺，因技术而膨胀的男性科学家均未接收埃瓦德发出的警示信号。在宗教伦理庇护缺席的情况下，科学狂人和造物的毁灭就不难理解了。失去右手，是西方宗教伦理对洛特旺的首次警告，但他装上机械手，意味着压抑和包扎了警示性的伤口，继续僭权造人，以技术来改造自然和伦理秩序的执念（idée fixe）最终导致了他和造物毫不令人意外的共同灭亡。

四、机器人，性别女：性别伦理与技术附体女性

莱姆还认为，荷蒙库鲁斯、泥人哥连等"机器人原型……一般是恶的，至少是令人恐惑不安的。"[4] 的确，赫尔 – 玛莉亚不仅"恶"，还"令人恐惑不安"。它与技术之恶捆绑起来，展现了男性对女性之"性"的恐惧。在从古希腊到启蒙时代的早期机器人想象中，尚无压倒性的"性别：女"的趋势。制造女性机器人或人造人，是一种常见于 1800 年前后德国文学（歌德、让·保尔、霍夫曼、

---

[1] 川端康成：《川端康成全集（卷 26）》，新潮社，1982，第 256 页。

[2] Stanislaw Lem，"Roboter in der Science Fiction"，*Science Fiction: Theorie und Geschichte*（eds. Eike Barmeyer）. München: Fink, 1972, pp. 165-166.

[3] Villiers de L'Isle-Adam, *L'Ève future*（Paris : Gallimard, 1993）, p. 127.

[4] 同注 2，p. 166.

阿尼姆等人作品）和 19 世纪下半叶法国文学（利尔 – 亚当等人作品）中的情节，并一直延续到当代科幻作品中。如小说中的洛特旺所言，"每个男性创造者都首先给自己制造一个女人"[1]，这不仅显露了他对上帝造人模式的质疑，也点出了西方人造人传统的性别主流态势。西方人造人叙事深受奥维德《变形记》中的皮格马利翁故事影响。尽管漫长的西方文化史中也偶现"雕刻"男性的"皮格马利娅"（Pygmalia，即女性版皮格马利翁）[2]，仅在德语文学中就有阿尼姆的《美吕克》和海瑟尔《哑剧》等作品中的例子，但皮格马利翁及其男性后继者显然更常见。借鉴 19 世纪末萌芽的性心理学观点，制造机器人、人偶等人造人以期替代现实中人的现象实际上均属于"皮格马利翁情结"[3]，只是这不仅是性心理学议题，其背后的人性与伦理同样重要。

学者亚当斯认为："所有的机器人小说从根本上讲，都是伦理小说。"[4] 笔者认为，所有机器人叙事，不管是电影还是小说，都同时催人思考伦理和映射人性。传统女性机器人叙事即主要展现男性欲望和性别伦理。在传统机器人以及人造人叙事中，男性对女性身体的鄙弃、雕琢、修饰、控制、解构、修订及重构现象非常常见，大写的男性欲望和小写的女性身体态势非常明显。尽管这种常见于 18 世纪和 19 世纪的文化史现象会面临当代性别伦理的直接责难，但它并未在当代西方机器人叙事中消失，仍有余音，例如《斯戴弗的贤妻》中被改造的机器人妻子、《她》里的萨曼莎、《机械姬》里的艾娃，以及《西部世界》里的德洛莉丝。

学者德鲁克斯将女性机器人叙事构建为"男性幻想—女性身体"模式，即男性通过制造人造女性来完成对女性身体和情爱的完全控制，有时也是规避对

---

[1] Thea von Harbou, *Metropolis*（Frankfurt/M-Berlin-Wien: Ullstein, 1984），pp.78-70.

[2] Lin Cheng, *Das Unheimliche der Puppe in der deutschen Literatur um 1800 und um 1900*（Würzburg: Königshausen & Neumann. 2018），p. 84.

[3] 程林：《"皮格马利翁情结"与人机之恋》，《浙江学刊》2019 年第 4 期，第 21–29 页。

[4] 亚当·罗伯茨：《科幻小说史》，马小悟译，北京大学出版社，2010，第 199 页。

女性的恐惧[1]。在文学和电影想象中，女性机器人的躯壳被填塞了天使或妖姬等不同属性，在《未来夏娃》中，纯洁而完美的安卓机器人能替代现实中危险的女性；而在《大都会》中，机器人自身成了危险的机械妖姬——差异背后的共性是它们折射出的男性欲望及其对女"性"的掌控。许森认为，女性和技术威胁男性的方式及其导致男性焦虑的"ta异性"（otherness）尽管有别，但女性和技术又有同调性，即均"来自男性投射"："就像男性发明和构造技术人工物来为他服务并满足他的欲望，女性也似乎在社会上被男人发明和建构，被期待能反映男性需要并为她的男主人服务……正如技术人工物被认为人类自然能力的类自然延伸（quasi-natural extension）……女性也是男性视角下男性生育能力的天然容器，仅仅是男性生殖能力的身体延伸。"[2]

为何19世纪和20世纪初传统机器人叙事中的知名机器人形象多是女性？例如《沙人》中的奥林匹娅、《未来夏娃》中的哈乐黛，以及《大都会》中的赫尔-玛莉亚。笔者认为，一方面女性机器人是男性"造人欲"、性欲和控制欲的结晶；另一方面它能帮助男性实现对女性的矮化或污名。许森提到的"ta异性"和同调性可能引向女性和技术（机器人）的两种负面关联：

其一是男性对女性的异化、矮化和他者化，即将女性贬低为没有思想、感情或同理心的自动机器，这种利用机器比喻来实现对女性矮化的例子出现在了19世纪女性机器人叙事作品和主流现实主义文学作品中，例如《沙人》男主角纳塔内尔斥责前女友为"没有生命、该受诅咒的仿人自动机"！[3]简·爱则质问罗切斯特说："你以为我是仿人自动机？没有情感的机器？"[4]

[1] Rudolf Drux, "Mannertraume, Frauenkorper, Textmaschinen. Zur Geschichte eines Motivkomplexes", *Textmaschinenkörper. Genderorientierte Lektüren des Androiden*（eds. Eva Kormann et al.），Amsterdam-New York: Rodopi, 2006, p.21.

[2] Andreas Huyssen, "The Vamp and the Machine: Technology and Sexuality in Fritz Langs Metropolis", *New German Critique*, No.24/25（1981），pp.227-228, 226.

[3] E.T.A. Hoffmann, "Der Sandmann", *Nachtstücke. Klein Zaches. Prinzessin Brambilla. Werke 1816—1820*（eds. Hartmut Steinecke），Frankfurt a. M.: Deutscher Klassiker Verlag, 2009, p.32.

[4] Charlotte Brontë, *Jane Eyre（Vol.II）*（Oxford: Shakespeare Head Press, 1931），p.17.

其二是对女性的妖魔化，即让技术之恶附体于妖姬化的女性，赫尔‐玛莉亚即是此类。许森指出，"当机器开始被视为恶魔般的、难以解释的威胁，混乱与毁灭的征兆……作家们就开始把类人机器人（Maschinenmensch）想象成女性"。[1]在解读许森这个论断时，机器人概念再次扮演决定性角色，因为更准确地说，作家们并非将罗素姆的反叛机器或终结者式的杀手机器人（robot）设置成女性，而是在厌女主义男性语境中将赫尔‐玛莉亚这样令人恐惑不安的类人机器人（Maschinenmensch）想象成女性。这种态势在 19 世纪的女性机器人叙事中已显露无疑。在将女"性"之威胁与技术负面影响结合方面，像《大都会》如此直接地来表现女性机器人性诱惑和毁灭力的电影并不多见——这部分由当时表现主义默片的戏剧化表演方式所决定，也与摄影技术和光影效果直接相关。

此外，与之前女性机器人叙事中的人机关系相比，赫尔‐玛莉亚并未仅停留在纳塔内尔和埃瓦德等理想主义男性主人公的幻想和投射中，而是作为秩序颠覆者被赋予了社会性功能。可见，技术负面因素加上女"性"的诱惑和危害，换言之，技术之恶附体到诱惑而又可怕的机器人，赫尔‐玛莉亚的形象与影响才完整：这个技术造物极具女"性"诱惑力，却也令人感到恐惑不安，不仅映射个体男性的欲望，还影响了社会治理系统。《大都会》强在对技术异化和女性机器人形象等方面的精彩呈现，而非正向的伦理劝诫；警惕女性与技术威胁在当代机器人叙事中的惯性嫁接，或许是它能带给当代讨论不多的教诲意义之一。

五、结语

作为女性机器人形象在银幕上的惊艳首秀，赫尔‐玛莉亚在概念、定位及影响等方面都颇具特点。在赫尔阶段，它在默片光影中的独特机器之美影响了后世机器人的审美设定；作为赫尔‐玛莉亚，它淋漓尽致地展现了男性视角中技术与女性危险的结合。作为 1920 年代机器人想象和叙事黄金十年的双子星，《万能机器人》是当代机器人反叛叙事的滥觞，《大都会》则衔接了 19 世纪

---

[1] Andreas Huyssen, "The Vamp and the Machine: Technology and Sexuality in Fritz Langs Metropolis", p. 226.

女性机器人想象展现了早期机器人被想象成女性的惯性。赫尔-玛莉亚虽也带来了负面影响，但它本身并非反叛的机器奴仆；它符合"男性幻想-女性身体"女性机器人想象模式，但其影响并未局限在 19 世纪女性机器人叙事中的男性个人层面；它是技术与女性负面结合的代表，但并非是 19 世纪文学中利用机器比喻对女性的异化或矮化，而是将女性妖魔化，以不容误解的画面糅合了 20 世纪初"西方男性对技术与女'性'的双重恐惧"。

在德国文艺史中，《大都会》是德国机器人主题电影乃至科幻电影"出道即巅峰"的作品，德国此后再也没有产出《大都会》这般有影响力的科幻作品和足以与之相提并论的机器人科幻。《大都会》主要探讨造物主-造物关系以及性别态势等传统人造人话题，并未真正探讨机器人的主体性、独立意识等当代机器人叙事中的重要话题，它对机器人身体诱惑的凸显恰与当今影视中女性机器人的"去身体化倾向"相反。但它呈现了机器人形态和社会属性等问题又有了当代机器人特点。例如，赫尔-玛莉亚具有了明显的社会意义。20 世纪初的机器人形象开始有社会影响，可视为对传统机器人叙事的拓展，在机器人反叛话题中同样如此：《莫克森的主人》叙述了下棋自动机弑杀主人的故事，而《万能机器人》则将这个主题上升到了社会和族类层面。可见，赫尔-玛莉亚在 19 世纪和 20 世纪的机器人叙事中扮演了承转角色，见证了西方机器人想象和叙事从早期到当代、从小说到电影的转型。虽然阿西莫夫的文字还是展现机器人想象的重要舞台，但机器人想象经过《大都会》后显然已开始了图像纪元和大众文化时代。

作者简介

程林，广东外语外贸大学副教授，柏林自由大学文学博士，中国人工智能学会 AI 伦理与治理工委会委员、中国比较文学学会跨学科研究分会常务理事。

第三编

科幻史

科幻到未来文学——
《小松左京》传译后记

孟庆枢

　　缘分，让人亲切，又不可思议。我和小松左京也让我会这样思考。我与小松的缘分从 20 世纪 70 年代末中国高校恢复教学之后开始。科学的春天催生逐梦的理想，百废待兴，于是我迈开译介研究和教授科学幻想文学的步履。20 世纪 80 年代初，我在国内首次选译出版了日本 SF "御三家"之一星新一的超短篇选《保您满意》，又一家出版社让我组织人搞《日本当代优秀科幻小说选》，我从日本要底本，译了小松左京的《结晶星团》，我那时认为小松左京堪比苏联 SF 大师叶菲列莫夫，但翻译完毕书稿却被出版毙掉了，当时教学正紧，无力交涉，只好作罢。这就是我与小松左京的最初之缘，有点苦涩，不过值得写出，毕竟 40 年了。

　　我从 20 世纪 80 年代后期赴日留学，接着又多次访学、讲学，自然看取资料只是自己的时间问题。虽然对小松左京的认识了解还不得要领，但是从这时起心里已经撒下了进一步理解小松的欲求的种子。进入本世纪日本科幻界与我们的交流渐多，在第二个十年发生了双向交流的巨变。在这时点我收集了有关小松左京的各种资料，深度学习之后脑洞大开，觉得要重新研究这位经典作家，于是再次与这位经典作家对话。特别是接受他的自传体文献《SF 魂》的翻译工作，在译介中似乎体悟他的气息、心律，把他的创作与日本现代思想史、文化史及各领域融通在一起，产生非要说点感受的激情。

《SF 魂》开篇即以何为"SF 魂"起篇，小松左京以非常幽默睿智的、带有哲理的叩问让大家关注本书的核心所在，又以 SF 魂到底是什么而结尾，相互呼应，浑然一体，这是我的最突出的感受。围绕这个问题谈些粗浅体会。

一、以科幻反思社会，叩问文学何为

时势造英雄，英雄适时势。这种"适"是应对时代变化需要的创造，是古往今来的硬道理。在某种意义上，人和身外世界犹如钻木取火，迸发的火种是一种合力的结果。对于个人的成长，我们不可简单化、公式化、概念化地去贴标签，而是需要客观忠实地追溯他的人生历程的一些重要节点加以深入思考。小松左京为什么能从一个"没心没肺""乐天喜人"的孩子成为日本战后科幻的领军人物？恐怕在于他从少年时代开始，就形成了一种能够独立思考、有个性、富有想象力、敢于创新的品格。我们研究小松左京成为 SF 大师的历程，既可体会到一种必然性，然而又有许多偶然性交织而成，我们是在新时代来接受小松左京，应该从更高层面来理解一个人的历史，要深耕细作，切忌肤浅简单化。小松左京生于乱世，他深刻地感受到了时代的巨变、战争的残酷、人生的变幻莫测，日本战后国内各种变化，在他面前，大千世界，林林总总，都是变字当头，而且瞬息万变，这在他年少的心灵中留下刻骨铭心的印象，更重要的是，这种"变"，不仅是时代的"变"，而且也是人对人的认识的"变"。

日本战败后，除了生活的残酷，由美军带来的科幻题材的漫画等大众文化的兴起也对小松左京产生了巨大的影响。因此从创作伊始，他就介入多媒体，他不是局限于纸质文本的作家，而是利用多媒体进行数字化文化产业的实践者。小松左京在 60 年代初出道前，从事了各种各样的工作。这对他了解社会人生、体悟文学都打下了很好的基础，他是一个知行一致的人。他参与了大阪世博会、大阪花博会、"日本未来学会"的筹备工作，是个在时代风潮中的弄潮儿，这就促使他的思想追求"日日新"的境界。

由于对战争的厌恶、对和平的需求，小松参加了日共，并广交朋友，这其中有许多人都是各个领域的专家学者。这样在小松身边就聚集了一批各行各业的顶尖级专家，他参与筹备大阪花博会期间，朝日新闻社给他提供到国外采访的机会，后来他到过美国的密西西比河、中国的黄河、苏联的伏尔加河，他书写的《大河文化纪行》，具有很高的艺术和思想价值。他得到非常高明的专家的点拨，这在他人生当中非常难得。小松左京的科幻创作自然水到渠成。同样是日本，不同的地域、不同的学校、不同的背景，结合个人经历，成长小环境还是千差万别的，所以研究小松左京，也要更接近客观地表现他成长为一个科幻作家的这种特殊性。总之，小松左京是日本战后多种文化素养综合培育的，是各种宝贵的书籍与丰富的阅历，共同搭建起了他日后攀上高峰的阶梯。

他病逝于百年未遇的巨变转型期的 2011 年（对于日本来说是标志性时点），技术暴走、否定历史的重压，已经让人们不堪重负。但他仍旧带着含泪的微笑，特别是对年轻一代寄予企盼。正如笠井洁总结说："把'3·11'后的日本视为与'8·15'后的日本不同的又一个战后，即使做出这一新选择，以前少年小松体验过的'天塌地陷式的恐怖'与当下'地震、海啸、核泄漏原子辐射的恐怖'是对应的，对此也是不容忘却的。"[1]即是说从311凸显的是整个日本国家被隐藏综合的灾难，而且他很有见解地指出，从处女作《日本阿帕奇族》开始，实际上写的就是战争，一直到他的后续作品，这是个被这一思想穿起来的大系列。

SF 最核心的是做顶天立地的 SF 人，体现出一种能够独立思考、有个性、富有想象力、敢于创新的品格。他把各方面的锤炼沉淀为自己的"知"与"情"。正是这些共同打造了他这一个"人"。"为什么我们人类产生了？这对宇宙来说，以知性为捕获物的'文学'到底是什么？我对这个问题始终想要知道，到现在一直苦苦思索。"他说，"40 年前，那应该是在 1966 年左右，在未来的思想的基石当中，你是谁？你从哪里来？你到哪里去？这个思考一直非常强劲地萦绕于我的头脑，一直到现在也没有变。""宇宙里除地球之外是否有生命还不得而知，虽然有让人寂寥之感，但至今还未发现实证。那么为什么地球 40 亿年前产生了生命，生命到底是什么？繁殖与遗传基因的机制，在自然当中是如何产生的？进化的结果？人为什么具有了复杂的大脑，乃至有过剩的知性，

---

[1] 笠井洁：《战争与和平——小松左京的两个魂》，《再见，小松左京》（完全读本），德间书店，2011，第 166 页。

成为指向宇宙的生物？"[1]

终极关怀是小松的 SF 魂。他主张不应把文学当作实体概念，而应作为功能概念去看，也就是说，小松左京所思考的，是他创作意识的对人的终极关怀，生命至上，人类至上，对人的不断的全方位的追求。

二、SF 魂与哲学、宗教

哲学是铸就小松左京 SF 魂的重要一环。小松左京从小就拥有哲思，他日后首先是一位思想家、哲人，然后才是一位优秀的 SF 经典作家。哲思对他科幻创作和理论开拓的作用非常重要。在古稀之年，在自己创办的同人杂志《小松左京杂志》[2]中，小松左京和哲学家佐藤胜彦共同回答记者问，主旨是"宇宙与文学"，探讨的核心是 SF 中的哲学理念。佐藤胜彦研究方向是自然辩证法，小松左京对他很是敬佩。佐藤胜彦很直率、生气地认为大学的哲学学科在21 世纪处于衰败中，特别是很多国立大学都把哲学学科取消了，这是浅薄之举。哲学的现状不是一个学科的问题，而是"后哲学时代"的到来和"高科技暴走"的结果。哈贝马斯说：昔日的传统哲学已负荷不了时代所需，进入了一个"泛哲学时代"。[3]其特点是"'后哲学'的'思想'至少可以表明一种姿态，一种指向未来，指向多元文化交往和沟通的姿态。"[4]

我们认真思考亘古以来，东西方哲人所苦苦思考至今仍不得其解的问题是：宇宙的起源、生命的起源和意识的起源。后者最让人困惑，我觉得从康德承继下来，现象学哲人力图突破或偏于主观，或主客对立的模式，将人置于其中，天地人形成动态网络的场域，这就必然向中国道家哲学求援。小松左京是具有这样的思考的。

小松左京在哲学唱衰时认真学习了胡塞尔，他对《纯粹现象学》做过很认真的研究，把它作为枕边书放在抽屉里。在小松左京关注哲学、热心哲学的年

---

[1]　小松左京：《SF 魂》，新潮社，2006，第 174 页。

[2]　小松左京：《小松左京杂志》2001 年第 3 期，第 10-13 页。

[3]　参见曹卫东译：《哈贝马斯后形而上学思想》，译林出版社，2001。

[4]　孙周兴：《后哲学的哲学问题》，商务印书馆，2009，第 344 页。

代，英美实用主义哲学非常走红，但是小松左京还是选择了胡塞尔、海德格尔的现象学，他不太赞同英美实用主义哲学，实用主义基于经验主义，从自己的实利出发，很容易滑到凡是对自己有利的就是正确的邪路。小松左京认为，胡塞尔区分"普通化"有两种方式。一是总体化，即"概括"，如人是使用符号的动物，但是说"红是一种颜色"则是"形式化"。因此，重新看待人类所经历的一切，把现象作为现象来研究，这也是他把历史相对化的一个出发点，即在承认过去的历史史实基础上通过追思来反省，这是一个全人类都应该关注的问题，如果离开了对历史的思考，那么就等于是和人类的元点脱离，离开先祖的血脉，那就使人真正异化。探究自我到底是什么、救赎的问题是当下人们思考的问题，小松左京从作为一个科幻作家开始，就非常关注关于宇宙和文学的关系。随着科技的迅猛发展，数字化时代的到来，人类不仅坚信"眼见为实"，同时已越来越深信更多的看不见的"世界"也是存在的，亟待人们去发现。小松左京认为只有 SF 文学能承担这一任务。因此小松的哲思与作品中人和生命至上的观念是密切相关的，而且使他不改初衷、终生矢志不移。

小松左京在《地球社会学的构想》的后记中认为："最近我颇觉应该把囊括我们的所有问题都归入'地球论的还原'中去，包括政治、经济、社会、教育、福祉、科学技术、历史，还是文化、道德等问题，作为我个人来说应该把艺术和文学也加到里面去……'地球论的还原'这个概念，是我潜心效仿胡塞尔理论后的心得。人类的文明史仅仅数千年，在地球 40 亿年左右的历史中是短暂的一瞬，我们应该把人类文明置于地球历史中思考。"

今天我们要重塑价值观，对过去的教育有所改变，进行新的教育。小松左京无论从哲学、历史、自然科学诸领域，堪称一位博物学者（naturalist），他将自然理性和人文知性融于一身，"在小说家框架内是无法理解小松左京的多面性的。他是日本有学识者，不间断地使用推动日本社会前行的各种媒体进行创作。他也是思想家、社会活动家"。[1]有这样的综合资源，小松左京的科幻创作自然别开生面。当然，最主要的是他把自然科学和人文科学交织融通表现得非常完美。跨越学科的科际融会贯通才是创新的必由之路，培养学生打破

---

[1] 乙部顺子：《追悼小松左京》，河出书房，2011，第 20 页。

文理界限，学理科要有文学素养，学文科也要爱好自然科学，是京都大学的良好传统。因此，小松左京相继提出"地球社会学的构想""机械化人类学"等理念，不是要让人类机械化，而是机械化人类的学问。这之前，还有"汽车生态学""电脑社会学"，以及"电脑社会生态学"等也提出了类似的提案。正是由于这些理论和观念的普及，当今对世界的认识、对人类社会的认识、对地球的认识等模式都发生了巨大的变化。这些应该是整个社会学所不可缺少的了。他指出：在江户时代，由于大众出版开始以后，人们的对社会的认识发生了激变，技术问题进一步进化。而技术的进步，也必然使人类发生过去不曾有的巨大变化。"纵观当今世界，宗教、民族等，对于他们的历史的身份的执着追求，这是现在存在的事实。现今世上众多地域都是如此。但是，如何在这框架内逆向思考，同时又超越这样的方法，我们是必须做的。既要有各自的身份，同时能够一起跨越，对此来支撑学问的范式。"[1]这里有坚持多元、和而不同的见解。对于这些哲学宗教问题是时代提出的，他大胆地做了回答。不仅如此，他还把当代的科幻和远古的神话结合起来统一思考，把人与远古神话中的妖魔鬼怪放在一个场域中，强调现代人和古代人的血脉相通的关系和作用，这一点让人拍案叫绝。宫崎哲弥认为，科幻是非常近似于神话的，在神已经死了的现代，古代的神话传说还有中世纪的叙事诗不可能就是原原本本地反复，但是要说明世界存在的理由，宇宙存在的结构，都要通过个人存在的意味来把它阐释清楚。在近代，这种阐释清楚的任务只能由科幻承担。[2]

他在多种宗教中徜徉，还是对近代以来的现象学、存在主义哲学体悟更通透，把它与东方哲理融通而不断求索，直至对人与生命没有停步地叩问。《虚无回廊》召唤他的每个读者和他对话，无休无止，共同创造，追求缘分是很吸引人又颇具神秘感的话语。小松左京的《地球社会学的构想》后记中写道：要把人类的所有问题都统一在地球这一个大的体系之内来考虑。艺术与文学更应该涵括其中。他认为，我们的时代是处在 40 多亿年的这一星球的进化史中的一种存在。我们如今已经可以亲眼看见我们的母亲行星全貌，是这样一个时代，因此，我们的认识和理念都发生了巨大的变化。小松左京以世界眼光思考不同

---

[1] 小松左京：《SF 魂》，第 172-173 页。

[2] 宫崎哲弥：《小松左京特别篇》，NHK，2019，第 5 页。

文明，欣赏世界文明的多样化。

三、优秀的 SF 作家永远脚踏大地，心系寰宇

小松左京科幻代表作《日本沉没》在结尾章节中发现了有删削的异文。评论家东浩纪在《小松左京悼念会》专号中公布了这些重要的文字。在东浩纪的解说中写道："田所博士与渡老人在老人宅邸的谈话，并以此为基础的草稿。田所博士是最早发觉日本沉没的科学家。渡老人是掌控灾难对策总部的幕后大佬。小松在已完成的小说里，让田所尽力隐蔽这一厄运的真相，拖延公布时间。他宁肯自己承担罪责。渡老人则讲出自己实际不是日本人这一很有冲击力的告白。"[1] 小说的最高潮部分的对话草稿中，可以明确看到是相当不同的异文。"第一，田所的调查、探险是作为科学的伦理观的所作所为，把日本人论删除掉了。第二，东西日本比较论已有相当字数，但是在定稿时全部删去了。渡老人作为外国人的设定没有在定稿中被定格。"[2] 笠井洁是小松左京的至交，在纪念小松左京逝世的专号上说："一般来说，中学生要对战争的失败担负什么责任的话，这肯定是没有必要的，在战火当中死是完全可能的。这种对战争很惨烈的思考，虽然让人揪心，但是面向复兴的傻乎乎的生存劲头，在世界当中也是不知怎么样莫名其妙地产生。而且正是这种傻乎乎的所谓的一种冲动，对于作为中学三年级学生的小松来说，是要吞到肚子里面去的，也就是要承受它……但是小松的心底里面这种痛裂的回忆，或者说惨痛的回忆和傻乎乎的活的勇气这种两重性，两个灵魂，是没有办法并且不容易把它们消减的，它们是纠结在一起的，这就是使大学时代的小松左京参加共产党活动的原因。小松左京是从对共产党的同情开始，参加了共产党的活动。主要是对于反战和平的主张有同感，后来包括在国际上，对美国、对英国也不可能不讨厌，加强了他参加共产党的这种愿望。"[3]

---

[1] 乙部顺子：《追悼小松左京》，河出书房，2011，第 10 页。

[2] 同上，第 11 页。

[3] 笠井洁：《战争与和平——小松左京的两个魂》，《再见，小松左京》（完全读本），第 160-163 页。

小松左京毕竟不是热心于政治运动的人，他在 1953 年就离开了日共，不参加日共的任何活动了。但是，小松左京坚决地反对军国主义，思考重新认识日本的历史，并且得出了非常确切的答案，这是毋庸置疑的。因为小松左京至少写有能够很明确地反对军国主义的、讽刺军国主义的《征兵令》这样的科幻小说，在《给大地和平》中的寓意表达矛头所向是军国主义。在《征兵令》这一短篇科幻小说的结尾，那个恣意发动侵略战争、具有无限法力的老人，无人能够制约住他，他实际上也给日本人民、给日本本土带来了灾难。现在滋生一种抓过一点东西就望文生义，甚至不看书也敢侃谈的邪风，而且有些是大 V 所为，让人不齿。结合日本战后思想史来思考小松左京，见仁见智，并不等于任由自己随意贴标签。同样是书写日本战争，相较比他年长的川端康成，小松左京的态度是明确的（值得注意的是未见小松提及川端康成的文字）。川端康成对那场战争的态度，我在几篇论文当中已经写得很清楚了，川端坚持以自己民族文化的传统，以传统之美，以女性的无私奉献精神，来拯救自己的民族，把自己囿于"丹波壶"中自生自衍。这在《古都》中得到了集中体现。

小松左京以历史、社会学、思想史的睿智剖析了青年一代对"国家""民族"的贷借关系的形成及其特点。因此，这很真实地反映了一直到现在的日本文化，他寄托日本人民不断地融入世界的主流，作品里面也提到了对人类命运共同体这个问题的考虑[1]。小松左京指出，在 20 世纪后半发生了革命性的变化，量子力学、人类登月及一系列的宇宙探索，科学研究不断升温。小松左京认为，"在历史上，到了本世纪初，人类就进入到了未曾有过的一个飞跃的变化，本世纪初，飞机每年的乘客是 15 亿人次，短短不到 200 年，变化惊天动地。人类在过去的文明史中所构建的基础科学、对自己所居住的地球、对宇宙科学概念，都发生了挑战性、颠覆性的巨变。"小松左京一直思考这些问题，他认为如果不抓紧解决就好像得了缺乏活力的病症，应该全方位思考：人类怎样面对这种现实，未来是怎样一种方向？他不可能得出一个画句号的结论，但是这一探索是珍贵的。恰如我国新生代科幻作家陈楸帆在他和李开复的新作《AI 未来进行式》的序言中所说："科幻小说的最大价值并不是给出答案，而是提出

---

[1]　《日本沉没》里有"人类命运共同体"这个表述（此处使用的是译林出版　　社的版本）。

问题……来自每一个人的思考，将是帮助人类开启美好未来的金钥匙。"[1]

围绕《日本沉没》，可以把上面说的观点再深入地探讨一下，能够用科幻这种后发展起来的特殊的文学类型，表达作者或者说文体是立于现实的，不管如何畅游寰宇、天马行空，最终还是踏踏实实立于这个所生活的社会，这一点我觉得是小松左京一个非常突出的特点。那么在《日本沉没》当中，从某种意义上来说，他以科技和文艺这种高度融合来书写的是什么呢？我认为是将日本社会这个现实作为基点，是回忆日本走过来的历史，至少百年的历史，同时也在前瞻，推测未来，这种方法和他常说的相对化意思相同，就是说不是用一般的文学作品或者说纪实性使用的方式，对某段历史进行一种叙述，而是用一种科幻的形式，带有前瞻性地来进行一种逻辑上的、和幻想结合，用想象力进行一种推导。因此在某种意义上说，这种科幻的独特手段，就能够剖析出用其他的办法不易深入透彻书写的一些问题。小松左京作为一位代表性的科幻大师，他出道之时就有这样一个明确的观念：科幻是一个整合，整合近代以来自然科学、社会科学、人文科学、文艺以及多种融媒体，用它们的合力打造出一个文学的新品种，或者说科幻是过去的所谓"文学"涅槃之后的新生，也称作"大科幻"。无论是从纯文学界，还是从科幻界，以及其他领域来看，小松左京的文学创作都可以灵活切换、自由跨界。正是他的这种跨界性使得这位作家经受住了时代历史的考验。今天重读他的作品，以小松研究为切入点，可以沟通"纯文学"、科幻文学、影视媒体等，使得我们在时代巨变当中重新认识文学、认识人和文学的关系、认识人和世界的关系，当然也包含宇宙本身。

我们今天重新阐释《日本沉没》，不是针对过去的扭曲的引导而进行一种简单的翻转，就像有人过去评论中岛敦，看到中岛敦的《山月记》发表在战争年代，写了人变虎吃人，就一厢情愿地说中岛敦是"反战作家"，传播日本文学是脱政治性的。近几年来我与刘慈欣、王晋康、韩松、陈楸帆、姚海军、吴岩等诸位进行了对谈[2]，我惊讶中国当代科幻的经典作家，都对小松左京表达出一种既有眼光又颇具胸怀的赞叹，而且从他的创作都有不少鉴镜。今天我们仍在对话，可能还会更加深入。

---

[1]　李开复：《AI 未来进行式》，浙江人民出版社，2022，第 14 页。

[2]　发表报刊略，笔者注。

四、余白

小松左京对 SF 的核心把握，一生矢志不移地追求。他开拓不已，创新不辍，固本求新，既聚焦现实，又把人置于永远探究的征程。读过《SF 魂》的任何人都会对小松左京丰富多彩、五味俱全的人生感叹，对他的百科全书式的渊博而叹服，对他从小就融入的哲人睿智而惊讶，对他一生不忘初心，矢志不移守魂而钦佩。作为一个译者，说一些深有感想的话，容易有溢美之词之嫌，但我是发自内心地感到小松左京的这部自传，可以给不同年龄段的人作为读书选择。

同时《SF 魂》是全面了解、认识和研究小松左京的重要的、宝贵的资料。对于全面深入的研究这位世界级的经典作家，作为出发点是一本最合时宜的书，但是要想进一步深入认识小松左京，发掘出他各方面的宝贵财富，还是必须突破这本传记，向更深入的方向延展。我们作为专业人士，把"小松左京工作坊"作为这一目的的一个起步，今后还有很长的路要走，而且希望大家共同努力。

作为译者（特殊读者）对小松左京最倾心的是他半个世纪不断追求的构建"大科幻"的理念，他从多种实践悟出了 SF 真谛。我恰恰是在这一过程进一步思考了，关于在新时代迎建"未来文学"的理念，我们的"未来文学"的旨意在于：

未来文学形成于当今百年未有之大变局，既是中华优秀文化传统的继承者与激活者，也是世界性知识体系中的积极借鉴者和洞察者。以"构建人类命运共同体"为理论基石，把人、自然、寰宇作为统一体或动态的场域，重新审视作为其中一个节点的"人"，将人的精神四元点——"生命意识、创新意识、矛盾统一意识、回归意识"的系统化作为思想核心，以文学为基点，打通壁障、媒介融合、跨越多个学科、跨越国别文学、跨越时空边界，吸纳当下新型文学样式，生发文学艺术新形态，永作动态结构的变化，具有主体性、原创性质。

从艺术功能而言，以言行事，连着理解自己来理解世界，连着理解世界来理解自己，守正创新，积极对外传播，探讨在科学技术的迅猛推进下人类行为和伦理情感的复杂变形，对人类发展尤其是挑战和危机做出预警，为解决全球性问题提供中国理念、中国经验、中国方案，为中华民族的伟大复兴服务，为构建世界新时代服务。

虽然感想很多，但在别人专著前不宜多写。可是有以下几点还是要提及：小松出道不久，日本 SF 已有将它与动漫、多媒体结合打造数字化文化企业之举，对在书中的一些个案可以结合我国实际考量；他对中国文化的情结不仅流溢多篇文本之中，在《黄河：中国文明之旅》中以他的独特视点的见识展现了他的中国情结。他写的有关未来学的书籍在当下也不失为青少年的好读物。由于他的知识赅博，在许多领域的见解也让人增智。当然任何人都有自己的局限，比如他说自己是"烟鬼"，却始终没有戒烟。我们和他对话也是在进行跨越时空的转化。[1]

作者简介

孟庆枢，原东北师大资深教授，博士生导师，现为吉林外国语大学兼职教授，中国翻译家协会表彰的资深翻译家。

---

[1] 在本书译介过程中得到科幻世界副主编姚海军先生的大力支持，小松先生公子实盛先生特为译书写了谢辞，弟子泊功教授（《三体》的日文译者之一）在繁忙的工作中写了解说（为与中国读者交流之便，特意用中文撰写）都记此致谢。我在译介中承蒙泊功、孟旸查核资料，在国内于长敏教授、谢殿伟君也作了很多给我减负的工作，在此一并表示感谢，责编贾雨桐认真负责十分敬业。既或如此，由于我个人还需努力，对出现的舛误，敬请各位指正。

科幻研究：从博物学到演化学

苏 湛

一、引言：科幻研究的"林奈时代"

作为文学研究视角下一种相对小众的类型文学，迄今为止，科幻研究的主流样式一直是基于收集与辨认的。即，从浩如烟海的文学长河中找出那些属于"科幻文学"——或者更确切地说，被认为包含"科幻元素"——的作品，再按照文学研究的标准样式对这些作品以及它们的作家分别展开研究，或按照断代的、分流派的，或分题材的，等等类别进行集群研究。就连《亿万年的狂欢》《科幻之路》等最具经典性的科幻研究专著和史料文献的书写与编成，也遵循着这一思路。

这一研究样式建立在一种对科幻史的辉格式[1]理解上，即把科幻史，尤其是科幻萌芽期的历史，理解成若干前后相继的天才作家为了发明"科幻"这一新文学类型而不断尝试、创新，累进性地创造出这一文类的过程。指出这一点并非是要否定以奥尔迪斯和冈恩为代表的众多研究者迄今为止所做的卓越工作。事实上要理解任何一项事物的历史，辉格史都是一种无法避免，甚至可以说必不可少的研究视角。对于早期科幻研究而言，正是辉格史视角，才使对其

---

[1]　参见《赫伯特·巴特菲尔德——历史的辉格解释》，2012，商务印书馆，第4-8页。

-178-

研究对象的最初框定成为可能。

但辉格史视角也会导致观察者们忽视一些显而易见的历史事实——这正是巴特菲尔德呼吁人们警惕它的原因。对于科幻研究而言，这个经常被忽视的事实就是，"科学幻想"（science fiction）是一个后追溯的概念。在1926年雨果·根斯巴克将凡尔纳、威尔斯和坡的各自一篇作品合编到一本杂志上，并将其命名为"科学幻想"以前，这个概念并不存在。被根斯巴克命名为"科幻作家"的这些作者，在创作动机，以及对自己作品的理解等方面，也显然各不相同（当然更与根斯巴克对他们的解读大相径庭）。事实上，今天被普遍接受的"科幻"概念，只是通过根斯巴克及其后继者坎贝尔数十年的编辑实践，以及众多科幻作家在又一个数十年中，对他们开创的美学范式的追随和扬弃（如新浪潮运动），才逐渐建立起来、凝聚为共识。用这样一个晚出的概念去理解那些19世纪的作品，自然难免造成语境的错置，进而导致对作者意图的过度解读或误读。

从另一个角度说，目前科幻研究所处的状态可以类比于林奈时代的博物学。经过半个多世纪的辛勤工作，科幻研究者们已经积累了大量"科幻文学"的标本，尤其是那些最早期的、被追认为"科幻"的作品化石。人们甚至为这些标本建立了分类系统——就像林奈所做的。但是对这些标本，包括其类型的研究，仍停留在对其表面特征的描述与概括上，而这些特征形成的原因，及其演化背景，却很少被深究。这些特征或者被视为自古就有且一成不变的（常常被追溯到希腊神话），或者被归功于某几位作家的天才创造，并被描述为在他们手中被接力性地、连续地发展、丰富、完善起来的。就历史的结果而言，这一叙事确实反映了一部分史实，但却忽略了历史发展进程中，上述作家（包括那些特别古老的）及其作品在写作语境上的巨大差异，尤其忽略了埋藏在作品文本中的作家本人对科学技术的理解和思考的丰富多样性。

二、谱系与演化：科幻研究的新视角

欲克服这一局限，科幻研究需要引入新的视角和思路，将"科幻"本身视为一个流变的而非固定的概念来理解，并重新梳理与科幻相关的各种模因

（meme）^[1]在不同时代、不同作品间传播、演化的路径，以及其与社会环境之间的互动过程。也就是说，尝试理解模因与孕育它的社会经济、文化、政治环境之间的关系，以及随着社会变迁及被移植到新环境后模因发生适应性演化的方式。由此，将勾勒出一幅更加丰富多彩的科幻文学演化的谱系图。正如生物学在 19 世纪由博物学和朴素分类学发展为演化论，科幻研究也已经具备了从博物学推进到演化学的条件。

发展演化视角的科幻研究，首先意味着识别科幻文学，尤其是早期"科幻"作品的传统与谱系。所谓传统，包括作品的选题、创作动机、美学风格、写作样式等，尤其是对科幻文学极为重要的，作品反映出的对于作为科幻文学关键要素的科学技术的理解方式和总体看法。而传统的传承，以及可以获得可靠证据支撑的演化流变过程，就构成了谱系。

识别传统的一个可行方案是对大量作品进行分析，并通过作品，结合其他可得资料对作者进行人物侧写，进而进行群体志分析。同一作家的作品通常会属于同一传统，^[2]通过群体志分析，则能够识别出大体归属于同一传统的作家群。而通过检查同一传统和不同传统作家群之间交叠、交换和交流的情况，就能勾勒出同一传统和不同传统之间的传递与流变关系，进而绘制出谱系。

这里提供一个粗糙的例子：从选题、细节描写，以及对科学技术的态度三个维度，对《科幻之路》收录的部分早期科幻作家^[3]的作品进行分析，可以粗略地识别出五种相互关联又各具特色的传统。第一种以玛丽·雪莱为代表，代表了科幻文学最早期的一种传统。从本质上说，这一类作品其实是引入了"科学"题材的哥特小说，只不过是用"发明""药物""技术"等那些新近当红的"自然哲学家"们经常谈论的话语来替代魔法以及其他传统神秘元素，充当

---

[1] 也译作"文化基因"，参见郭菁，《文化进化的 meme 理论及其难题》，《哲学动态》2005 年第 1 期，第 54-56 页。

[2] 也存在例外，比如从埃德加·爱伦·坡的作品中，就可以识别出哥特文学、讽刺文学、侦探文学等多种不同传统，尽管作为同一作家的作品，从这些作品中仍可识别出内在的联系与共同的风格，但是从写作动机与流露出的世界观、科技观等方面来说，还是需要对它们区别看待。

[3] 包括《科幻之路》第一卷中收录的玛丽·雪莱（人们普遍认为的第一篇"真正意义上的科幻小说"的作者）以后的大部分作家，只是排除了在风格和传统上与其他作家联系明显较远的贝拉米（乌托邦文学传统）和哈格德（探险小说传统）。

故事的逻辑基础。与更晚出现的几种传统相比，雪莱型传统最显著的特征是，尽管将"科学技术"作为故事的逻辑基础，但作者对这些"科学技术"细节的描写却总是语焉不详。事实上，"科学技术"在这些作品里扮演的仍然是魔法、巫术扮演过的传统角色：一种超越凡人理解和控制能力的神秘、不祥力量。除了雪莱，可以归入这一传统的作者还有同时代的霍桑（《拉帕西尼的女儿》《美的艺术家》等），以及与凡尔纳同岁的奥布赖恩（《钻石透镜》）——这体现出谱系与传统视角相对于传统研究视角的一个不同之处：对作品间联系密切程度的判断不是基于其是否处于同一时代，而是基于模因的相似性。

另一种比较早期的传统以坡为代表，尤其是以他的《未来故事》《气球骗局》等作品为代表。尽管在时间上前后相继，但没有确实的证据能够说明坡型传统与雪莱型传统之间存在传承关系。事实上，区别于出身于哥特文学传统的雪莱式科幻，坡的《未来故事》等作品明显是从另一种截然不同的文学传统——讽刺文学传统——中产生的。[1] 相对于雪莱型传统，坡的最大创新是将逼真而详实的技术细节描写引入科幻文学，而且这些技术细节大部分都符合真实的科学原理（除了作者为了暗示"骗局"而故意卖的破绽）。得益于这些丰富而具体的细节，坡可以将关键的戏剧冲突（以及坡式的黑色幽默）构筑在更具体的科学技术原理和细节上，从而为此类作品赋予了更多逻辑上的美感。坡的另一个独有的特征在于其对科学技术的态度：既不同于哥特文学式的神秘主义，也不同于后来出现的以凡尔纳为代表的乐观理性派，坡在其作品中表现出一种独有的对正在兴起的科学技术事业的玩世不恭的戏谑态度。

一种风格介于雪莱和坡之间的传统来自比尔斯（《该死的东西》《莫克森的主人》），但其显然并非上述两种传统在演化学意义上的中间环节，因为就目前可得的资料看，它出现的时间远晚于前两者。尽管像坡一样花费大量笔墨去讨论科学技术的原理和细节，并将关键性的矛盾冲突构筑在具体的科学细节

---

[1] 尽管坡本人就撰写过大量哥特小说，但他最具特色，且最接近现代科幻作品的几部小说——《未来故事》《气球骗局》《汉斯·普法尔的绝伦历险》等——都明显没有携带哥特文学的模因，相反，它们都是实至名归的讽刺文学。的确，坡也写过一些哥特风格的科幻或类科幻作品，如《瓦尔德马先生病案实录》（根斯巴克宣布其为"科幻"作品），但是从谱系与传统的视角看，这些作品更适宜纳入雪莱型传统，而不是以坡本人的名字命名的传统。

上，但在态度上，比尔斯却延续了雪莱式的神秘主义风格。相对于坡，比尔斯的一项创新是，引入杜撰的"科学原理"，并煞有介事地进行大段大段的描写和论证，就仿佛它们是真实存在的一样。除了比尔斯，《科幻之路》未收录的史蒂文森（《化身博士》）在一定意义上也属于这一传统。

五种传统中最声名卓著的无疑是凡尔纳代表的传统——冈恩称之为"名副其实的科幻小说"。凡尔纳型传统与坡型传统是目前仅有的可以实质性地确定存在传承关系的两种传统。这不仅是因为凡尔纳在很多方面都继承了坡型传统的模因，包括逼真翔实的科学技术细节描写、援用真实的科学知识、利用具体的科学技术细节构造戏剧冲突等，还因为凡尔纳本人的创作谈以及其他一些文学史材料提供了凡尔纳借鉴坡风格的明确证据，这些材料曾被很多研究者讨论过。[1] 唯独在对待科学技术的态度方面，一改坡的戏谑风格，凡尔纳开创了一种被后人概括为"科技乐观主义"的风格。这一风格的特征包括对科学技术和自然现象持理性主义的认识态度、对科学技术的发展和人类未来前景持总体乐观的态度，以及在介绍科学技术细节时采取一种认真严谨的、一本正经的态度。

最后一种传统的代表是威尔斯，但同时代的吉卜林（《夜班邮船》等）和《科幻之路》未收录的道尔（查林杰教授系列作品）也可归入这一传统。这一传统与凡尔纳的一个显著区别是，其大量采用杜撰的"科学原理"或"科学事实"作为故事和戏剧冲突的基础（甚至在比尔斯的基础上更进一步）。另外在科学态度上，尽管同样秉持理性主义态度，但在对科学技术和人类未来发展前景的判断上，威尔斯式的作者们却并不像凡尔纳那样乐观。当然，也不宜简单地用"悲观主义"来概括他们的态度，更公正的评价可能是"中立主义"或者说没有鲜明的好恶情绪。

---

[1]　如［加］达科·苏恩文：《科幻小说变形记》，丁素萍、李靖民、李静滢译，安徽文艺出版社，2011，第185页。

表 1 早期科幻的五种传统

传统	代表作家	选题		细节		对科学的态度
雪莱型	雪莱（1797—1851）霍桑（1804—1864）奥布赖恩（1828—1862）	以科学技术相关内容构成核心情节与核心冲突		对所涉及的科学技术的原理和细节语焉不详		神秘主义
比尔斯型	比尔斯（1842—1913？）史蒂文森（1850—1894）	以科学技术相关内容构成核心情节与核心冲突	基于真实的或推测的/杜撰的"科学原理"构造关键冲突	相关科学原理或技术细节叙述翔实	大量杜撰"科学原理"	神秘主义
坡型	坡（1809—1849）	以科学技术相关内容构成核心情节与核心冲突	基于真实的或推测的/杜撰的"科学原理"构造关键冲突	相关科学原理或技术细节叙述翔实	以真实科学原理为主	排斥和戏谑
凡尔纳型	凡尔纳（1828—1905）	以科学技术相关内容构成核心情节与核心冲突	基于真实的或推测的/杜撰的"科学原理"构造关键冲突	相关科学原理或技术细节叙述翔实	以真实科学原理为主	理性、乐观主义
威尔斯型	威尔斯（1866—1949）吉卜林（1865—1936）道尔（1859—1930）	以科学技术相关内容构成核心情节与核心冲突	基于真实的或推测的/杜撰的"科学原理"构造关键冲突	相关科学原理或技术细节叙述翔实	大量杜撰"科学原理"和"事实"	理性中立/不明确

表 2 部分早期代表性科幻作家的出生年代和所属传统

坡型	凡尔纳型	威尔斯型	比尔斯型	雪莱型	作家出生年
讽刺文学 ↓	法国戏剧与传奇文学		哥特文学 ↓	哥特文学 ↓	
	↓			雪莱	1797
				霍桑	1804
坡					1809
	凡尔纳			奥布赖恩	1828

续表

坡型	凡尔纳型	威尔斯型	比尔斯型	雪莱型	作家出生年
			比尔斯		1842
			史蒂文森		1850
		道尔			1859
		吉卜林			1865
		威尔斯			1866

当然，对上述五种传统的识别目前仅仅建立在十分粗糙的基础上，完整的、经得起检验的科幻演化学的建立，尚有赖于更多研究样本的加入，以及对作品所含模因的更严格、更合理、更精细的识别与定义。尤其各种模因是如何在同一传统内和不同传统间发生传递与演化的；具有相同或类似模因的作品间是否存在实际的传承关系，还是受相近的社会环境与思想资源影响产生的趋同演化，这些都有待更细致的研究。

三、超越文学语境：科幻演化学的学术价值

正如演化论之于生物学，科幻演化学的价值不仅仅在于理解科幻作品存在哪些类型，以及各种类型间存在什么样的亲缘关系，其更大的价值在于，通过研究各种传统在不同时代、不同社会背景下的盛衰，可以揭示出科幻文学在社会变迁背景下的演变模式、揭示科幻文学传统与社会文化环境之间的互动关系，进而使科幻传统与孕育它的经济、科技与文化环境双方，都能够被更深入地理解。尤其是对于科学史、科学哲学等学科而言，科幻演化学最终将使研究者们能够通过研究经典科幻作品与科幻传统，重建当时科学技术发展的人文社会环境，了解当时科学界以外的社会精英人士和普通公众对科学技术的理解、态度，以及他们主要关注的科技领域与科技议题，正如生态学家根据古生物化石反推远古地球的气候与环境状况一样。

对科学的关注度与了解度

一种文学传统的形成离不开三方面要素。首先是从事创作的作家，他们是

文学传统直接的创造者和践行者。其次是读者，一部文学作品如果无法得到读者追捧，就不会在文学史上留下它的痕迹，更不用说吸引模仿者、形成传统。最后是出版商，他们是连接作者和读者的桥梁，有时还会通过编辑意见来对作者的创作施加影响，在某些科幻传统形成的过程中，出版商所起的作用至关重要（如赫泽尔、根斯巴克、坎贝尔的例子）。

以玛丽·雪莱为起点，科幻文学的产生本就是传统文学家在科学革命和工业革命的波澜中察觉到时代的新风向，并做出回应的结果。足够多的对科学技术及其为人类社会带来的改变产生关切的作家，是科幻作为一个文学类型应运而生的先决条件。而这一点又是以科学知识和科技信息对非科学领域人士的易得性，以及整个社会中对科学有初步认识的社会成员的人口基数为前提的。因此可以说科幻文学的产生本身就标志着社会对科学技术的关注已达到一个特定的阈值。

科幻读者群的形成同样反映了这一点。科幻文学作为一个文学类型在整体上的受欢迎程度在一定意义上反映了社会公众对科技议题的关注程度，既包括科学技术在明天可能带来哪些新知和便利，也包括它可能带来哪些危险。如果说在足够多的作家将目光投向科学技术以前，科幻文学不可能被创造出来的话，那么如果没有足够多关心科学技术、对科学技术感到好奇的读者，则这类作品即便被创造出来，也只能是昙花一现、孤芳自赏。因此如果说《弗兰肯斯坦》的出现本身反映了18、19世纪的科技发展对人文知识分子群体的触动，那么这部作品的成功则映射出当时的社会公众对科学技术蕴含的可能性的兴趣。而专业的科幻出版商的出现则标志着公众对科学技术的这种热情又上升到一个新的阶段——由此形成的阅读市场甚至已经足够养活一家或一批企业了。凡尔纳的著名搭档赫泽尔也许可以算是第一位这样的出版商；当然，更典型、更名副其实的还要数根斯巴克。

尽管同样表现出对科学技术及其社会影响的敏感性，但如前所述，不同科幻传统下的作家对现实科学技术的掌握程度是显著不同的——从雪莱型传统的一知半解、模糊细节，到坡型和凡尔纳型传统的了如指掌、刻画入微。而不同传统下作家作品的数量随时间和空间变化的此消彼长，以及他们的受欢迎程度，又为了解当时当地的科学教育发展水平与科技知识传播广泛度提供了一扇窗口。一方面作家对科学技术细节的呈现直接反映着其本人掌握科学知识的水平，进而折射出其所在的群体——一个受教育程度总体比较高的非科学职业人群——接触科学知识的密切程度和深度。另一方面，尽管不能说所有凡尔纳的爱好者都必然是精通科学技术知识的人士，但凡尔纳式的"硬科幻"小说在审美上确实存在一定程度的语境依赖性，也就是说，其中的一部分美学要素，如逻辑之美、理性之美，以及今天经常被称作"工业美学"的东西，只有熟悉相关语境、熟悉相关术语、知识、话语方式和思维方式的人，才能够更充分地发现和领悟。因此从统计的意义上说，这一类作品在对科学技术更熟悉的人群中的受欢迎程度总会比在不那么熟悉科学技术的人群中高。这一点在根斯巴克的科幻编辑经历中表现得更为明显。笔者本人近期所做的一些对中国中青年科学家的走访调查也能从侧面支持这一观点。因此正如科幻文学的总体受欢迎程度可以反映社会公众对科学的关注度，不同科幻传统的受欢迎程度也可以部分反映社会总体的科技教育水平。

话题学科

作者创作方向与读者审美需求的变化还能够提供另一项非常有趣的信息，即不同时代、不同地区，人们关注的话题性科学学科的变化。这种变化包括话题热点在不同学科间的转移，以及对同一热点学科的叙述方式的转换。而对这种变化的分析又可以从不同传统间的区别和同一传统内的演变两个层次来进行。

以前述的五种传统为例（见表3），容易看出，雪莱型传统的代表作家们明显表现出对生命科学话题的偏爱，尤其是关于人造生命。故事中涉及的具体技术手段则包括化学（施用药物）、通电，以及机械技术（但不是同时代的坡及后来的凡尔纳、威尔斯等经常描写的那些由热机或电力驱动的大型机械，而是更老派的小型发条装置）。作品的创作时间跨越19世纪初和19世纪中叶。模因特征与雪莱型传统最接近的比尔斯型传统（二者间是否存在确切的传承关系尚待证实）延续了对生命科学的兴趣，但是进一步聚焦或者说升级到了一个更专门的话题上：心智问题。在技术手段方面，化学和机械技术（但是已升级为较大型的机器，而且看起来应该是依靠比发条强大得多的动力系统供能的）

继续担当重任，但"通电"法已不再采用。这可能是因为在这些作者活跃的 19 世纪末，电流的性质与规律早已清晰，不再有足够的遐想空间了。相应地，关于电学的谈资已转移到电磁波上。

表 3　早期科幻传统与代表性题材[1]

传统	代表作家	题材
雪莱型	雪莱	电学 - 生命科学（人造人）：《弗兰肯斯坦》（1818）
	霍桑	化学（药剂学）- 生命科学：《拉帕西尼的女儿》（1844）、《胎记》（1854）、《黑德格医生的实验》（1837）等 机械技术（人造动物）：《美的艺术家》（1841）
	奥布赖恩	光学（显微镜）- 电学 - 生物学：《钻石透镜》（1858）
比尔斯型	比尔斯	光学（光的电磁理论）- 生物学：《该死的东西》（1898） 人工智能：《莫克森的主人》（1909）
	史蒂文森	化学（药剂学）- 认知科学：《化身博士》（1886）
坡型	坡	机械技术（飞行器）：《汉斯·普法尔的非凡历险记》（1835）、《气球骗局》（1844）、《未来故事》（1849）
凡尔纳型	凡尔纳	机械技术（尤其是飞行器）、地理学（探险）、博物学、天文学、物理学（经典力学）、太空探索……（1863—1905）
威尔斯型	威尔斯	演化生物学、化学（药剂学）、天文学、机械技术（飞行器、武器）、太空探索、时间旅行……（1895—1937）
	吉卜林	机械技术（飞行器）：《夜班邮船》（1905）、《航空控制板真简单》（1912）
	道尔	地理学（探险）- 生物学：《失落的世界》（1912） 天文学：《有毒地带》（1913）

对大型机器，尤其是飞行器的兴趣，最早于 19 世纪中叶在坡的作品中得到表现，并在凡尔纳、威尔斯、吉卜林等人的作品中继续发扬光大，直至 20 世纪初仍热度不减。另一类由坡创始，由凡尔纳、威尔斯等人进一步丰富，一

---

[1]　表中列出的各位作家的代表作以《科幻之路》提及的为主。凡尔纳、威尔斯等人涉猎的题材过于广泛，代表作也过多，为节省篇幅，不一一列举，仅注明其从事科幻创作的时间区间。

度占据科幻文学多半壁江山，甚至直到今天仍备受重视的题材是太空题材。尽管对异星（主要是月球）之旅的描写在坡以前也屡见不鲜，但坡的《汉斯·普法尔的非凡历险记》是第一部认真（或假装认真）讨论前往另一个星球的技术可行性的作品，尤其是他周密地考虑了地月距离、高空中大气密度等极为现实的问题。凡尔纳和威尔斯都继承了登月这一题材，并各自给出了极具个人风格的登月方案。区别于支撑普法尔气球的比氢气还要轻几十倍的神秘气体，凡尔纳的主人公们依靠的是 19 世纪现实可得的技术工具：大炮（至少看起来与现实可得技术间只存在量级上的差别）。而威尔斯的登月飞船，与他的时间机器一样，尽管被作者给出的大段科学论辩所支持，但最关键的技术基础却是不透明的。（这也许是暗示威尔斯型传统与其他更早传统间亲缘关系的一条线索。）与此同时，凡尔纳和威尔斯都没有满足于登陆月球，而是把目光延伸到整个太阳系。也是从他们开始，一种站在地球以外审视地球、把地球当成宇宙中一个普通的岩质行星的视角开始在科幻文学中出现。

与雪莱型和比尔斯型传统相映成趣的是，凡尔纳和威尔斯都撰写了大量与生物学有关的作品，但其中极少出现雪莱或霍桑式的通过某种技术或药剂对生物体进行改造的情节（如果威尔斯的《隐身人》和《神食》勉强算是的话）。凡尔纳作品涉及的主要是博物学，而威尔斯讨论最多的是演化生物学。如果进一步对比凡尔纳型传统和威尔斯型传统，凡尔纳写到的基本上都是现实中存在的动物（也许除了《海底两万里》中的巨大章鱼）。而威尔斯型传统的作家们，包括威尔斯和道尔，明显对那些不存在或已不存在的动物更感兴趣，从外星智慧生物，到已灭绝的远古巨兽。

在所涉及的技术手段方面，凡尔纳塑造的绝大部分科技神迹都源于机械技术以及牛顿力学原理的直接运用，极少使用化学和药物手段（也许《隐身新娘》算是例外）。而在威尔斯使用药物手段的情况要多一些。虽然机械技术在威尔斯的作品中同样有一席之地，但通常对技术细节的描写不会像凡尔纳那样清晰。

世界观与对科学的态度

再向前深入一步，科幻作品的题材选择与陈述方式变化折射出的是世界观与对科学态度的变化。

　　雪莱型传统的作家们对生命科学，尤其是人造生命题材的痴迷，很可能是因为生命现象是 17 世纪以来节节胜利的机械技术和机械论哲学未能完全复现和解释的最后难题之一（而另一个更困难的难题就是比尔斯和史蒂文森感兴趣的心智问题）。让故事中的主人公们将现实中人类难以完全掌控的生命现象操纵于股掌，一方面体现了作家们对科学技术进步前景的过于激进、乐观的想象，另一方面也折射出科学技术和科学家在他们眼中的神秘性。相应地，他们选用的技术手段也都是带有神秘色彩的，包括（在当时而言）作用机理相对不那么透明的化学手段，以及当时刚刚进入人们视野的、带给人无尽遐想的电流。与此同时，继承自哥特文学的作品整体的悲剧性和不祥感，又明显地透露出作家们对科技发展后果的悲观态度。总之，大约可以这样概括雪莱型传统展现出的世界观和对科学的态度：他们笔下的世界仍然是充满神秘感和晦暗不明的，而科学技术在他们眼中则是一种神秘莫测，而又过于强大，因而看起来非常需要提防的事物。

　　与雪莱型传统相反，坡和凡尔纳对机械的兴趣，尤其是执着于刻画机械结构细节的偏好，则显示了一种截然不同的世界观。由齿轮、活塞、连杆精密啮合成的庞大机器映射着一个可以被清晰理解并完全掌控的自然。二者的区别只在于对科学技术的态度。尽管坡的作品中无处不在展示他对于相关科学技术知识的熟悉，但戏谑的笔调似乎暗示，他并不信任科学技术——并不是对弗兰肯斯坦式灾难的担心，相反，他似乎从根本上怀疑，这些被称作"科学技术"的新玩意儿，是否像人们认为的那样威力强大。而凡尔纳的态度众所周知，无论对科学进步的前景，还是对科学技术的后果，他都被普遍认为是乐观主义的最典型代表。

　　威尔斯型传统视角下的世界又与前三者都不同。一方面，区别于凡尔纳笔下清晰的、带有强烈现实感的世界，威尔斯型传统下的作品经常把读者引向神秘的未知境地——时间的彼端、史前巨兽盘踞的高原，以及充满陌生外星生物的世界……但这种神秘感又不同于雪莱型传统营造的那种不可捉摸的神秘感，常常出现的大段科学或拟科学论辩表明，从根本上说，威尔斯们对世界的可理解性有着不输于凡尔纳的坚定信心。他们只不过是在指出，在这个可理解的世界中，仍然存在着比已知部分多得多的未知部分等待着人类去发现。在对科学的态度方面，威尔斯型传统也有自己的独特性。尽管威尔斯本人经常被认为继承了雪莱型传统对科技发展后果的悲观看法，但威尔斯式的悲观主义，与其说是针对科学技术的，倒不如说是针对人类本身的。与凡尔纳一样，威尔斯笔下并不存在弗兰肯斯坦式的无法控制自己创造物的科学家，只有遵从自己的恶念、根据自己的自由意志冷静地利用科学技术去作恶，最终堕入深渊的人类。

比尔斯型传统介于雪莱型传统和威尔斯型传统之间，更接近雪莱型一些。

四、结论

综上所述，类比于 19 世纪生物学的发展，今天的科幻研究有条件从博物学阶段向演化学阶段发展。传统和谱系是科幻演化学最重要的分析单元。而科幻传统的识别与科幻演化谱系的绘制，一方面有待于对科幻作品所包含的各种模因的更严格、更合理、更精细的识别和定义，一方面需要更细致的文学史研究，为作家、作品、传统之间的模因传递关系提供更确凿的证据。

最终，科幻演化学的建立将提供一种更立体的视角，这种视角将不仅有益于理解科幻作为一种文学流派的演化过程，也会为科学史和科学哲学家打开一扇了解 19 世纪以来社会大众对科学的关注度、了解度、他们关注的热门科学学科，以及他们的世界观和对科学的态度变化历程的窗口。

作者简介

苏湛，中国科学院大学副教授，历史系副主任，哲学博士。研究方向为物理学哲学、物理学史、科学文化。

苏联科幻发展中一些对中国有益的文化启示

李 然

苏联科幻是世界科幻文学史中浓墨重彩的一笔。尽管苏联这个人类历史上第一个社会主义国家已经离我们远去，但其留给我们的精神财富将永远与我们相伴。在社会主义建设新时期，苏联科幻文学对我国科幻创作以及文化产业发展有重大参考价值。本文拟对苏联科幻文学进行简要回顾，结合历史文化背景发掘其文化内涵，探讨其对我国科幻理论的启发意义。

一、乌托邦与反乌托邦问题

纵观整个俄国文学史，乌托邦与反乌托邦是两条相互对立又密不可分的主线。这在科幻文学创作中体现得淋漓尽致。苏联科幻及创作理念从诞生之日起即分为两个阵营，即乌托邦与反乌托邦，前者由政府定制，受到官方意识形态支配，后者则针砭时政，体现了传统宗教哲学观，同时二者又代表两种极端的文化倾向。

俄国文学的乌托邦传统根源于东正教末世论和救世情怀，在19世纪俄国众多作家如车尔尼雪夫斯基、陀思妥耶夫斯基笔下都有体现。在此背景下，从19世纪初起，在俄国已有相当数量的乌托邦题材的科幻小说诞生。十月革命胜利后，尤其是在始于1921年的新经济政策时期，知识分子的思维空前活跃，此时文学的乌托邦传统与布尔什维克意识形态融合在一起，诞生了第一次科幻浪潮。列宁对科幻文学抱有浓厚兴趣，他十分喜爱奥博利亚尼诺夫出版于 1920 年的《红月亮》，并对成立于 1921 年的苏俄科幻作家团体"红色月球"（Красный селенит）予以大力支持。这一时期苏联科幻创作理念即为国家意识形态服务，作家们创作出一系列"星际革命"主题的作品，如伊金的《刚古里之国》、布留索夫的《七代人的世界》、奥库涅夫的《未来世界》、尼科利斯基的《千年以后》、泽利科维奇的《新世界》、拉里的《幸福乐园》，等等[1]。这一时期最具代表性的作品是阿·托尔斯泰的《阿埃里塔》，小说中人类乘坐宇宙飞船飞往火星拯救其百姓的情节体现了新经济政策时期的国家观念。1956 年苏共二十大后，苏联人民以饱满的热情投入社会主义建设中。这一时期出现的第二次科幻浪潮中涌现出大量乌托邦科幻小说，最具代表性的是斯特鲁伽茨基兄弟的"正午"系列小说和叶甫列莫夫的《仙女座星云》。这些作品将古典乌托邦和社会主义理想结合起来，塑造出一个统一的、富裕的、人道主义的、无阶级的、无国界的世界。[2]小说中的未来理想世界体现了苏联时期的社会理想和意识形态，至今仍有进步意义。

苏联乌托邦科幻文学展现出对国家的热爱和对社会主义事业的信心，它建立在新的哲学基础上，构建出新宇宙秩序，体现了苏联时期的意识形态。科幻创作崇尚意识形态是无可厚非的，这些作品的诞生有其必然性。苏联时期的意识形态有其先进性一面，但在 21 世纪的今天，我们承认这种意识形态是教条主义的，苏联是"俄罗斯式的马克思主义"主导下的文明形态。这种干巴巴的、没有生命力的意识形态使这些政府定制的作品显得枯燥乏味、拖沓冗长，并没有给科幻创作注入新的活力，这都是客观事实。不少作品如《阿埃里塔》中输出革命、世界革命的观念在今天看来未必符合马克思主义精神，更不适合当下的中国。

回首苏联科幻文学史我们不难发现，写得最"出彩"、影响最深远的作品是反乌托邦小说。创作于 1920 年的《我们》是知识分子在历史转折时期，面

［1］　ANINDITA BANERJEE（editor），*Russian Science Fiction Literature and Cinema: A Critical Reader*（Boston: Academic Studies Press, 2018），p.10.

［2］　同上，p.21.

对即将建立起来的全新的文化体系的反思，小说控诉科学理性统治下人类被异化、个体尊严被践踏的境遇。20 世纪下半叶，斯特鲁伽茨基兄弟的《路边野餐》《消失的星期天》等仍是这一传统的延续，成为影响力最大的作品。兄弟二人的《神仙难为》《火星人第二次入侵》继承了果戈理和萨尔蒂科夫 - 谢德林的魔幻现实主义风格，"借未来讽今"，其深刻的政治哲学、历史哲学思考使其成为少有的"大尺度"科幻作品。由于政治上的原因，上述作品在苏联成为一种"地下文学"，在 80 年代末才得以正式出版，有些作者如扎米亚京则被迫流亡国外。

值得深思的是，在今天的读者看来，与上述乌托邦小说相比，这些反乌托邦小说确实更加吸引人，读起来颇有酣畅淋漓之感。反乌托邦小说关注人类文明的缺失，针对社会现实的种种弊病嬉笑怒骂，是一种狂欢，是对现有秩序的颠覆与破坏。反乌托邦文学的思想性及艺术性十分深刻，《我们》是公认的现代反乌托邦文学的开山之作，被视为反乌托邦三部曲之首。但苏联反乌托邦科幻从一个极端走向另一极端，它从根本上体现的是宗教精神，拒斥科学技术和唯物主义信仰，反智主义特征十分明显。

俄国宗教哲学家弗兰克指出，"在俄国人眼里，要么有真正'无边的恐惧'，有真正的宗教灵光，要么有纯粹的虚无主义。"[1] 这种两极化指向的民族精神使文学创作陷入了一对永恒的矛盾体中：乌托邦文学建设新社会，打造新秩序，随后由反乌托邦文学对新秩序进行解构、破坏乃至毁灭，如此循环往复，永远没有终点。俄罗斯文学和文化的极端性特征毋庸多谈，但如何走出这一二律背反的困境，至今仍是摆在俄罗斯科幻创作面前的难题。

任何一个民族都有建设美好家园的理想，乌托邦并非贬义词，并不是空中楼阁。面对千万读者，乌托邦题材的科幻创作应密切联系社会现实，以理想信念激励人，使人尤其是广大青少年对未来充满信心。反乌托邦小说洞悉人类文明的缺陷，但不应把国家和社会说得一无是处。文学创作不应走极端，科幻创作应传播正能量，而不是极端的思想，这是苏联科幻给我们的重要启示。历史发展到21世纪的今天，我国社会主义建设已不是"摸着石头过河"，而是到了"架

---

[1]　索洛维约夫等：《俄罗斯思想》，贾泽林等译，浙江人民出版社，2000，
　　　第 304 页。

桥过河"的阶段。[1] 2021 年，中国共产党建党 100 周年之际，我国人均 GDP 已达一万两千余美元，基本达到中等发达国家水平，绝对贫困问题已被根本解决。我们相信在党的坚强领导下，有中国特色的社会主义事业必然取得胜利，中华民族的伟大复兴指日可待。在这样的伟大事业中，面对国家与世界人民，科幻理论与科幻创作应给出中国方案，提出解决人类困境的中国标准。面对西方的质疑与挑战，中国科幻作家应理直气壮地提出中国的观点，大力宣传中国国家意识与民族精神，创作出更多的优秀作品。

二、宗教与科技问题

在俄国文学史中，科幻文学很难说是一种独立的体裁，界限较为模糊，在反乌托邦、表现主义、后现代主义乃至民间故事等文艺流派中都有科幻类作品。这与欧美科幻有很大不同。此外，经笔者广泛搜索，并未发现前苏联时期有统一明确的科幻理论，科幻文学始终是主流文学的一个变体。

如果归纳苏联科幻的本质特征的话，笔者可以做出明确的界定，即宗教性。俄罗斯民族是最具宗教性的民族，俄国文化最本质的特征是其宗教性。别尔嘉耶夫指出俄国文学主题是宗教性的，充满了末世论、救赎、自由、爱等主题。他认为 19 世纪、20 世纪的俄罗斯作家都是宗教神秘论者，总是想象自己如履深渊，在他们的作品中总能体现出一种"奇灾大祸式的处世态度"[2]。"这与东正教的精神气质有关，在这些精神气质里保留了特别有力的禁欲主义因素和救世探索。"[3]这样的文化背景下诞生的俄国科幻文学俨然是工业文明时期的启示录。迄今为止，学界对苏联科幻文学的宗教内涵已有大量研究，对此不再赘述。《我们》中显著的基督（христос）与敌基督（антихрист）、魔鬼墨菲斯特的形象充分说明小说继承了陀思妥耶夫斯基开辟的哲学传统，体现了东正教人道主义精神。布尔加科夫的《狗心》《不祥的蛋》，乃至《大师与玛

[1] 卢岚：《从"摸着石头过河"到"架桥过河"——中国社会转型路径探微》，《西北农林科技大学学报》（社会科学版）2014 年第 5 期，第 154 页。
[2] 别尔嘉耶夫：《俄罗斯思想的宗教阐释》，邱运华等译，东方出版社，1998，第 85 页。
[3] 同上，第 77 页。

格丽特》都可视为同样类型的反乌托邦小说。《路边野餐》中的外星人留下的"造访带"是《圣经》末世场景的再现，小说中还出现了圣母玛利亚形象。《人烟之岛》《神仙难为》中的基督教政治哲学是显而易见的。

在无神论占据统治地位的苏联时期，科幻创作从传统宗教文化中寻求理论根源，这是不少读者难以想象的。科幻文学的作用在于启发人对超验世界的遐想，对客观世界做形而上的思考，这与传统宗教哲学扮演的角色十分相似。科幻文学从传统文化中汲取养分，借以启发读者对现代工业文明进行反省，这值得当下的中国科幻作家借鉴。相信我国科幻作家能以中国古典哲学为基础创作出本国特色的科幻小说。还需指出的是，对宗教等传统文化不应盲目迷信，否则会走入极端化的死胡同。科幻创作借用传统文化中的某些观念时应引导读者正确认识传统文化，而不是迷信传统文化。

与上述创作理念针锋相对的是苏联科幻的另一主题，即科技乌托邦。1922年苏联建立后，在苏维埃意识形态的影响下，苏联国内社会各界掀起了一股宇航文化热潮，涌现出大量太空题材的科幻作品。20世纪50年代起，因反法西斯战争中断的苏联宇航事业重新展开。从第一颗人造卫星到人类首位宇航员加加林的太空之旅，再到首次出舱行走以及史上最大的"和平"号空间站，苏联宇航事业在战后几十年中一直遥遥领先于西方。宇航事业的迅猛发展催生了第二次科幻浪潮的到来。如卡赞采夫的《火星人》《风暴星球》《月球之路》《未来之路》《太空神曲》《希望之城》，斯特鲁伽茨基兄弟的《飞向木卫五之路》《CKP试验》《个人假说》等。这一时期最具代表性的作品是叶甫列莫夫的《仙女座星云》，小说描述了一群年轻科学家为了人类未来不怕牺牲，勇于探索，飞向外太空寻找新家园的故事。

对科学技术的崇尚是由苏联时期的意识形态决定的，上述科技乌托邦小说均体现出对科学技术的热爱以及战后苏联人民建设社会主义的热忱。科技是第一生产力，正是因为有了现代科学技术，人类才得以过上幸福美满的现代生活。苏联为人类科学技术进步做出的贡献早已彪炳史册，其科幻文学崇尚科学、积极进取的精神值得21世纪的我们学习借鉴。

三、所谓东西方之战

自十月革命胜利后，西方对苏联的颠覆渗透活动从未中断过，在宣传上对苏联社会主义制度大加污蔑，创作出一系列抹黑苏联的文艺作品。苏联建立后，即着手以其人之道还治其人之身，组织作家群体创作出反映苏联意识形态、揭露资本主义虚伪本质的红色科幻作品。在政府的支持下，科幻作家团体"红色月球"创作出大量以月球为背景的科幻作品，如普拉东诺夫创作于1926年的《月球炸弹》和托尔斯泰创作于1924年的《世界遭劫的七天》。这些作品反映了当时苏联对外输出革命、在全世界实现共产主义理想的国家观念，同时反映了欧洲法西斯主义势力抬头以及美国为首的西方国家沆瀣一气、企图称霸世界的图谋。

斯大林时期的文艺政策与新经济政策时期不同，当局认为文学创作、科学研究应紧贴社会现实，为国家建设服务。面对极其复杂严峻的国内外形势，苏联党和国家号召作家创作国防题材的文学作品。此前，1922年召开的第五届共青团代表大会上，布哈林倡议创作红色侦探小说（красный пинкертон）以吸引新时期的苏联青少年[1]。这一时期涌现出大量谍战科幻小说，这些作品基本是红色科幻、灾难小说、红色侦探小说的混合体，如阿达莫夫的《大洋深处的秘密》[2]，小说反映30年代苏联与日本在远东的紧张对立。最具代表性的谍战科幻作品是托尔斯泰的《加林工程师的双曲线》（又译《大独裁者》），小说反映出20世纪30年代的国际形势以及当时苏联人民对社会主义制度的信心。小说中高科技武器与野心家这一主题被其后各国文艺界模仿借用。在我国，1978年第8期《人民文学》刊登了童恩正创作的科幻小说《珊瑚岛上的死光》。1980年，上海电影制片厂以该小说为蓝本拍摄的同名影片上映，成为几代人的美好回忆。

冷战期间，两极体制下的世界并不太平。对抗是一种极端性文化心理的体现，这种极端性是基督教文明的本质属性。人类历史发展到20世纪，之所以出现冷战，这可以从西方基督教文明的基因中找到根源。苏联红色科幻、谍战

---

[1] https://document.wikireading.ru/51392.

[2] 小说俄文标题为 Тайна двух океанов，曾在我国译为《两个海洋的秘密》。

科幻在创作策略上值得我国科幻作家学习。中国特色的社会主义事业是光荣的事业，是正义的事业。文学创作与国家同呼吸、共命运，这是理所当然的。作家只有与人民站在一起，积极投身于党的事业中去才能真正实现文学创作的价值，这是苏联科幻文学给我们的重要启示。长期以来，以美国为首的西方国家创作出大量科幻作品，对与其意识形态不一致的国家竭尽污蔑之能事，千方百计将其妖魔化。2002 年上映的 007 系列影片《择日而亡》中身着朝鲜军装的恐怖分子欲使用高能射线武器摧毁世界，该情节似借自《加林工程师的双曲线》，但该影片显然是西方抹黑朝鲜政府和国家形象的宣传品而已。笔者认为，应学习美英等西方国家的创作经验，但面对西方国家文艺宣传方面咄咄逼人的态势，中国科幻作家应吸取苏联科幻的创作经验，接招应战，奉陪到底。

四、结语

民族的就是世界的。科幻创作应体现本国的意识形态，符合本国的国家利益，这是苏联科幻给我们带来的启示。在社会主义建设新时期，科幻作家与研究人员应在借鉴苏联科幻的基础上，创作有中国特色的科幻作品，避免走进苏联科幻的死胡同，为繁荣我国新时期文艺事业服务。

作者简介

李然，西安外国语大学在站博士后，河南科技大学国际教育学院讲师。

科幻的未来是"元宇宙"吗？

彭 超

一、浮出现实地表的"元宇宙"

马克·扎克伯格在 2021 年 10 月 28 日正式宣布将 "Facebook" 更名为 "Meta"，即"元宇宙"（Metaverse）的"元"。这让"元宇宙"的概念浮出水面。1992年，科幻作家尼尔·史蒂芬森在《雪崩》中创造了"元宇宙"一词。"元宇宙"为何会在此刻大火？"元宇宙"是否将成为人类的未来生存空间？"元宇宙"是对"现实宇宙"的颠覆与超越，还是在"现实宇宙"之外为人类建立起的数字囚牢？科幻作品中所描写的虚拟空间与现实世界究竟有什么关系？这种关系对科幻文学的发展又会产生什么影响？这一系列问题都值得进一步深思。

刘慈欣在 2018 年获克拉克奖致辞时，就表达过对科幻发展方向的某种担忧，他认为现在的科幻小说，更多地想象人类在网络世界的生活，关注现实中遇到的问题，从而导致"科幻的想象力由克拉克的广阔和深远，变成赛博朋克的狭窄和内向"。[1] 作为科幻作家，刘慈欣一直谦虚地将自己的写作视为对克拉克"最拙劣的模仿"，因为他相信无垠的太空是人类想象力最好的去向和

---

[1] 刘慈欣：《没有太空航行的未来是暗淡的——刘慈欣获克拉克奖致辞》，《军事文摘》2019 年第 2 期，第 40–45 页。

归宿。但是，与此同时，刘慈欣也坦承"我写的科幻类型正在消失"。[1]相较于真实世界中充满艰险的太空探险，我们可以在VR中轻松体验虚拟太空。在科幻小说中，对太空的瑰丽想象也正在被"元宇宙"这样的赛博想象所替代，科幻小说呈现出"向内转"的倾向。

如果说科幻对未来的想象存在着两个不同的发展方向，一个是向外，指向外太空，一个向内，指向人类意识，那么，现在科幻小说越来越朝向人类意识。在科幻的黄金时代，诞生了英语世界科幻"三巨头"阿瑟·克拉克、罗伯特·海因莱因、艾萨克·阿西莫夫，并留下了大量诸如《2001太空漫游》《星际迷航》《银河帝国三部曲》等经典作品，呈现出人类对外太空的探索精神。这与当时人类对于宇宙的积极开拓是密不可分的，1969年人类首次登月，迈出了文明的一大步。在此之后，伴随着外太空开发的放缓和信息技术的发展，科幻小说的焦点也发生转移。1984年，威廉·吉布森在《神经漫游者》中创造的"赛博空间"（Cyberspace），为人们的虚拟化身（avatar）提供数字实现方式。网络世界的崛起为科幻作家提供了施展空间，"赛博朋克"（Cyberpunk）所描绘的"高科技，低生活"场景带来了强有力的文化冲击。

技术更新、媒介变革、时代症候为科幻小说提供沃土，并深刻影响着科幻小说的转型。"在与晚期资本主义市场经济结合之后，技术甚至令人感到正在变成一个自主律、无法停转的系统"[2]，技术更新深刻改变人类历史进程，并将科幻对于未来的想象变为现实。在科幻电影《机器人总动员》中，人类的形象发生改变，他们手脚退化，失去行动能力，只能坐在沙发上，通过全息影像来消费和游戏，他们生活在虚拟空间中，将一切都交给机器人来掌控。科幻作品中沉浸于虚拟世界的人类与今日沉浸于电子产品制造的影像世界的人们何其相似。由于生物技术、信息技术等的发展，真实与虚拟、现实与科幻之间的界限正在被打破，"我们所处的时代比科幻还要科幻"[3]，"人"的概念也

---

[1] 刘慈欣：《我写的科幻类型正在消失》，《中国科学报》2018年11月23日，第5版。

[2] 约斯·德·穆尔：《赛博空间的奥德赛——走向虚拟本体论与人类学》，麦永雄译，广西师范大学出版社，2007，第251页。

[3] 陈楸帆：《算法与梦境，或文学的未来》，《异化引擎》，花城出版社，2020，第278页。

被解构。由此，科幻小说不得不更加"努力"，引导大家去思考"人"的终极意义。哲学的传统议题：我们是谁、我们从哪儿来、我们到哪儿去，在科幻小说中被再一次提上议程。

随着技术的发展，身体作为媒介的重要性被凸显。1964年，麦克卢汉在《理解媒介》中提到技术对人的延伸，"借助置身于我们外延的中枢神经系统，借助于电子媒介，我们创造了一种动力"，即电子技术让人类中枢神经系统得到延伸，并将其转换成信息系统。[1]时至今日，虚拟现实（VR）、增强现实（AR）、混合现实（MR）等技术的发展让麦克卢汉的预言成为现实，通过对身体感官的刺激，打造沉浸式体验，以身临其境的感官体验，制造具有拟真感的幻象。身体与技术的耦合，不仅让身体变得多元化，"表现的身体以血肉之躯出现在电脑屏幕的一侧，再现的身体则通过语言和符号学的标记在电子环境中产生"[2]，也造就了赛博时代的新型主体，人类以"赛博人"的形式实现网络空间的"在场"。

问题在于，当人类的感觉成为连接虚拟空间的中枢时，沉浸其中的人类是否会因此丧失行动能力，并钝化对身体所处真实环境的认知？当人类沉溺于虚拟世界，享受感官的虚拟满足时，是否会停滞对人类本质和主体性的探索？"劳动异化已经让位于数码影像异化"[3]，这是已然现实，还是对未来的预警？刘慈欣在《时间移民》中畅想过人类未来移民到无形时代，在无形时代存在着有形世界和无形世界这两种不同形态的世界。所谓的无形世界就是一台超级电脑的内存，每个人是内存中的一个软件，在无形世界可以随心所欲地创造想要的一切。但无形世界的生活会吞噬作为个体的人，进入无形世界意味着丧失作为人的主体性和行动能力。这并不是科幻小说故作惊悚之言，实际上，我们正在进入一个影像沉浸的时代，资本对媒介的操控诱导人们改变生活方式，引导人们从有形世界进入无形世界。"人将会变成一群遗忘了身体的，完全没有了

[1]　马歇尔·麦克卢汉：《理解媒介》，何道宽译，译林出版社，2019，第81页。

[2]　凯瑟琳·海勒：《我们何以成为后人类：文学、信息科学和控制论中的虚拟身体》，刘宇清译，北京大学出版社，2017，第6页。

[3]　王坤宇：《后人类时代的媒介——身体》，《河南大学学报》（社会科学版）2020年第3期，第46-53页。

实践能力的，在消费、娱乐和全息影像里迷失的行尸走肉。"[1] 或许，后人类时代正在到来，凯瑟琳·海尔斯在《我们何以成为后人类》这部著作中使用了 "became"（已成为）一词，暗示着后人类已然成为现实。

随着信息技术的发展，"所谓的'人'分裂成生理结构和信息技术"[2]，生命成为算法，人类的本质被理解为一种数字信息。人工智能专家汉斯·莫拉维克甚至设想过将人的意识扫描上传到计算机内，将意识与身体分离，把意识保存在不同的媒介中。如今，人类的生存正在被数据和算法左右，个体或主动或被动地嵌入到网络之中。在如此的时代潮流中，科幻的"向内转"似乎成为应有之义，它直面人类对于未来文明的焦虑与恐惧，去探讨人类整体的未来命运转向。

二、"元宇宙"，或单向度的未来

詹姆逊在《未来考古学：乌托邦欲望和其他科幻小说》中将科幻小说划分为六个阶段，依次为：历险阶段、科学阶段、社会学阶段、主观性阶段、美学阶段和数字朋克阶段，并认为科幻是"一种先兆式的考古学"，"这些陌生的人造物品其实正是我们自己将来的遗迹"。[3] 科幻是从未来观看当下，从他者视角检视自我，进而完成对现实的批判性认知。按照詹姆逊的划分，现在科幻文学早已进入数字朋克阶段，并且，科幻所描绘的场景正在成为现实。

"元宇宙"这个被科幻小说创造出来的概念被打捞出来，也再次印证了詹姆逊的远见。随着信息技术、生物科技等的发展，真实与虚拟、现实与科幻之间的边界正在被打破，对于未来人类境况的推演性想象成为焦点话题。然而，"元宇宙"许诺给人类的未来，究竟与现实世界之间形成怎样的关系？是丰富与发展，还是颠覆与超越，抑或是囚禁与禁锢？或许，要回到对"元"的探究上。

---

[1] 王坤宇：《后人类时代的媒介——身体》，《河南大学学报》（社会科学版）2020年第3期，第46–53页。

[2] 弗里德里希·基特勒：《留声机 电影 打字机》，邢春丽译，复旦大学出版社，2017，第17页。

[3] 弗里德里克·詹姆逊：《未来考古学：乌托邦欲望和其他科幻小说》，吴静译，译林出版社，2014，第137页。

何为"元"？以"元小说"（Metafiction）这个熟悉的概念为例，突出的特点是作家以小说的形式对小说进行反思和创新，因此，元小说也被理解为"关于小说的小说"。"元小说"作为文学术语，首次出现在美国小说家兼批评家威廉·H.伽斯1970年的《小说与生活中的形象》中，但元小说的创作远早于此，如被视为西方文学史第一部现代小说的《堂·吉诃德》是典型的元小说。元小说在叙述特点上是挑战传统惯例和规范，试图揭示文本的虚构性，通过在小说中呈现创作手法，显示出语言构成的小说世界与现象世界的关联与区别。叙事者往往会打断叙事的连续性，直接现身对叙述进行评论，这也体现出作家强烈的自我意识，因此，元小说又被称为"自我意识小说"。

元小说的出现，一方面是与以索绪尔语言学为基础的结构主义思潮有着密切的联系。文本被视为独立的客体，当我们试图以另一种语言来描述客体的功能结构时，元语言与所描述的客体构成能指与所指的关系。另一方面，元小说在20世纪的流行，"是人们对难以把握的、变化不定的现实的强烈感受的结果"[1]。20世纪风云变幻的现实与科技飞速发展所带来的晕眩，为元小说的产生提供时代契机，而阅读元小说则为民众提供了审视自我以及自我与现实关系的机会。

换言之，元小说提供了一种新的批评视角和阅读体验。元小说重视对小说与现实的关系的反思，仔细考察小说虚构的对象是如何被虚构的，创作本身成为创作的对象，这也引起了对小说虚构性与真实性的思考。小说是语言的艺术，是对现实的模仿和再现；与此同时，现实被视为语言表现出来的现实，现实的真实性成为不确定的概念。那么，小说真实地再现现实就成为难题，这也让真实与虚构之间的界限被消解。元小说带给读者的感受是矛盾的，一方面读者清醒地知道小说的内容是虚构的，现实的真实性是无法用语言表达的；另一方面又会感叹语言建构的文学世界比现实世界更为真实。

不论是元小说，还是与之相关的元语言、元叙事，以及元电影、元游戏等概念，都生动演绎了何为"元"，它们旨在打破虚构与现实的界限，揭示出虚构性，并对现实进行批判性反思；在认识论的层面上，以理性的态度对传统认

[1] 童燕萍：《谈元小说》，《外国文学评论》1994年第3期，第13-19页。

识论进行改造，试图带来对于世界的新的理解方式。"元"本身意味着对世界本质的研究，是亚里士多德所创造的形而上学（Metaphysics）的重要组成部分。在这种脉络中来理解"元宇宙"或曰虚拟空间，更能理解为何大家对之并不持乐观态度。作为被资本热捧的概念，元宇宙没有意图对现实宇宙进行挑战、颠覆与超越，去探究宇宙之概念本质，也没有反思虚拟与现实的关系，进而对世界形成新的批判性认知，更谈不上体现出"自我意识"或理性精神。相反，它将真实的生命个体从真实的世界中割裂出来，并带来新的危机。

新的危机至少体现在以下三个方面：一是对于个体而言，存在信息安全危机和主体性危机。在数字时代，人的本质被理解为信息，"人类的身份（人格）在本质上是一种信息形式，而不是一种实体化的规定与表现"[1]。作为普通个体，究竟需要让渡多少个人信息和隐私，才能够换取通往元宇宙的许可证呢？王晋康在《七重外壳》中就已经考虑过这个问题，当甘又明根据自己的生理习惯发现虚拟空间的纰漏时，他的姐夫（另一重身份是虚拟空间的创造者）给出的解决方案是，可以通过搜集他的个人饮食信息，更好地模拟现实世界，从而让他难辨真伪。至于进入元宇宙后，在大数据的协助下做出的选择，究竟是你的选择，还是数据的选择，也难以辨识。刘宇昆在《完美匹配》中设计过类似的情节，通过搜集个人信息，帮助匹配约会对象，选择人生伴侣。但是，这样的选择是算法的结果，是被操控的结果。当网络不断摄取个人隐私与记忆，运用算法与信息编码让虚拟世界更为"真实"时，人类或将进入一个"假作真时真亦假，真作假时假亦真"的时代。

二是对于群体组织而言，存在资本权力危机。元宇宙由谁建造？谁负责管理？元宇宙是否会成为数字时代的全景监狱？这些问题是每一个使用网络信息技术的个体所关心的话题。互联网技术看似是去中心化的，元宇宙许诺人们一个信息乌托邦的美好未来；但资本是集中的，掌握技术的公司将成为通吃的终极赢家。在边沁设计的环形全景监狱中，监督者位于中心的瞭望塔，被监控者则处于四周的囚室，这种结构的监狱给予监督者极大的力量。在现代信息技术的协助下，资本会基于数据库建构超级全景监狱，并将自己置于监督者的位置。

---

[1] 凯瑟琳·海勒：《我们何以成为后人类：文学、信息科学和控制论中的虚拟身体》，刘宇清译，北京大学出版社，2017，第4页。

每一位自愿进入元宇宙的网络"原住民",都将参与这一建构过程,并最终将自己规训为"超级全景监狱规范化监视的主体"[1]。换言之,当你进入虚拟空间时,你不仅是消费者与生产者,也将成为被监视者和被规训者。

三是对于人类文明而言,存在未来认同危机。经济学家爱德华·卡斯特罗诺瓦在《向虚拟世界的大迁徙》中分析过现代人是如何在游戏中获得愉悦,并向游戏空间进行"大规模迁徙"。当人们在游戏中投入的闲暇时间越来越多,在虚拟空间获得的认同越来越多,游戏所创造的虚拟空间"满足了现实世界无法满足的真实人类需求,带来了现实世界提供不了的奖励"[2]时,人类文明的未来与虚拟空间密不可分。问题在于,这种游戏化向度的,制造沉浸感、体验感、交互感,采用快感治理术,充斥着虚拟偶像的未来,当真是大部分人都能认同的未来吗?对于真实世界的探索会止步于此吗?如同刘慈欣所说的,"说好的星辰大海,你却只给了我 Facebook"[3],当"Facebook"升级为"Meta"时,究竟是描绘人类文明未来的新蓝图,还是踏上通往单向度未来的小径?

不可否认,虚拟空间正在成为现实生活以及人类未来想象的重要组成部分。但正如对元小说的探讨,打开了新的认知方式,我们更希望对于元宇宙的思考,能够带来观察人类未来文明的多元视角。

三、重构认知的科幻

科幻是面向未来的文学,它描述并参与科技带给社会的变化;科幻对于未来的想象,在某种程度上与人类对世界的认知是同向的。

1818 年,玛丽·雪莱写出了《弗兰肯斯坦》,这被视为第一部真正意义上的科幻小说。小说叙述了一个被科学家创造出来的怪人,这个实验室中诞生的人造生物承载了众多复杂而颇具预言性的议题,尤为关键的是科技与人类未

---

[1] 马克·波斯特:《信息方式——后结构主义与社会语境》,范静哗译,商务印书馆,2000,第 132 页。

[2] 简·麦格尼格尔:《游戏改变世界——游戏化如何让现实变得更美好》,闾佳译,浙江人民出版社,2012,第 5 页。

[3] 刘慈欣:《没有太空航行的未来是暗淡的——刘慈欣获克拉克奖致辞》,《军事文摘》2019 年第 2 期,第 40-45 页。

来的关系。这个怪人能够被视为"人"吗？如果能，这是否意味着人类进入到后人类时代？在小说中，怪人最后的结局是死亡，他不被当时的人类社会所容纳，为了智人的生存，可以消灭创造出来的新生物。在彼时，挑战人类中心主义还为时过早。

"如果说玛丽·雪莱站在十八世纪和十九世纪的交界点上，十九世纪是凡尔纳的世纪，那么二十世纪就是威尔斯的。"[1] 玛丽·雪莱被视为科幻文学的祖母，而凡尔纳和威尔斯则是科幻文学的两位父亲。凡尔纳的《海底两万里》想象未知的空间，叙述非同凡响的旅行，书写科学与技术的神话；威尔斯的《时间机器》则在时间的维度上思考人类文明因技术滥用而面临的威胁。这种从空间到时间的变化，恰好与人类对于世界的认知是对应的。人类通过大航海建立起对空间的认知，通过进化论、法国大革命等建立起对时间的认知，甚至连"乌托邦"想象也经历了从空间的置换到时间的置换，从航海发现异空间，到想象未来时间节点。

到了 20 世纪，随着数字技术、生物技术的发展，人类与智能机器的结合渐成趋势，启蒙时代以来的人文主义观念遭到前所未有的挑战，正如福柯在《词与物》文末所描述的那般，"人将被抹去，如同大海边沙地上的一张脸。"[2]我们不得不正视，新技术的发展深刻改变了人类进程，后人类正在到来。伊哈布·哈桑在《作为表现者的普罗米修斯：走向一种后人类主义文化？》中前瞻性地提问，"后人类主义可能是一个可疑的新词，可能是最新的口号，也可能仅是人类反复出现的自我憎恨的另一种意象。或许还暗示着我们文化中的一种潜力，暗示着一种努力超越趋势的倾向，毕竟，普罗米修斯神话包含着神秘的预言。那么，我们到底该如何理解后人类主义呢？"[3]

与此同时，新的想象维度出现。以色列历史学家尤瓦尔·赫拉利在《今日简史》中提示我们，"生物技术革命与信息技术革命融合之后，大数据算法有

[1] 宋明炜：《世纪末的奇观——威尔斯早期科幻经典导论》，《书城》2021年第 8 期，第 76-84 页。

[2] 米歇尔·福柯：《词与物——人文科学考古学》，莫伟民译，上海三联书店，2002，第 506 页。

[3] 伊哈布·哈桑：《作为表现者的普罗米修斯：走向一种后人类主义文化？——五幕大学假面剧（献给神圣之灵）》，张桂丹、王坤宇译，《广州大学学报》（社会科学版）2021年第 4 期，第 27-37 页。

可能比我更能监测和理解我的感受，而掌握一切的权威也可能从人类手中转移到计算机中。"[1]这意味着在空间、时间之外，人类的潜意识成为另一个新的维度。我们从想象未知空间、想象未来时间，进入到想象数字虚拟空间，从向外探寻理想世界到向内建构元宇宙。

当科幻将目光从外太空转向潜意识，在小说中建构赛博空间时，这对科幻的发展究竟意味着什么？科幻文学对虚拟空间的想象能够完全脱离现实吗？答案显然是否定的。仅仅是观察中国近三十年的科幻小说，也能发现在想象虚拟空间的背后隐藏着中国现实与文化发展逻辑。

20世纪90年代，电脑和网络在国内尚未普及，直至1994年，NCFC（中国国家计算机与网络设施）才正式接入Internet，实现国际互联，翻开中国网络发展史的首页。此时，"赛博朋克"科幻作品尚未得到完整译介，中国作家凭借着对电子游戏、科幻影视作品的有限经验，展开对赛博空间的想象，着力营造网络技术所带来的惊奇感。1993年，柳文扬创作的短篇小说《戴茜救我》，想象意识可以脱离肉体进入到网络空间，但没有对技术细节进行刻画。几年后，星河的《决斗在网络》就对虚拟空间进行了更为具体的想象，当"我"的意识进入电脑后，分解为三个相对独立的部分，流入到三条不同的通道。作品注重感官体验，有着"后现代文化所特有的那种'精神分裂'式的欣狂喜悦感（euphoria）"[2]，表达出年轻人对逃离现实的渴望和对自我的另类表达。几乎在同一时期，王晋康不再满足于"惊奇感"，而是用科幻来思考中国现代化发展道路问题。[3]王晋康的《七重外壳》虽然详细描述多重虚拟空间，但颇有"醉翁之意不在酒"之意。小说书写了身份认同的危机，甘又明的美国行，以回到中国乡村寻根结束。"美国梦"的幻灭，是20世纪90年代中国社会转型时代症候的显影；坚守民族文化认同与大步迈向全球化之间的裂痕，是小说中隐藏颇深的矛盾。

---

[1]　尤瓦尔·赫拉利：《今日简史》，林俊宏译，中信出版社，2018，第45页。

[2]　夏笳：《寂寞的伏兵》，生活·读书·新知三联书店，2017，第36页。

[3]　这可能与作家所处人生阶段不同。以星河与王晋康为例，星河发表《决斗在网络》时，时年29岁，正值青春；王晋康发表《七重外壳》时，已经49岁，人到中年。如果说星河的作品具有青春期风格，王晋康的作品则是晚郁风格。

到了新世纪，陈楸帆等中国科幻新浪潮作家在对赛博空间的书写中，展开对性别、阶层、权力、情感等话题的严肃探讨。以《荒潮》这部被刘慈欣称赞为近未来科幻的巅峰之作为例，在垃圾岛上负责分拣处理电子垃圾的外来务工者小米，无意中被义体垃圾所携带的残留液体侵入，身体发生突变，成为跨越生物与机器界限的新生命，即赛博格。赛博格小米能自由地将意识接入数据服务器，与数百个垃圾人实现意识的互联，并在现实世界中制造出混乱，挑战了硅屿的现存秩序，打破现实与虚拟的界限，颠覆中心与边缘的地位。现代技术在赋予人类力量的同时，也制造了被异化的他者，"女人、原住民、无产者、受虐者和被驱逐者"，"这些都是当代文化所支持的那些高技术洁净（high-tech clean）和高效率身体之外的'他者'"。[1]他们如何在现实世界中寻找到安身之处，等待他们的将是沦落或是反抗，这是我们不得不关注的议题。

陈楸帆在新世纪重提"科幻现实主义"，用以概括科幻创作的时代特征，凸显"现实"对"科幻"的重要意义，并将科幻纳入中国现代化进程之中。现实本身在科技的影响之下急剧变动，"科幻文学却由于其边缘性及封闭性的文类特征，保留了真实社会空间中的一块想象性飞地"[2]，得以继续探索未来发展的可能性。仅以中国近些年的科幻文学为观察对象，如韩松的作品，我们会发现即使作品建构虚拟空间，也依然与现实保持着密切的联系。科幻小说不但没有放弃对现实的思考与介入，反而成为理解现实世界的重要方式，用科幻来洞见现实之不可见之物，在科幻作品中讨论未来的发展，带来先锋性的文化体验。

对于元宇宙的讨论，也并不意味着一味地批判，而只是试图打开认知的多重视角。正如对后人类的讨论并不意味着人类的终结，而是重新审视人类命运。"人是近期的发明。并且正接近其终点"[3]，福柯所言的"终点"并非字面上的终结，而是"某种特定的由笛卡尔、托马斯·莫尔、伊拉斯谟、蒙田等人

［1］ 罗西·布拉伊多蒂：《后人类，太过人类的：迈向一种新的过程本体论》，阳小莉译，《广州大学学报》（社会科学版）2021 年第 4 期，第 53–61 页。

［2］ 陈楸帆：《"超真实"时代的科幻文学创作》，《中国比较文学》2020 年第 2 期，第 36–49 页。

［3］ 米歇尔·福柯：《词与物》，莫伟民译，上海三联书店，2002，第 505–506 页。

塑造的意象的终结"。[1]某种特定的人类概念的终结，反而让我们在更为广阔的视野下观察和思考人类的未来。

所以，科幻的未来会是单一的"元宇宙"吗？答案是否定的。

科幻的重要意义是能够超越二元对立，重构人类对于世界的认知范式。宋明炜认为我们正处在一个新巴洛克时代的起点，这个起点除了信息技术、人工智能等构筑认知变化外，还具象地体现在科幻奇观上，如科幻所创造的平行宇宙交叉、新世界奇观等。所谓的新巴洛克风格超越了简单的时期划分范畴，指向一种普遍的风格和认知模式，"典型特点是中心的丧失以及多样性共存"[2]，这意味对整体性、一致性的拒绝，摆脱完整结构，进行德勒兹所说的解辖域化或跨界。人类的未来或许是多元的，我们将进入哈拉维所说的克苏鲁纪；科幻亦将迎来充满活力与变化的未来，不断打破自己的边界，动摇所有秩序井然的表面，进而"让我们在现实中真正有勇气去面对未知和他者"[3]。

作者简介

彭超，中国石油大学（北京）文体学院讲师。毕业于北京大学中文系，师从陈晓明教授，从事现当代文学研究、科幻文学研究。

---

[1] 伊哈布·哈桑:《作为表现者的普罗米修斯: 走向一种后人类主义文化？——五幕大学假面剧（献给神圣之灵）》，张桂丹、王坤宇译，《广州大学学报》（社会科学版）2021 年第 4 期，第 27–37 页。

[2] 庄鹏涛:《何谓新巴洛克美学》，《汉语言文学研究》2016 年第 2 期，第 28–32 页。

[3] 宋明炜:《中国科幻的新浪潮——命名与阐释》，《中国科幻新浪潮: 历史·诗学·文本》，上海文艺出版社，2020，第 71 页。

人名对照表

译名	外名
利尔 - 亚当	l'Isle-Adam
A·J·布拉德利	A J Bradley
阿希姆·冯·阿尼姆	Achim von Arnim
亚当·特雷克斯勒	Adam Trexler
亚当·温加德	Adam Wingard
阿德琳·约翰斯 - 普特拉	Adeline Johns-Putra
阿兰·巴迪欧	Alain Badiou
阿尔贝特·施韦泽	Albert Schweitzer
亚利桑德罗·阿曼巴	Alejandro Amenábar
托夫勒	Alvin Toffler
安布罗斯·比尔斯	Ambrose Bierce
比尔斯	Ambrose Gwinnett Bierce
安德雷亚斯·许森	Andreas Huyssen
安东尼亚·梅纳特	Antonia Mehnert
道尔	Arthur Conan Doyle
克拉克	Arthur Clarke
艾娃	Ava

续表

译名	外名
罗素（全名伯特兰·阿瑟·威廉·罗素）	Bertrand Arthur William Russell
罗素	Bertrand Russell
麦克海尔	Brian McHale
奥尔迪斯	Brian Wilson Aldiss
康托尔	Cantor，Georg Ferdinand Ludwig Philipp
林奈	Carl von Linné
克里斯托弗·瑞迪斯	Christoph Redies
达科·苏文	Darco Suvin
苏恩文	Darko Suvin
玻姆	David Bohm
大卫·休谟	David Hume
德洛莉丝	Dolores
坡	Edgar Allan Poe
伯克	Edmund Burke
埃瓦德	Ewald
奥布赖恩	Fitz-James O'Brien
弗里德森	Fredersen
詹姆逊	Fredric Jameson
弗雷格	Friedrich Ludwig Gottlob Frege
弗里茨·朗	Fritz Lang
贝克莱（全名乔治·贝克莱）	George Berkeley
乔治·梅里爱	Georges Méliès
吉尔伯特·西蒙栋	Gilbert Simondon
莱布尼茨（全名戈特弗里德·威廉·莱布尼茨）	Gottfried Wilhelm Leibniz
威尔斯	H. G. Wells
H.G. 威尔斯	H.G. Wells
哈黛丽	Hadaly
赫尔 - 玛莉亚	Hel-Maria

译名	外名
巴特菲尔德	Herbert Butterfield
赫伯特·乔治·威尔斯	Herbert George Wells
海瑟尔	Hessel
希帕索斯	Hippasus
霍尔姆斯·罗尔斯顿	Holmes Rolston
雨果·根斯巴克	Hugo Gernsback
康德	Immanuel Kant
阿西莫夫	Isaac Asimov
牛顿（全名艾萨克·牛顿）	Isaac Newton
小西瑟瑞 - 罗内	Istvan Csicsery-Ronay Jr.
J. 希利斯·米勒	J. Hills Miller
雅克·埃吕尔	Jacques Ellul
冈恩	James Gunn
詹姆斯·乔伊斯	James Joyce
让·保尔	Jean Paul
利奥塔	Jean-Francois Lyotard
耶稣	Jesus
坎贝尔	John W. Campbell, Jr.
吉卜林	Joseph Rudyard Kipling
朱迪亚·珀尔	Judea Pearl
J.T. 弗雷泽	Julius Thomas Fraser
马克思（全名卡尔·海因里希·马克思）	Karl Heinrich Marx
肯佩伦	Kempelen
阿罗（全名肯尼斯·约瑟夫·阿罗）	Kenneth J.Arrow
基普·索恩	Kip Stephen Thorne
哥德尔（全名库尔特·哥德尔）	Kurt Gödel
勒罗伊·小熊	Leroy Little Bear
维特根斯坦	Ludwig Wittgenstein
路易斯·费雷拉	Luis Ferreira

续表

译名	外名
M. 乌利奥特	M Ullyot
马赫迪·穆赫辛尼	Mahdi Mohseni
西村真琴	Makoto Nishimura
马丁·海德格尔	Martin Heidegger
雪莱	Mary Shelley
施耐德 - 梅森	Matthew Schneider-Mayerson
马克斯·韦伯	Max Weber
巴赫金	Michael Bakhtin
杰米辛	N.K.Jemisin
纳塔奈尔	Nathanael
霍桑	Nathaniel Hawthorne
哥白尼	Nicolaus Copernicus
奥林匹娅	Olimpia
奥维德	Ovid
皮特·鲁珀特	Peter Ruppert
赫泽尔	Pierre-Jules Hetzel
毕达哥拉斯	Pythagoras
梅亚苏	Quentin Meillassoux
雷纳托·法布里	Renato Fabbri
海因莱茵	Robert Anson Heinlein
史蒂文森	Robert Louis Stevenson
罗伯特·斯科尔	Robert Scholes
罗切斯特	Rochester
罗兰·艾默里奇	Roland Emmerich
罗素姆	Rossum
洛特旺	Rotwang
鲁道夫·德鲁克斯	Rudolf Drux
萨曼莎	Samantha
斯拉沃热·齐泽克	Slavoj ižek

译名	外名
斯坦尼斯瓦夫·莱姆	Stanislaw Lem
斯蒂芬·西伯斯坦	Stephen Siperstein
斯皮尔伯格	Steven Spielberg
特里·伊格尔顿	Terry Eagleton
蒂娅·冯·哈珀	Thea von Harbou
勒奎恩	Ursula K. Le Guin
沃尔克·加斯特	Volker Gast
海森堡（全名沃纳·卡尔·海森堡）	Werner Karl Heisenberg
卡赞采夫	Александр Петрович Казанцев
普拉东诺夫	Андрей Платонович Платонов
奥博利亚尼诺夫	Аристарх Кириллович Обольянинов
斯特鲁伽茨基兄弟	Аркадий Натанович Стругацкий，Борис Натанович Стругацкий
尼科利斯基	Вадим Дмитриевич Никольский
布留索夫	Валерий Яковлевич Брюсов
伊金	Вивиан Азарьевич Итин
阿达莫夫	Григорий Борисович Адамов
叶甫列莫夫	Иван Антонович Ефремов
布哈林	Николай Иванович Бухарин
泽利科维奇	Эммануил Семенович Зеликович
奥库涅夫	Яков Маркович Окунев
拉里	Ян Леопольдович Ларри